鴻運小廚娘 2

文創風 457

初語 著

目錄

第三十一章

為防葉啟過來請安時疑心，裝聘禮的檀木箱子早抬到耳房，門上了鎖，派人看守，以防不相干的人走近，走漏風聲。

陳氏一天都沒有出門，所有應酬都推了。

丫鬟報說秀王妃來時，陳氏很意外，這個節骨眼，兩人走動頻繁，要是讓葉啟起疑可怎麼辦？可是人都進來了，總不能往外趕。

「妳怎麼來──」陳氏一句話沒說完，發現秀王妃臉色不對，忙問：「出什麼事了？」

秀王妃進了暖閣，先把丫鬟們都趕出去，再把皇帝的意思說了，道：「現在怎麼辦？」

陳氏呆住，皇帝很疼愛麗蓉沒錯，可是誰會因為疼愛閨女，就不讓閨女嫁人呀，這是什麼道理？

「妳可有聽到什麼風聲？」秀王妃語氣很不好。

陳氏不明白。「什麼風聲？」

難道麗蓉得了暗疾，皇帝不得已出此下策？或者秀王不得已求皇帝出面，把此事遮掩過去，待麗蓉治好暗疾，再嫁過來？

秀王妃沒想到陳氏懷疑到麗蓉身上，自顧自道：「可有人對陛下進言？或者求陛下賜婚？」

如果不是陳氏非要靜悄悄地辦，他們夫妻倆原想請皇帝賜婚，這樣面子裡子都有了，又可以大操大辦，兩家都有臉面。

對，沒錯，都是陳氏的錯。秀王妃狠狠瞪了陳氏一眼。要不是她不肯聲張，早點求皇帝下旨賜婚，也就沒有現在這些爛事了。

陳氏哪裡知道秀王妃怨到自己頭上，道：「沒聽說過呀。」最近也就他們兩家結親，沒聽說勛貴中還有要結親的人家。

外面，小閒對葉啟所說如繞口令般的明天後天的話不甚了解，藉口求見夫人，過來探消息。

明月一見她，迎了上去，道：「夫人和秀王妃在屋裡呢，沒要緊事的話先回去吧。」

秀王妃來了？小閒朝暖閣望了一眼，可惜沒有順風耳，聽不見屋裡秀王妃和陳氏商議什麼，只好道：「沒有要緊事。」

秀王妃過來，會不會跟親事有關呢？回去的路上，這個想法一直在她腦裡盤旋不去。很快，上房的丫鬟過來傳話，葉啟明天不用去秀王府了。

葉啟神采飛揚，語氣中不無得意，對小閒道：「怎樣，我說得沒錯吧？」

「你說服陛下，勸秀王妃放棄這門親事？」小閒不敢置信道。麗蓉對他那麼癡心，是個人都瞧得出來，她怎麼可能放棄？

葉啟原是內斂沈靜的性子，可此時，面前的人是小閒，他不知怎的就是忍不住想手舞足蹈，好不容易克制住，豎起一根食指輕搖，道：「不不不，陛下不會勸，只會下旨。」

原來是皇帝不讓兩家結親。不會是皇帝認為和盧國公府結親，會讓秀王的勢力大增吧？小閒腹黑地想，秀王是親兄弟，在皇帝心中的分量，到底不如權力、不如葉啟呢……

葉啟擺出一副等待誇獎的模樣，等了半天，小閒只是發呆，不由喊了一聲，道：「我是不是很能幹啊？」

「是，」小閒老實承認，道：「恐怕秀王妃沒想到你連皇帝都利用上了。要是鬧起來了，你怎麼辦？」

葉啟笑容僵了僵，道：「秀王妃再鬧，有秀王呢。秀王絕對不會放任她去陛下跟前鬧的，她也沒有這個膽子。」

皇帝的尊嚴比天大，若是失了帝心，秀王就算是親王，秀王府也會沒落，秀王不會冒這個風險的。

小閒一想，還真是，於是問：「你堅決拒絕麗蓉郡主，接下來有什麼打算？」

葉啟說過他有心上人，她估摸著，接下來他就要設法和心上人訂親了。瞧他這上躥下跳的，估計他的心上人地位肯定不如麗蓉，要不然他直接跟陳氏坦白非某人不娶，不就完了？哪裡用得著這麼費勁。

沒想到葉啟臉紅了，沒有一點瑕疵的白皙臉龐像染上一層胭脂。

他長得真好看。小閒移開眼睛，望向別處。

小閒眸中一閃即逝的異樣眼神被葉啟捕捉到了，他心中狂喜，心想，她也是喜歡我的吧？

室內的氣氛有點曖昧，小閒很不自在，站起來道：「我著人去瞧瞧，夫人那裡是什麼情況。」

「嗯。」葉啟鼻音輕顫。

秀王妃眼淚淌得可多，道：「外面誰不知道麗蓉說的是你們家，現在陛下下了這樣的嚴旨，以後三郎另娶，我們麗蓉可怎麼辦？妳讓我們麗蓉怎麼嫁人！」

不就是想讓三郎等麗蓉兩年嘛！陳氏心裡嘀咕。如果不是三郎死活不同意這門親事，等兩年也不是不行，只是，三郎願意等嗎？而且兩年後，丹陽公主十二歲，也到了說親的年齡，皇帝對三郎青眼有加，說不定會指婚呢。

陳氏略一思忖，馬上決定不跟秀王妃締結兩年之約。

「麗蓉是金枝玉葉，怎麼會愁嫁？聽說最近一天兩、三家上門求親呢。說起來，還是三郎高攀了。」陳氏微不可察地坐離秀王妃遠一些，聲調也變生硬了，道：「兩年後，不知哪家有福氣能娶了麗蓉呢。唉，不知我家三郎有沒有這個福氣啊？」

秀王妃又氣又急，道：「怎麼沒有？三郎福氣好著呢。妳聘禮已經齊備，我們擇日下聘，兩年後再迎娶也就是了。盧國公若是不敢向陛下提，讓我家王爺進宮，當面向陛下分說明白。」

皇帝並沒有不許麗蓉現在訂親，只要兩家下聘禮敲定親事，葉啟自然不會再有別的念頭，就算丹陽長大成人，也構不成威脅了。

陳氏一副拿不定主意的樣子，道：「這可是抗旨，搞不好有抄家殺頭的大罪。這麼大的事，我一個人可不敢亂拿主意。還需與我們國公爺商量才是。」

說著，向候在門外的明月喊道：「去，著人去找找，看國公爺在哪兒，請他馬上回府，有重要的事商議。」

秀王妃氣極反笑，臉上掛著兩串淚，那笑容看著十分詭異，道：「誰不知道盧國公府妳說了算，什麼時候盧國公說得上話了？」

難道葉啟那晚拒絕的話，確是出自真心？還是陳氏存了這山望著那山高的念頭？

暖閣裡面，兩人各懷鬼胎，小閒派來打探消息的小丫鬟哪裡知道，只探聽到秀王妃還在屋裡，沒有離去，別的一概不知。倒不是小丫鬟沒本事，而是丫鬟們都被趕出來了，沒人知道裡面什麼情況。

「秀王妃還沒走？」小閒沈吟道：「她還沒死心吧？」

葉啟倚著憑几看書，聞言抬頭道：「由得她去，再折騰也沒用。」

葉德回來，支支吾吾半天，道：「還是問三郎的意思吧。」

自己這個兒子，主意大著呢。再說，他娶老婆，為什麼要父親拿主意？天底下有這樣的事嗎？葉德面臨選擇時，都是別人替他拿主意，他什麼時候有過主意了？

秀王妃道：「只要我們兩家誠心結親，一切由我家王爺出面，一定辦得妥妥貼貼的。」

身為女方父母，話都說到這個分兒上了，也真難為了她。

陳氏哪敢把葉啟叫來當面詢問，她本就打著生米煮成熟飯，牛不喝水強按頭的主意，就算下聘，也是依先前的主意，萬萬不能讓葉啟知曉的。

三人分坐兩邊，大眼瞪小眼半天。秀王妃真急了，道：「你們倒是說句話啊。」

眼看天色就要黑了，在這兒半天，不知麗蓉怎麼樣了，要是麗蓉出了事，她也不想活了。

葉德弱弱道：「夫人作主就好。」

陳氏瞪了他一眼，暗罵一聲。「廢物！」

「事已至此，也不急在一時。」陳氏語氣放緩，道：「待我好好想一想，過兩天答覆妳，妳看如何？」

這不是拿人尋開心嗎？秀王妃一言不發，站起來就走。

陳氏假意挽留，道：「欸、欸，這是怎麼了？留下來用了晚膳再走啊。」

秀王妃哪裡理她，徑直登車，車夫揚起鞭子，精美的馬車飛快駛向盧國公府的大門。秀王妃坐在車中只是垂淚，剛才是作戲，這會兒是真傷心。

女兒心心念念，就想嫁給葉家那混帳小子呢……

陳氏假意相送幾步，待馬車轉個彎，馬上回頭吩咐道：「喚三郎過來。」

屋裡，自斟自飲，已經喝上的葉德，睜著混濁的老眼，道：「為何不答應她？」

他只是懦弱，並不是傻瓜，和陳氏夫妻十多年，若還瞧不出她不願意，十多年夫妻豈不是白做了？

陳氏在剛才的位子上坐了，喚明月重新煎茶上點心，慢慢抿了一口茶，眼睛直直看著面前厚實的地毯上繡的一朵豔麗牡丹。

「娘親喚我過去？」葉啟和小閒對視一眼，道：「妳可知娘親有什麼吩咐嗎？」

來的是陳氏四大丫鬟之一的明珠。明珠性子活潑，飛快道：「不知道呢，秀王妃剛走，夫人便派奴婢來請郎君過去了。」

一定跟親事有關。葉啟與小閒又對視一眼。

待明珠走後，小閒道：「不會是夫人依然強要你娶麗蓉郡主吧？」

秀王到底是皇帝一母同胞的親兄弟，再怎麼著，也是骨肉情深。若是秀王請出太后，由太后主婚，婚事一定能如期舉行。

葉啟蹙眉，道：「我過去瞧瞧。」

他不是沒有想到後宮裡還有個太后，他賭的是秀王夫婦抹不開這個面子。女方死纏爛打非要嫁給他，傳出去，豈不笑掉勛貴們的大牙，以後秀王夫婦還怎麼見人？

「三郎，陛下要再留麗蓉兩年。你既瞧不上麗蓉，娘親自然聽你的。剛才秀王妃再三央求，娘親可是沒有答應她讓你等麗蓉兩年的要求呢。」陳氏很慈藹，像個打從心眼裡疼愛兒子，一切只為兒子著想的好母親。

葉啟道：「謝娘親。」

丫鬟抬了食案上來，陳氏道：「今兒在娘親這裡用膳，我們夫妻母子好好說說話。」

葉啟應了聲是，望向一盅接一盅喝個不停的葉德，道：「父親今天回來得倒早。」

葉德含含糊糊，不知說了句什麼，葉啟沒聽清。他一向沒有主見，葉啟也不在意。

菜式很豐盛，原是聽說秀王妃來了，陳氏讓趙嬤嬤預備下，要好好招待親家母的，沒想到秀王妃沒吃成，反倒便宜了葉啟。

盧國公府講究食不語，三人無聲用膳。待丫鬟們把食案撤下去，侍候漱了口，陳氏才道：「與秀王府結親的事以後休提。」

葉啟沒想到母親態度轉變得如此徹底，不由抬眼看她。

陳氏道：「三郎不願意，娘親自然不會勉強。以後，你與麗蓉兄妹相稱吧。」

「是。」葉啟應了一聲，依然眼都不眨地望著她。以他對母親的了解，如果不是有更好的人家，斷然不會放棄與秀王府的親事。

果然不出葉啟所料，陳氏接下來滿面堆笑，道：「翁貴妃所出的丹陽公主，今年已經十歲了，眼看著到了說親的年紀。過了年我會多進宮走動，你在陛下跟前也要好好表現。若是你能尚了公主，才真是盧國公府的榮耀呢。」

丹陽公主的生母翁貴妃很得寵，皇帝又把丹陽當心肝寶貝般疼愛，一定會為她擇一個好夫婿。盧國公府在勛貴中不是頂尖，但勝在葉啟自身特別優秀，才幹突出，又簡在帝心，好好爭取一下，大有希望。

和秀王府的親事，就這樣揭過去了。

小閒偶爾想起，還覺得不可思議。皇帝是高高在上的存在……不，在她腦海裡，只存在於電視劇和歷史書裡，怎麼會摻和勛貴們的親事，而且不向著自家姪女，而是向著外人，不知葉啟是怎麼說服他的。

天陰了一天，開始下雪，小閒披了斗篷，帶了袖袖，準備出去走一走。剛走到院子裡，遇見汪嬤嬤派了人來。

紀嬤嬤帶幾個丫鬟手捧托盤，一個個走得臉頰潮紅。

紀嬤嬤笑道：「此時才下雪真是運氣，要是半道上下雪，衣裳被雪淋濕了，可怎麼好？」

小閒停住腳步看著，並不上前。

剪秋迎上去，笑道：「嬤嬤來了，快請裡面坐，吃碗熱茶。」

紀嬤嬤是汪嬤嬤手下得用的人，最是貪財又心胸狹窄，丫鬟們很怕她。

紀嬤嬤沒有客氣，跨入屋裡，又示意剪秋派人把丫鬟們手裡的衣裳接了，道：「妳們這裡各式人等的新衣，全在這兒，妳點一點吧。若有不符，說了，我好回覆汪嬤嬤。」

不用剪秋吩咐，早有幾個丫鬟上前接了托盤，清點托盤裡的衣裳，對了帳。

要過年了……小閒默默想著，轉過身，向院門口走去。

袖袖道：「姊姊不是要去後院嗎？」

說好去後院賞雪的，怎麼變了主意呢？袖袖嘟著嘴，瞥一眼手裡的食盒。到後院就能吃了，這是要去哪兒嘛？

年的腳步越來越近，瑣事越來越多，小閒越來越忙，又是接手後第一個年，不敢掉以輕心，能抽空放鬆一下的時間真的很少。小閒忙，袖袖也跟著忙，最近有些情緒，不過身為小丫鬟，就跟野草似的，有情緒也不敢露出來。

走到院門口，小閒接過袖袖手裡的傘和食盒，道：「怪冷的，妳回去吧。」

「姊姊不去賞雪了？」袖袖奇怪地問。

小閒嗯了一聲，道：「我去探探趙嬤嬤。妳回去，若有什麼事，到趙嬤嬤那兒找我。」

每到過年，小閒便特別想念父母，想到他們膝下空虛，心情便低落。趙嬤嬤跟她情似母女，這是到那兒尋求慰藉了。

第三十二章

趙嬤嬤在廚房裡忙碌，見小閒來了，甩了甩手裡的麵團，笑道：「妳先坐會兒，我做完饊子再跟妳閒話。」

饊子是大周朝流行已久的點心，也是趙嬤嬤拿手的點心之一，她炸出來的饊子又酥又脆又香，特別好吃。這手藝趙嬤嬤教過，不過小閒自認做得不如趙嬤嬤好。

「我來幫妳。」小閒說著，洗了手，捋起袖子，幫著拉成細麵條狀，麵條上面黏上黑芝麻，再重疊扭成粗辮子狀，下油鍋炸熟，類似現代的麻花。

「妳怎麼了？」趙嬤嬤奇怪地道：「誰欺負妳了？」怎麼眼眶紅紅的。

「沒有。」小閒道。「油煙燻了眼。」

是嗎？趙嬤嬤狐疑，想了想，道：「三郎君的親事，暫時告一段落吧？」

小閒點點頭，可不暫時告一段落，現在府裡都沒人再說這事了，所以她才敢過來。

趙嬤嬤湊近小閒耳邊，道：「聽說錦香很失望了一陣子呢。」

「為什麼？」小閒撈起一條炸得金黃的饊子，頭也不抬道。

趙嬤嬤笑了笑，沒說話。小閒隨即明白了。

「嬤嬤，謝謝妳。」小閒輕聲道。

趙嬤嬤輕輕點頭，兩人心照不宣。

炸好饊子，兩人回到趙嬤嬤房間。關起門，吃著燙嘴的饊子，小閒道：「夫人沒有為難妳吧？」

那天趙嬤嬤可是親自過來的，萬一陳氏起了疑心，那就麻煩了。

趙嬤嬤笑道：「她沒疑心到我。再說，我侍候她二十年了，就算疑心，不過責罵幾句，不會有事。」

小閒才不信呢，趙嬤嬤不過安她的心罷了。

「我拿了幾樣新做的點心，嬤嬤嚐嚐。」小閒打開食盒。她做得最多的還是現代的點心，這些點心好看可口又新奇，府裡的人無不喜歡。

趙嬤嬤打開食盒看了，笑道：「難為妳怎麼想出來的，每一個都那麼好看。」

裝食盒時，小閒便打算過來了，要不然獨自賞雪，哪裡用得著帶什麼點心。

兩人說著話，門外有人道：「嬤嬤在屋裡嗎？」隨著話聲，一人推門進來。

錦香這些天一直在煎熬。麗蓉即將成為少夫人，她煎熬；麗蓉沒戲，她同樣煎熬，一顆心總是七上八下，沒個安寧。剛才聽兩個小丫鬟議論，那個做得一手好菜、好點心的小閒又來了，這次不知帶什麼好吃的給趙嬤嬤。

她二話不說，便過來了。

「錦香姊姊？」小閒很意外，道：「妳這是……」

「嬤嬤好，」錦香先向趙嬤嬤行禮，然後轉向小閒，道：「我有幾句話問妳。郎君與麗蓉郡主的親事，是不是妳攪黃的？妳到底想幹什麼？別以為郎君寵著妳，妳就能飛上枝頭做鳳凰。我告訴妳，別作夢了，再蹦躂，妳也成不了少夫人。」

雖然葉啟很帥，美得炫目，可是小閒偏偏沒有要嫁給他的想法。

「錦香姊姊放心，我不會成為少夫人的。」小閒淡淡一笑，道：「若是郎君開恩，肯銷了我的奴籍，我去西市開家點心鋪子，自食其力，到時候還請錦香姊姊光顧喔。」

開點心鋪子？這是什麼道理，難道盧國公府的姨娘，還不如一個賣點心的？錦香才不信，冷笑一聲，道：「騙誰呢！」

「好了好了，」趙嬤嬤道。「小閒是來看我的，妳要沒別的事，就回去吧，我們靜靜說會兒話。」

錦香一口氣憋在胸中，趙嬤嬤不是她能撼得動的。

待錦香離開後，趙嬤嬤道：「府裡人多口雜，各種關係盤根錯節，妳凡事小心，別留下把柄讓人抓到。」

這孩子，運氣好得很，卻無處不透著危險，到處是敵人，可真教人揪心。

小閒應了。其實她已經很小心了，現在葉啟對她很信任，剪秋等人又唯她馬首是瞻，境況比以前好多了。

兩人說了小半個時辰閒話，主要是趙嬤嬤傳授在盧國公府的生存之道。

下雪天黑得早，屋裡的光線一點點暗了，小閒起身告辭。

外面風雪比來時更大了，趙嬤嬤非要小閒披上蓑衣，道：「也沒帶個撐傘的人，這樣子怎麼走路呢。」

一個人，若是撐著傘，被風吹倒可怎麼辦？

小閒不肯，道：「穿上這個，怪氣悶的，我還是拿著傘好了，又不遠，不過幾步路就到。」

兩人推來讓去，一個人穿過廊廡過來，道：「姊姊在這兒呢，教我好找。」

兩人望過去，見是一個不相識的丫鬟，不由齊聲道：「妳是誰？」

那丫鬟約十四、五歲，尖尖的下巴，一笑，兩個小小酒渦，道：「奴婢是九娘子院裡的，新撥到九娘子身邊服侍。」

葉歡的人啊。小閒道：「妳找我，有事？」

丫鬟道：「九娘子在三郎君那兒呢，讓奴婢來請姊姊回去，說是商量晚上的吃食。」

小閒一拍額頭，道：「三郎君回來了？她們貪懶，也不來喚我一聲，待我回去，看我不抽了她們的皮。」

葉啟一早外出，小閒才放心在這兒聊了這麼久。若是葉啟回來，不說回去侍候，起碼得準備晚飯。別人也就罷了，剪秋不找來，實在是不可原諒。

趙嬤嬤在旁邊聽著，也變了臉色，道：「妳快回去吧。」

見小閒撐了傘便走，又趕在後面喊。「小心看路。」就說這孩子身邊危險重重嘛，偏她自己還不覺得，真讓人擔心。

小閒一路小跑，把那個丫鬟甩在後邊，那丫鬟不敢讓小閒等她，只好提了裙袂急追。此時積雪已有好幾寸厚，她一個不小心，落腳不穩，摔了一個大跟頭，腳踝扭了，一拐一拐的，噙著淚，勉強走著。

難怪人都說三郎君院裡這位小閒是個怪胎，果然是真的，要不然怎麼跑得那麼快呢？丫鬟心裡想著，腳踝上的疼痛一陣陣襲來。

小閒邁進院子，看門的丫鬟在屋裡瞧見是她，剛迎出來，小閒已轉到廊廡，走向起居室。

「跑那麼快做什麼呢？」丫鬟納悶。

起居室裡，葉歡懷抱一隻大白兔，倚在葉啟身邊道：「三哥不知道，兔兒可乖了，每天只會吃和睡，從不吵人。」

葉啟哈哈大笑，道：「只會吃和睡，那可成了豬了。」

氈簾打起，帶進一陣風，葉啟轉過頭，馬上推開葉歡，喊剪秋。「快取乾淨帕子來。」

只顧趕路的小閒，墨髮上、肩上落滿了雪；濃密的髮上，一片片沒有融化的雪，讓葉啟的心一陣陣地疼。

剪秋候在廊下，見了小閒這副模樣，被雷得半天回不過神，還是葉啟的喊聲驚醒了她。

「這是怎麼了？」她取了帕子急急跑進來，剛要遞給小閒，已被葉啟一把搶過去。

小閒道：「郎君什麼時候回來的？怎麼沒個人過去喚我，我這就準備晚飯去。」

起居室裡地龍燒得旺，一眨眼的工夫，小閒頭上、肩上的雪融化了大半，水珠滴滴答答往下滴。

「不忙。」葉啟說著，一條帕子把小閒頭臉裹住。

小閒到這兒後，不知不覺受環境影響，對自己的分內事不敢有所差池。再說，就算在現代，去公司上班，不也得把工作做好嘛？

小閒急著趕來，頭臉落了雪，倒沒覺得冷，而且身上衣服厚，淋濕了斗篷，身上的衣服還沒濕呢。

她還想問有什麼事，頭臉忽然被裹住，嚇了她一跳，差點失聲叫了起來。

「把頭髮擦擦。」葉啟清朗的聲音在耳邊響起，隔著帕子，有一種說不出的溫暖。

剪秋早瞧得呆了。洗個臉還得人擰帕子的郎君，居然就這麼給小閒擦頭髮上的雪水。

小閒頭上的簪子、金釵一件件往下掉，落在兩人腳邊。

「小閒姊姊的頭面掉了。」葉歡道。「三哥，你好粗魯。」

呃……小閒心想，這話說的，太容易讓人想歪了。

剪秋暈了。怎麼這兄妹倆同一個德行啊？堂堂郎君親自動手，九娘子不僅沒有喝止，還向著小閒，這是什麼道理？

葉啟鬆開手，小閒梳得整整齊齊的髮早就亂得像雞窩了。葉啟從沒幹過侍候人的活兒，難免下手沒個輕重，小閒頭皮被揉得發麻，乍一得見光亮，不免有些暈。

「哈哈哈，你們看，小閒姊姊的頭髮。」懷抱大白兔的葉歡指著小閒的頭大笑起來。

從小被要求頭髮梳得紋絲不亂，衣裳得整整齊齊才能見人的葉歡，陡然見了小閒這副模樣，不免幸災樂禍起來。不過，她並沒有惡意，只是取笑一下罷了。

小閒伸手一摸，髮髻差不多散了。

「婢子先去整理儀容，再來侍候郎君和九娘子。」小閒告罪道。

剪秋也跟著笑起來，道：「我給妳梳頭。」

「把衣服換換，穿濕衣對身體不好。」葉啟道。

小閒一出門，候在門外廊下的丫鬟們集體失神，一個個呆若木雞地看著小閒苦著臉走過，後面，剪秋手搭小閒的斗篷，緊緊跟隨。

小閒轉過廊廡，身後傳來一陣參差不齊的笑聲和嗡嗡的議論聲。又有她們嚼舌根的了，小閒頗為無奈。今天這事要傳到陳氏耳裡，不知又要生出多少風波？要傳到錦香耳裡，只怕她會殺了自己。

「郎君對妳果然與眾不同。」兩人在妝奩前坐下，剪秋含笑道。

她是小閒的人，是小閒的心腹，小閒很多事不瞞她。可是此時，小閒卻不敢確定這話的意思，只好轉頭看她。

剪秋笑道：「我在郎君身邊侍候了五年，還沒見他對哪個丫鬟如此看重。就是娘子們，也沒見他如此上心呢。」

小閒從她眼裡看到的，只有欣慰。

「或者郎君只是隨手而為，妳想多了。」小閒道。

剪秋笑道：「郎君從不越雷池一步。」

他是主子，自有主子的氣度，主子又怎麼會為奴婢擦頭擦臉？今天的舉止，可真耐人尋味。

「不過是舉手之勞。」小閒道。

小閒確實把葉啟的舉動理解為舉手之勞，沒有別的意思，同時暗暗警告自己別想太多。眼前可有兩個先烈了，麗蓉和錦香的下場有目共睹，自作多情，那是要付出代價的，她承擔不起。

兩人說話間，剪秋手上不停，很快梳了一個飛仙髻，道：「晚上我替妳，妳早點回來洗頭吧。」

披頭散髮是不能在主子面前出現的，所以就算頭髮未乾，也只能儘量擦乾，然後梳好。

葉啟坐著發怔，眼睛無意識地盯著門口氈簾上繡的一對仙鶴。

氈簾掀起，一個髮髻歪了，身上濕漉漉，裙子上一大片雪跡污泥的丫鬟狼狽地跑進來，哭喪著臉道：「回九娘子、三郎君，奴婢找到小閒姊姊了，不知她回來了沒有？」

正是去找小閒的那個丫鬟。她本來持傘，可是摔了兩次，衣服早濕，有沒有傘關係也不大了。小閒早跑得不見人影，她只好氣喘吁吁地趕來覆命。

「妳怎麼這副樣子？」葉啟不高興地道：「府上的教養嬤嬤是怎麼教妳的？」

丫鬟們進府，有教養嬤嬤教她們規矩，要不然哪能一個個舉止得體，比富貴人家的娘子還優雅？

丫鬟嚇了一跳，腿一軟，便跪下了，道：「路上濕滑，奴婢走得急，跌了兩跤。」

葉歡蹙著眉，道：「怎麼小閒姊姊好好的，妳就跌跤了呢。真沒用。」

「下去吧。」葉啟冷冷道。

丫鬟惶恐地退下，出了門還打聽小閒回來了沒有。待眾人告訴她，小閒散著頭髮走了，她不免心理平衡了，看來小閒也挨訓了，三郎君果然嚴厲。

小閒重新換了乾淨衣裳過來時，葉啟換了個姿勢，依然盯著氈簾發呆。氈簾掀動，葉啟垂下眼簾，裝作撫弄葉歡懷裡兔子背上雪白的毛。

「小閒姊姊來了！」葉歡一聲歡呼，抱著兔子跑過來，道：「看，兔兒長這麼大了呢。」

葉啟送的是一對小白兔。這些天，葉歡一直當寶貝養著，要不是可兒堅決不答應，她每晚還要抱著心愛的兔兒睡呢。眼看著長這麼大，抱在懷裡沈甸甸的，很有成就感。

「這麼大了啊。」小閒笑著接過兔子。兔子性子溫順，並不認生，被小閒抱了，乖巧地依在小閒懷裡。

「嗯嗯。」葉歡用力點頭，道：「我親自餵牠吃的喔。」

小閒誇道：「九娘子真乖。」

「嗯嗯，我很乖的。」葉歡說著，和小閒一起往裡走，道：「小閒姊姊去哪兒了？」

葉啟似有意似無意地瞥了小閒一眼。

小閒道：「去夫人院裡了。」

葉啟身子微微動了一下，頭也不抬，道：「娘親喚妳過去，有什麼事？」

母親忙著準備各家的年禮，怎麼還有時間關心自己呢？

小閒笑道：「不是。我去瞧趙嬤嬤，好些天沒去瞧瞧她，想念得緊，兩人坐著說話，忘了時辰。對了，郎君什麼時候回來的？怎麼她們也不喚我一聲。」

葉啟修長的手指再次落在兔子背上，只是這次抱兔子的人換了。兔背與小閒的衣裳隔著短短兩寸，葉啟只覺指尖發燙，好像兔兒混了小閒身上的香味。

不知想到什麼，他的臉唰地紅了。

「郎君？」小閒又喚了一聲，怎麼好好說話，他卻發起呆來。

葉歡一屁股坐到葉啟腿上，道：「三哥，小閒姊姊跟你說話呢。」懷裡坐了輕輕巧巧的一個小人兒，倒把葉啟嚇了一跳，往後縮了一下，道：「坐開去。」

葉歡很委屈，道：「三哥，你不要我了嗎？」

「沒有沒有。」小閒哄她道。「郎君在想正事，我們到外面玩去，別打擾他。」

葉歡牽了小閒的手，興興頭頭道：「我們去餵兔子吃蘿蔔，可好玩了。」

「就在這裡玩吧。九娘，妳不是想吃小閒做的炸醬麵嗎？」葉啟道。

葉歡抬頭望向小閒，一臉期盼，道：「姊姊教三哥做炸醬麵，我也要學。」

妳還沒灶臺高呢，學什麼？小閒腹誹，道：「郎君學了孝敬夫人，九娘子學來做什麼呀？」

說著，把兔子還給葉歡，對葉啟道：「今晚吃炸醬麵嗎？配兩葷兩素四樣小菜可好？」

自從稟了陳氏後，葉啟算是過了明面，光明正大去了幾次廚房，把炸醬麵學得似模似樣了。當然，他學的只是如何把麵丟進鍋裡，以及如何撈出來，至於醬和麵，自然是小閒備好的。

「我要吃我要吃！」葉歡忘了剛才受哥哥冷落的不愉快，拍手歡呼道。

葉啟進廚房的事傳得滿府皆知，因為葉啟的緣故，大家都暗中談論，炸醬麵到底有多好吃，不知有多少人神往，要是能吃到一碗小閒做的炸醬麵……

丫鬟們的議論傳進葉歡耳裡，於是，她便找來了。

「郎君、九娘子稍待，我這就做去。」小閒最近做得多了，早就吃膩了。

小閒款款離去，葉啟的指尖好像還殘留著她身上的清香氣味。他不禁拿到鼻端聞了聞，真的好香。把兔子抱在懷裡，他喃喃道：「你真是好運氣……」

兔子哪懂得什麼，抖了抖長長的耳朵。

第三十三章

一大碗炸醬麵吃下去，葉歡撐著圓滾滾的肚子直哼哼，道：「真好吃，我明天還來。」

小鬧真怕她吃多了。府裡的規矩，每餐只許吃八分飽，絕不許暴飲暴食，除了葉德，每個人在飲食上都很節制。

「肚子會不會不舒服？我們去外面轉轉，消消食吧？」小鬧摸摸葉歡的小肚子，擔心地道。

外面風雪越發大了，好在府裡地方大，九曲迴廊更是數不勝數，若是繞著廊廡走，也能起到散步的效果。

葉歡倚在葉啟腿上，挺著小肚子，仰頭道：「三哥，我要搬來和你一起住。」進來抬食案的丫鬟都笑了。剪秋道：「九娘子說哪裡話，府裡可是有規矩的，娘子們獨居一院。」

陳氏怎麼可能讓葉歡搬過來嘛。小鬧也笑了。

葉歡苦著臉，道：「我想餐餐吃這個。」

「妳明天過來，我明天不出去，在家裡陪妳。」葉啟隨即吩咐道：「傳令下去，明天收拜帖，不見客。」

剪秋應了，自去吩咐。

葉啟幫葉歡揉肚子，眼睛卻瞟向小閒的髮，還沒乾呢。因為沒乾，頭上半點首飾也無，反而襯得膚白如雪，髮黑似墨。葉啟一顆心咚咚地跳。

侍候葉啟、葉歡兄妹用過晚飯，小閒向剪秋使個眼色。剪秋會意，輕輕點點頭。小閒悄悄退了出去。

廚房早備好熱水，小閒泡在熱水裡，只覺渾身舒泰，淋了雪後，侵入寒氣的身體，就在熱水中暖和過來。

不知過了多久，外面傳來袖袖的聲音。「九娘子妳不能進去，小閒姊姊在沐浴呢。」

葉歡來了？小閒忙起身穿衣，衣服穿到一半，門被推開，探出葉歡的小腦袋，道：「小閒姊姊，我們一起下棋嘛。」

小閒汗，回頭道：「我不會下棋，妳和郎君下。」

葉歡嘟了嘟嘴，道：「不會怕什麼，不是有三哥嘛，他會教妳的。」

葉歡去年開始學棋，不過對棋的興趣不大，怎麼會突然要下棋？小閒疑惑著，飛快套上一層層的衣服。

起居室裡，葉啟一人分飾兩角，盤中黑子白子鬥得難解難分。

小閒因為剛洗了頭髮，又被葉歡叫走，匆忙之中，髮披散在肩頭。待見葉啟的目光落在披肩長髮上，小閒窘得低下頭。

「婢子……先告退。」小閒聲細如蚊。

「喔？喔，不用。又沒外人，這樣挺好。」葉啟道。

天天一個院裡住著，抬頭不見低頭見的，難免有那麼不湊巧的時候。小閒自我安慰著，便沒堅持要退下。

葉歡已拉著小閒坐下，道：「我們來下棋。」

葉啟也道：「妳陪她玩吧，小孩子好勝心強，總想贏。」

那意思，葉歡找上小閒，是因為小閒不會下棋，能穩贏。

真是小孩子呢。小閒失笑，認真向葉歡求教。「怎麼下呀？」

葉啟已撿起棋子，分放入白玉棋笥中，葉歡似模似樣伸手做請，道：「姊姊先起手。」

她和別人下，都是別人先起手，所以她有此一說。

小閒看過葉啟下棋，只是從沒學過，這第一子應該下在哪兒?她不由轉頭望向葉啟。

葉啟拈起一枚黑子，放在棋盤上。小閒不懂為什麼要放在這兒，有什麼講究，又轉頭去看葉歡。

葉歡拈起白子，棋局就此開始。

可是小閒從沒看過棋譜，連棋盤上縱橫十九道是怎麼回事都不懂，每下一了都只能指望葉啟，沒一會兒就煩了，讓開座位，道：「還是郎君來吧，我去煎茶。」

葉啟沒有推辭。

葉歡嘟著嘴道：「可是三哥總會把我殺得片甲不留。」

「我讓妳十子如何？」葉啟笑咪咪道。

葉歡拍手道：「是你說的，可不許賴。」

小閒去取茶餅，剪秋跟過來道：「剛才郎君哄九娘子去喚妳。」

小閒微微一怔，什麼意思？就在這時，傳來葉歡悔子的聲音，道：「我不下這兒。」

「好好好，隨妳。」葉啟的聲音裡充滿溺愛。

小閒與剪秋相視一笑，心裡倍感溫暖。

就在這時，一人掀簾進來，道：「三哥好偏心，只疼九娘，不疼我。」

「十哥？」葉歡噔噔噔跑過去，炫耀道：「我們吃了好吃的炸醬麵呢。」

好吃的炸醬麵……小閒手一抖，茶餅差點掉了。

「我就是聞到香味才來的。」葉標說著，給葉啟行禮，然後在下首坐了，道：「明知道我最喜歡吃小閒做的吃食，有好吃的三哥偏不叫我。」

「你要想吃，明天讓小閒再做一份就是了。九娘明天也來呢。」葉啟笑道。

「嗯嗯嗯。」葉歡用力點頭，道：「我明天一定來的。」

「不用了，」葉標道。「開了年，我便獨居一院，能開小廚房。我廚房裡缺個管事的丫鬟，我想著，小閒原是我託三哥從娘親那裡要來的人，算起來，該是我的丫鬟才是。我今天來，特地來跟三哥說一聲，我遷新居，便來接小閒過去。」

室中一時靜得落針可聞。小閒現在已經是葉啟的大丫鬟，掌管一院，手底下幾十號人全聽她的號令，葉啟出門穿什麼、帶什麼、回來吃什麼、看什麼書、東西放在哪兒，全歸小閒管。離了小閒，葉啟不抓瞎才怪。

最近葉標忙著新院的事，小孩子麼，有自己的院子，自然忙著滿京城淘換擺件裝飾新房子。最近盧國公府炸醬麵大熱，幾個兄弟姊妹都過來嚐鮮，唯獨他沒過來，葉啟還以為他有了新院子，改了吃貨的性子呢。沒想到他來這一招。這是釜底抽薪啊。

剪秋看看小閒，低聲道：「郎君一定不會答應的。」

意思是，妳不用擔心。暖冬跟葉標日久，一定有自己的心腹，小閒若是過去，會受壓制。

小閒點點頭，道：「我知道。」

葉啟淡淡的聲音響起。「十郎，想必你忘了，娘親已把小閒劃到我這裡了。」

各院都有名冊，類似現代戶籍，現在小閒的戶籍就落在葉啟這兒，雖然明面上沒有升為一等大丫鬟，但大家都以她為尊，該請示的請示，該彙報的彙報，從沒亂了規矩。

「是嗎？」葉標笑，道：「那我跟娘親說一聲。我現在開了院，多幾個人侍候也是應該的。三哥院裡那麼多人，也不缺這一個。」

錯了，院裡唯缺這一個。葉啟心道。

「你不是有暖冬嗎?小閒過去，暖冬怎麼辦？」葉啟道。

葉標很光棍地道：「暖冬和小閒同為一等大丫鬟嘛，我有兩個一等大丫鬟的名額呢。」

「我也有。」葉啟道。「我現在就有，你卻須等到開春。」

府裡規矩，只有別院另居的郎君、娘子們才能使喚兩個一等大丫鬟，四個二等大丫鬟；現在暖冬只是二等，只有等到葉標從陳氏後廂房搬出來才能升。

葉標跳起來，道：「我現在就找娘親去。」氈簾被用力掀起，帶起一陣大風，吹得燭火差點熄滅。

小閒取了茶餅，剪秋端了茶具，從隔間過來。

這是要去上房嗎？小閒抬眼看他，燭光下，他臉色鐵青，薄薄的唇緊緊抿著。

葉啟道：「取斗篷來。」

「三哥，我跟你一起去。」葉歡跑過去，牽了葉啟的手道。

葉啟蹲下身抱了抱她，哄道：「天色晚了，九娘先去歇息好不好？」

葉歡道：「不嘛，我要跟三哥一起去娘親那兒。十哥不好，想搶小閒姊姊呢。」

其實就算小閒到葉標院裡，她一樣能過去蹭吃蹭喝。小閒沒想到在她小小的心裡，已有是非之分。

「九娘子先回去，明天再來，十郎君搶不走我的。」小閒幫著哄。

這時，葉啟深邃的眼眸盯著小閒的眼睛，道：「妳不願意過去，是嗎？」

誰願意啊？小閒腹誹，道：「一切由郎君作主。」

葉啟點點頭，披上斗篷，大步走了。

小閒喊候在門外的丫鬟。「提了燈籠小心跟著。」

葉啟在府裡一向習慣獨來獨往，以往去上房向陳氏、葉德請安，也不要人跟。今天她有些心神不寧，便吩咐兩個丫鬟，帶了人跟過去。

陳氏最近很忙。每到年關，她總是很忙，一來各府的年禮需要她過目，二來她生日在即，府中各處該修整的修整、該添置的添置，又需斟酌宴客的名單。重中之重，是壽宴當天的穿戴，既要顯出她盧國公府女主人的獨特地位，不被妖精似的妾侍壓下一頭，還要不顯張揚，免得貴婦人們笑話她輕狂。為了這個，她每每費盡心思。

此時，陳氏臥室中擺滿了各種毛織料和綢。

陳氏的手撫過滑滑的綢，在一疋泥金撒花綢布上停下，道：「這件如何？」

汪嬤嬤瞥了一眼針線房管事呂嬤嬤，呂嬤嬤沈吟道：「顏色太暗了些。」

也就是說，以她的專業眼光，這疋綢是不合適的。

她挑了四、五疋，都被陳氏否決了，室內暖和，她額頭微現汗珠。每到年底，對她來都說是生死考驗。

平日裡她從不敢少了對汪嬤嬤的孝敬，此時汪嬤嬤看呂嬤嬤不自在，陪笑道：「不如開了庫房，多取幾件來挑。」

呂嬤嬤立刻拿了鑰匙吩咐得用的人去取，特別交代。「做披帛用的。」

葉標一踏進室內，便怔住了，道：「怎麼這麼多布料？娘親，我要做兩件圓領袍。」

陳氏抬頭看他一眼，道：「新衣送過去沒有？」

汪嬤嬤笑道：「下午送過去了，暖冬收的，還說毛料厚實呢。」

陳氏點點頭，不言語了。

葉標一聽送去了，又道：「我的院子，要取一個好聽的名字，稱呼起來才威風。」

盧國公府亭臺樓閣多不勝數，只有幾個地方有牌匾，蓋因開府的老祖宗不欲張揚的緣故，所以葉啟住的的院子門楣上光禿禿的，並沒有牌匾。

陳氏嗯了一聲，道：「不許亂取。」也就是准了。

「我還要討回我的丫鬟。」葉標一股氣地道，氣呼呼的。

陳氏這次正眼看他，不解地道：「你的丫鬟跟了誰？」

汪嬤嬤也怔住了，從沒聽說十郎的丫鬟跟別人跑了呀，若是短了人，這眼皮底下，豈有不知道的道理？

當葉標說出小閒的名字時，陳氏臉色冷了下來，道：「把小閒喚來。」

狐媚子她見得多了，還沒見過小小年紀功力這麼深的，居然把她的兒子迷得神魂顛倒，半夜三更跑來要人。

往日錦香說的話不知不覺在她耳邊迴響。陳氏板著臉，又想，怪道要把她許給三郎她不願意，原以為她沒有勾引三郎的心，原來她瞄上了十郎。

陳氏越想越生氣，布料也不挑了，往榻上一坐，沈臉道：「跟娘親說說，為什麼要討回小閒？」

葉標自小被寵得無法無天，從來不怕陳氏生氣，他再惹陳氏生氣，陳氏也不會責罰他，只會責罰身邊跟著的人。

不過是奴婢，受了責罰也是應該的。他這麼認為。

「娘親，小閒會做點心、會做菜，人又乖巧。我一早看上她了，只是暫時留在三哥那裡，沒想到三哥用著順手，不肯還我。」葉標坐到陳氏身邊，倚在陳氏身上，不停扭動撒嬌。「唉，自從她去了三哥院裡，我的飯食都難吃得像豬食，我忍了再忍才嚥得下。」

陳氏皺眉。

「娘親，」葉標央求道：「我就要小閒到我院裡當廚娘嘛，她做什麼都好吃。」

汪嬤嬤笑道：「這丫頭還真有一雙巧手，最近人人談論的炸醬麵，就是她弄出來的，幾位郎君和娘子都去吃了呢。」

「是嗎？」陳氏不信，什麼美食在堂堂盧國公府也算不了什麼，真能引得她這些自小就錦衣玉食的兒女趨之若鶩？

汪嬤嬤笑道：「是呀！三郎君為此還特地進廚房，學做這個為夫人賀壽添福呢。」

這事陳氏倒記得，既然這樣，那引得兒女們趕去吃炸醬麵也是真的了。

「我斷斷容她不得！」陳氏怒道。

就在這時，氈簾掀起，葉啟邁步進來，道：「娘親還沒歇息？」

葉啟一進門，葉標便扭過臉去。

「三郎來得正好，」陳氏道。「你院裡那個叫小閒的丫鬟，明兒叫了人牙子發賣出去吧。」

葉啟道：「她犯了什麼錯？若是犯了錯，娘親責罰她就是。我們府裡一向善待下人，又恰逢娘親壽辰在即，若是發賣丫鬟，傳出去讓人笑話，於娘親臉上無光。」

這話說到陳氏心坎裡去。她嘆氣道：「你是不知道，這賤婢做什麼不好，卻去勾引十郎，我怎麼容得了她？」

「勾引十郎？」葉啟訝異，道：「怎麼會呢？剛才十郎去我院裡，非要搶小閒，小閒可沒跟他走，怎麼能說兩人有私情？再說，十郎只有十歲，還是個孩子呢。」

其實十歲在現代是個孩子，在大周朝卻是半大的小夥子了，葉啟故意把他說小了，以便為小閒開脫。

「我是大人了。」葉標氣呼呼為自己辯解。

葉啟不理他，道：「兒子聽說，前些天，娘親要把小閒許給兒子？不知可有此事？」

陳氏翻了個白眼，道：「我倒起了這心思，人家情願死，也不願意跟你呢。」

想起這事她就來氣，當初她還以為小閒真是好丫鬟呢，沒想到卻是覬覦她的十郎，真該活活打死，扔亂葬崗去。

從母親嘴裡得到證實，葉啟身體微微震了一下，隨即展顏笑道：「娘親請看，兒子比十郎如何？」

燈下，葉啟目如朗星、鼻如懸膽，稜角分明的唇紅潤動人，端坐在榻上，比葉標高了一個頭不止。陳氏暗暗讚嘆一聲，不愧是自己兒子，果然丰神如玉。

葉啟道：「兒子年長，比十郎更有男子氣概，小閒對兒子尚且不動心，何況十郎？」

他也真豁得出去。

一屋子人都笑了，汪嬤嬤笑道：「瞧三郎君說的，她不過是個丫鬟，爺們瞧得上她，是她的造化，哪裡輪到她挑三揀四。」

陳氏狠狠剜了汪嬤嬤一眼。汪嬤嬤悚然一驚，低下頭去。

第三十四章

簾外丫鬟回道：「夫人，小閒來了。」

「進來吧。」陳氏的語氣已不似剛才冰冷。

小閒挑簾進來，先向居中的陳氏行禮，道：「夫人喚我有什麼事？」

接到傳喚，小閒先盤好髮髻，換了衣裳，所以來遲了。

陳氏哼了一聲，道：「妳倒好本事，勾引得兩位郎君為妳吵鬧不休。」

「娘親！」葉啟蹙眉低聲道：「分明是十郎不懂事，與小閒何干？」

這話要是剛才說，只怕陳氏會立即喝令把小閒拖下去杖打。

「三哥，你總針對我，到底想怎樣?!」葉標受夠了，跳起來大叫。

還是他的兄長呢，只顧自己，一點也不體諒他。他不過瞧中一個丫鬟而已，居然不肯送他，何況這個丫鬟是他暫寄在葉啟那兒的。葉標怒火中燒，以前葉啟對他的種種好全拋到腦後，只覺得眼前這人十分可惡，仗著先出世幾年便欺負他。

葉啟含笑道：「十郎，為兄全然為你好。」

「鬼才信！」葉標說著，憤憤出門而去。在母親面前，他到底還是不敢對葉啟怎麼樣。

陳氏忙問：「可有人跟著？」又吩咐汪嬤嬤。「過去看看，他還是孩子呢，好生哄著他。」

小閒在屋子正中屈膝行禮，陳氏沒讓她起來，她不敢站直，此時眼見葉標被氣走，不由低下頭去，唇邊悄然露出一抹笑。

「小閒！」陳氏喝道：「要妳去十郎院裡，妳可願意？」

小閒不知這話是真是假，一時猶豫不答。

葉啟上身前傾，叫了一聲。「娘親！」

陳氏目不轉睛地盯著小閒，毫不理會葉啟。

「婢子只是一個奴婢，哪裡敢有什麼主意。只是婢子在三郎君院中日久，與院中的姊妹感情日深，捨不得分離，還求夫人開恩，讓婢子在三郎君院裡侍候。」小閒明知此話一出，極有可能惹惱陳氏，可是不知怎的，葉啟往日對她的好點點滴滴浮上心頭，謹聽吩咐的話便說不出口。

葉啟老神在在坐了回去，臉上如綻開的花兒，笑得歡暢。

在場的人都想，怪道外面風言風語，三郎君對這丫鬟果然與眾不同。

錦香悄悄在廊下候著，想到小閒即將倒楣，寒風颳在臉上，不覺得冷，反而有如春風。

陳氏臉上陰晴不定，半晌，道：「妳既是我這裡出去的，還是回我這裡侍候吧。」

葉啟的笑容僵在臉上。

小閒應了一聲是，準備退下，回去收拾包袱，明天搬家。

陳氏卻又大喘氣般道：「罷了，還是照舊吧。不過一個丫鬟，我懶得費心。」

原來她又挖了個坑。如果剛才小閒沒有爽爽快快答應，恐怕她就會真的要小閒留下了。

小閒暗道好險，又應了一聲是。

這起起伏伏峰迴路轉的，葉啟只覺渾身像散了架，比策馬奔馳一天還累。

「時候不早了，三郎回去吧。」陳氏道。

葉啟從暖閣出來，錦香忙迎了上去，關切地道：「郎君……一切可好？」

得見朝思慕想的心上人，她的淚花止不住地往外湧，只想撲到葉啟懷裡，一訴別來相思。

葉啟道：「還好。妳安心在這兒，待過了年，我請夫人為妳說一門好親。」

「不不不，」錦香大驚，連忙道：「奴婢不願嫁人，奴婢只盼能一輩子侍候郎君。」

葉啟搖頭道：「女孩子怎能不嫁人？妳年紀已經不小，再蹉跎下去，就成老姑娘了。」

郎君嫌她老了？錦香茫然。

小閒跟在葉啟身後，見錦香與他說話，便退了幾步，遠遠站著。直到葉啟招呼她才邁步。

「小閒？」錦香不敢置信地道：「妳沒事？」

夫人最忌諱丫鬟不守本分，兩位郎君為她吵到夫人跟前，她怎麼可能安然無恙？

小閒無奈，只好打招呼道：「錦香姊姊，妳也在這兒啊。」

錦香如見了鬼，噔噔噔倒退三步。

葉啟再沒理她，回頭看了小閒一眼，走了。

從上房到葉啟的院裡抄近路需要通過一條窄巷，平日很少人走，此時積了厚厚的雪，還沒清掃，十分難行。

葉啟停步伸手，道：「我扶妳。」

小閒怔住，跟的人也怔住了，大家一齊呆若木雞地望著他。

葉啟咳了一聲，道：「那……妳自己走吧。」

許多年後，剪秋每每憶起這事，都笑得直不起腰。當然，這是後話了。

很快到了陳氏壽辰那日，盧國公府門前車水馬龍，送禮的、拜壽的，排起了長龍。而沒資格進府的，只能送一份禮、附上拜帖，在門房裡略坐一坐，略表與盧國公府親近之心。

幾個門子忙得腳不沾地，迎客的、倒茶的、跑腿的，都累得一頭的汗。

華哥兒的姊姊是葉馨院裡的丫鬟，求了汪嬤嬤才得了門子的差事。這可是肥差，半年不到，老婆本已經攢下了。

一輛華麗的馬車在大門前停下，車門左側是一朵雲的圖案。這是秀王府的標識，門子們都是見慣了的。

華哥兒小跑過來，車夫含笑道：「小哥兒通報一聲，秀王妃前來拜壽。」

秀王妃好些天沒過來了。華哥兒微微一怔，道：「請稍候。」

很快，一身新衣的大管家迎了出來，躬身道：「王妃請。」

鼓樂聲起，馬車從大門徐徐駛進去。

「瞧見沒有，連秀王妃都來給葉夫人拜壽呢。」門房裡，一個身穿承議郎袍服的中年男子對坐在身旁，身著驍騎尉袍服的青年男子道。

驍騎尉眼望門外，只當沒聽見。

承議郎因官職低了對方一品，只好訕訕笑了一下。

又一輛牛車在大門口停下。這輛牛車造型古樸，車上沒有任何標識，可是所有人都知道這是誰的牛車。

承議郎輕呼出聲。「啊，余夫人也來給葉夫人拜壽嗎？」

余夫人邢氏的丈夫，工部尚書余慶乃是隴西貴族，一向遵循古例，用牛車代步。

驍騎尉似乎對他的大驚小怪很不滿，狠狠瞪了他一眼，要不是門房中坐滿了人，早就揀別的位子坐了。

不斷有貴客來，華哥兒的腿快跑斷了。唉，沒辦法呀，自從三郎君當了千牛備身後，前來拜訪的人多了很多也就罷了，今兒夫人生日，這客人可比往年足足多了一倍不止啊，看來滿京城的勛貴公卿都藉夫人的壽辰，行夫人外交，和盧國公府套交情呢。

盧國公府後花園的未名湖旁，已搭了好大一個大廳，地龍燒得旺旺的，貴婦人三五成群，或品評碧雲居新上市的首飾，或談論京城中新近流行的服飾，熱鬧非凡。

陳氏身著玫紅色襦裙，纏枝紋披帛，既高貴又不張揚。

坐在她左側的是秀王妃，笑容勉強，道：「若不是看在我們近二十年交情的分上，今兒我可不會來。」

麗蓉被傳得很不堪，可這傻丫頭，偏偏一顆心還是放在葉啟這混帳身上，苦苦哀求自己過來，就怕秀王府與盧國公府斷了來往，她沒了指望。

唉，若不是為了女兒，她怎麼會過來丟人現眼。

陳氏笑靨如花，緊緊拉著秀王妃的手不放，道：「妳也真是的，我們自小一塊兒長大，就算有小小誤會，又怎麼會解釋不清呢？我派人給妳送的鹿肉，妳還退了回來。」

秀王是皇帝的胞弟，衝著這點，陳氏也不願得罪秀王妃，本著買賣不成仁義在的精神，她著實派人給秀王妃送了幾次東西，每次送的都是日常吃的用的，以表兩家非同一般的情義。不過，每次都被退回來了。

今天，秀王妃肯紆尊降貴過來，她自然高興得不得了。

兩人有一搭沒一搭地說話，一個身材苗條、面容姣好，三十出頭的貴婦人手牽一個十五、六歲的少女邁步進廳。那少女娉娉婷婷，一副弱柳扶風之態，一進門，便把滿座珠光寶氣、各呈妖嬈的貴婦人們，以及各家娘子們給比下去了。

「這是誰家的小娘子，長這麼美？」

「妳怎麼不認識她？她就是岳二十二娘啊。」

「原來是她啊，果然人比花嬌。」

低低的議論聲不絕於耳，那少女恍若未聞，隨母親緩步走到陳氏面前約十步處停下，行禮道：「見過伯母。」

因岳關與葉啟交情甚篤，所以她向陳氏行晚輩禮。

陳氏早迎了上去，攬住她的肩頭，笑著對文信侯夫人趙氏道：「妳家姍娘越長越漂亮了。」

趙氏微笑道：「妳可別寵壞了她。」

一個臉如圓盤的貴婦人道：「聽說岳二十二娘的琴藝是京城一絕，今日有幸得見真人一面，不知有沒有耳福欣賞二十二娘絕妙的琴音呢？」

「對呀對呀。」不少人隨聲附和。

據說岳二十二娘不喜交際，只喜琴藝，京城名媛的聚會，她極少參加，見過她的人極少。

很多人猜測，大概因為兄長十八郎與葉家三郎交情甚篤的緣故，二十二娘才會過府拜壽。

起鬨的人中，不少人好奇於她琴藝是京城一絕的傳說，說是想開眼界，倒不如希望驗證真假，以後好作為談資。

趙氏只是愛憐地凝視女兒。岳姍含笑道：「奴過府拜壽，願奏一曲賀伯母福祿安康。」

這是有備而來啊。

大廳裡，嗡嗡的議論聲不絕於耳，趙氏母女在丫鬟引導下入座。

秀王妃神色微微一動，向後招了招手，垂手侍立一旁的丫鬟忙湊耳過去。她吩咐一句，那丫鬟微微頷首，匆匆出廳去了。

陳氏是女子，又當壯年，勛貴公卿們為避嫌，大多派夫人過府拜壽，只有極少數幾個通家之好的人家，才有後生晚輩到花園當面賀壽，男客由葉啟兄弟幾人在前院接待。

岳關與周川一早就到，先去葉啟院裡會齊，再一起過來。

「給伯母拜壽，祝伯母壽比南山，福如東海。」兩人一齊躬身行禮道。

陳氏笑得合不攏嘴，道：「免了免了。」

葉啟和周川又向岳夫人行禮，外面報說鄭國公府夫人到了，於是三人又一齊迎出去。

先前的圓臉夫人笑道：「一晃眼的工夫，三郎這麼大了。」

陳氏笑道：「可不是。我還記得他四、五歲的時候，夏天爬上樹掏鳥兒，這一眨眼的工夫，已經比他父親還高了。」

「豈止是長高了，我看啊，他肖夫人，長得是丰神俊朗、一表人才哪。」一個尖下巴的貴婦人取了一塊壽糕，卻不忙著吃，應了一句。

這話立刻引來不少人贊同，又有人道：「不知誰家的閨女好福氣，得嫁如此佳婿。」

尖下巴的貴婦人嘴裡塞滿了壽糕，無法說話，只是不停點頭。

另有一人取笑道：「惠姊姊可是有了合適的人家？想作這個大媒嗎？」

那惠姊姊瞟了一眼上首的秀王妃，故意嘆息道：「想倒是想的，只是手頭沒有合適的小娘子。我家裡那兩個，怎麼配得上三郎？」

一句話，大廳裡炸開了鍋，大家紛紛拿自家閨女出來攀比。這個說自家閨女別的一般，就是字寫得好，哎喲喲，女孩兒家家的，就該相夫教子，字寫得好有什麼用呢？那個說，自家閨女除了一張臉蛋長得漂亮，就沒別的拿得出手，反正過門是要當大婦的，俗話說娶妻娶賢，納妾納色，當家大婦用得著長那麼好嘛……

秀王妃越聽越生氣。什麼字寫得好，也就是識得幾個字，什麼長得好，比麗蓉差遠了。

母親們自誇，一起來的女兒都不好意思地低下頭，只有岳姍好像什麼也沒發生過，自顧自與葉馨說話。

說話間，鄭國公夫人樂氏以及前後腳到的幾個夫人一同進來，葉啟、周川、岳關幾人倒不見蹤影。

又是一通行禮以及把臂言談後，趙氏問：「孩子們呢？」

樂氏道：「過一會兒就來。」

趙氏便不言語了。

不久，明月來報郎君們、娘子們來向夫人拜壽，葉馨這才跑了出去。陳氏不禁搖搖頭，這孩子，怎麼就學不會舉止嫻淑呢？

由葉啟領頭，四兄弟魚貫而入，葉豐後面是葉馨三姊妹。葉歡手奉禮盒，走在葉馨身後；庶出的葉芸走在最後，臉上一副誠惶誠恐的神色。

來到陳氏面前，男在左，女在右，依大小嫡庶排成兩排。

「母親生辰如意。」七人躬身齊聲道。

然後，葉啟獻上禮物。

大家對他手裡捧的朱紅漆盤早就好奇得很了，怎麼盤裡一個大碗，還冒著白氣，聞著香甜呢。

「母親，金銀財寶都是府中之物，兒子身無長物，唯有親自下廚，為母親做一碗壽麵，祝母親福澤綿長，母親請嚐嚐。」葉啟朗聲道，把炸醬麵輕輕放在陳氏面前的几案上。

親自下廚?!貴婦人們瞪大了眼。

「真孝順哪。」有人道，恨不得自己化身陳氏，吃一口几案上的麵。從葉啟進來，就聞到濃郁的香味了。

沒吃尚且如此，若是真的嚐了，該是如何美味？

「好好好，三郎有心了。」這是兒子親自下廚做出來的壽麵，陳氏在賓客們羨慕嫉妒恨的注視下，虛榮得很，手持銀筷，挑起一根麵條，就著醬香，咬了一口，濃郁的甜香瞬間充塞口腔，讓她不忍下嚥。

一旁的秀王妃羨慕地問：「味道如何？」

不少人翻了翻白眼。就算這碗麵食不下嚥，葉啟這份孝心也足以感天動地了，怎麼問起味道來，真是大殺風景。

「美味極了。」陳氏微閉雙眼，陶醉地道：「這是我長這麼大吃過最美味的麵了。」

話音剛落，便聽到許多嚥口水的聲音。

第三十五章

高大寬敞的大廚房裡，房梁上吊著風雞燻肉，牆角屋簷下放著醋甕醬缸，幾十個廚娘丫鬟忙著洗剝切剁，廚房裡一片熱火朝天。

小閒腰繫圍裙，掀開冒著白氣的大鍋蓋，把一屜做好的羊肉香包放進去。

汪嬤嬤向葉啟借小閒三天，從前天開始，小閒一直在大廚房忙活。幾十樣點心，前兩天先做好，今天該蒸的蒸、該烤的烤、該炸的炸，要不然哪能供應那麼多人同時食用？

「又來催上點心了，這都上了多少趟啦，這些人難不成是餓死鬼投胎？」一個肥胖的丫鬟嘀嘀咕咕來到小閒身邊，道：「小閒姊姊，還要再上些點心。」

小閒站在灶前，手拿一個大笊籬，從滾燙的油裡撈起炸好的羊肉籤，頭也不回道：「案板上有的是，要什麼自己裝去。」

胖丫鬟答應一聲，轉身走了。

趙嬤嬤擦了擦臉上的汗珠子，過來道：「今兒的點心吃得忒多了些，等會兒正席怕是會剩很多菜。」

正席的菜單是趙嬤嬤定的，她是今兒的大廚主管，負責全場。

小閒重新放些羊肉籤進油鍋，抽空回頭道：「她們可真會吃。我可是按三百人的量準備的，這一趟趟地往外搬，沒一個時辰，眼看少了一大半了。」

趙嬤嬤叫住一個搬柴火經過的丫鬟，道：「妳去，看看可有不相干的人乘機捎帶。」那是燒火丫鬟，半邊臉燻得烏黑，她能查出什麼？小閒無語。

燒火丫鬟興奮極了，總算不用守著灶膛，能去見見世面啦。回到自己負責灶火的大灶旁，叫了別的丫鬟幫看柴火，臉也沒洗便跑了。

「該開席了，我去回夫人。」趙嬤嬤掃了一眼忙碌的廚房道。

小閒道：「嬤嬤不用擔心，點心只是小道，夫人們怎會本末倒置？」

眼看點心飛快減少，小閒估摸著丫鬟僕婦們假借賓客之名，暗中連吃帶拿。來的都是貴客，哪個會稀罕幾塊點心呢。

趙嬤嬤搖搖頭，走了。為了今天的宴席，她費了一個月的心血，萬萬沒有想到餐前讓客人墊肚的點心消耗如此之大，若是客人們用點心把肚子填飽，到時候宴席上的菜餚沒有人動筷，豈不是她的責任？誰相信客人們已經吃飽了呢，夫人一定會責罰的。

小閒看看身後空空的案板，擦了擦手，只覺渾身像散了架。

胖丫鬟又一次來取點心，陪笑道：「姊姊做的點心真好吃。」

不用說，她一定吃了，而且還偷藏了不少。

小閒點點頭，道：「妳們用心服侍，客人吃剩的，分給妳們。」

「謝謝小閒姊姊。」旁邊幾個耳朵長，聽到的人齊聲道謝。

離得遠聽不清的人忙問什麼事，自然有人把小閒的話重複了，於是一個個放下手裡的活計，亂亂地喊。「謝謝小閒姊姊。」

小閒看連三、四十歲的僕婦都喊她姊姊，抹了抹額上的汗，笑了。

趙嬤嬤回來，臉色不大好，命令道：「準備開席。」

幾十個身著新衣，年約十四、五歲的俏麗丫鬟排成一排，按先前分派好的次序，端起長案板上的菜餚，放進食盒，向未名湖畔的大廳走去。

一個頷下有痣的廚娘吁了口氣，放下手裡的家什，走過來，對坐在馬扎上喝水的小閒道：「可算開席了。」

小閒嗯了一聲，一眼望去，切菜剁肉的案板前已沒有人，大灶前也只有燒火丫鬟看著火，大家都把手裡的活計做完了，洗手的洗手，說閒話的說閒話，廚房裡已不復剛才的緊張氣氛。

這時，燒火丫鬟跑來道：「姊姊，我問了，夫人們吃了好多點心。」

趙嬤嬤讓妳去看有沒有丫鬟婆子偷藏，誰讓妳去問夫人們吃多少點心了？小閒翻了翻白眼，道：「知道了。」

開席了，趙嬤嬤更忙了，小閒沒去打擾她，歇了會兒，感覺力氣恢復了些，便扶了袖袖的手臂，到大廳去。

搭棚子的時候，特地搭了一間小些的屋子讓客人們的丫鬟吃茶歇息，這時，裡頭坐滿了丫鬟，一個個衣著華貴，比一般官宦人家的娘子穿得還體面。

一個長相俊俏、身段妖嬈的丫鬟站在屋子中間，眉飛色舞道：「哎呀，妳們是沒瞧見，葉三郎親手端了親自下廚做的長壽麵，呃……叫什麼炸醬麵來著，為葉夫人上壽呢，親手下廚做的喔。」

好像葉啟親自下廚，為她做了麵賀壽一樣。

聽的人便露出羨慕的神色，七嘴八舌道：「葉夫人可真有福氣。」

錦香指使幾個三等丫鬟上菜，這菜是大廚房做了送來的。她今兒派了招待客人們的丫鬟的差事，不能得見郎君的風采，心中不爽，聽著這話，嘴角撇了撇。

就在這時，小閒帶了袖袖慢慢走來。作為一個穿越者，對古代的正式宴席，她很好奇，可是以她的身分，又不可能進大廳，在外面轉了一圈，便往丫鬟們的屋子裡來了。

尚有餘溫的菜餚也堵不住丫鬟們談論葉啟的熱情，那俏丫鬟說到激動處，手舞足蹈道：「我運氣很好呢，還瞧見了三郎的側面。」

便有人叫起來。「真的啊真的啊，長得好不好看呀？」

旁邊的人鄙視道：「三郎是京城第一美男子，妳說長得好不好看！」

哄堂大笑聲中，小閒進來了，一時不知她們笑什麼，還以為自己衣著有什麼不對，畢竟從廚房來嘛，於是捋了捋衣服。

其實丫鬟們說得熱鬧，哪裡去理會門口來了誰？注意到小閒的只有錦香，她變了臉色，臉黑如鍋底。今天若不是夫人的壽辰，不能在外人面前鬧笑話，只怕馬上喝令小閒滾出去了。

屋子裡滿滿是人，小閒沒有發現錦香，望來望去，沒找到空位可以坐下，便道：「我們回去。」

這裡吵得厲害，不如回去洗個熱水澡，好好睡一覺。

俏丫鬟待笑聲稍歇，才以高人一等的語氣道：「我都不知用什麼詞來形容啦，長得那是真的好。唉，若是能成天在他身邊，就是當個丫鬟我也願意呀。」

立即有人啐道：「妳本來就是丫鬟。」

又有人搶白道：「難不成妳以為妳是娘子？」

再次哄堂大笑。

俏丫鬟倒不在乎別人笑話，兀自發花癡道：「丫鬟跟丫鬟也有不同，能在他身邊服侍的，可是前世修來的福分……」

話一句句鑽進耳中，錦香只覺得耳裡嗡嗡地響。前世修來的福分！前世修來的福分哪及得上今世會使狐媚子手段……

「站住！」

俏丫鬟還沈浸在幻想中，丫鬟們跟著感嘆自己前世沒修、今世無緣，突然一聲大喝，讓所有人愣然，俏丫鬟更是驚愕。她不過感慨一下，惹了誰了？

隨即丫鬟們便發現不是指她們，因為此時門口站了一個身著丫鬟服飾的少女，髮髻有些鬆散，在一片高檔衣料珠光寶氣中，不免顯得寒磣。

「誰呀？這是？」大家互相悄聲打聽。

被問到的人都搖了搖頭。

盧國公府的丫鬟們自然明白，這是錦香大姊的死敵，小閒姊姊。能被撥來這兒的，都是陳氏屋裡的二、三等丫鬟，算是丫鬟中的中層，高不成低不就的，眼色倒是一個比一個厲害，斷然沒有人會蠢到在此時站出來。

小閒慢慢轉過身，望向發出聲音的方向，這才發現錦香也在這裡。

「錦香姊姊，有事？」

錦香冷冷道：「這兒是妳能來的地方嗎？也不照照鏡子瞧瞧自己是誰。」

錦香回上房，幹的是二等丫鬟的活兒，領的是一等丫鬟的例銀，小閒是實權在握的一等丫鬟，名義上還是二等，葉啟幾次要跟母親提，鑑於母親總疑心小閒勾引他，為避免小閒受傷害，只能暫時忍下。

一等丫鬟喝罵二等丫鬟，那是相當的天公地道。

丫鬟們都來自地位顯赫的人家，大家都心照不宣地保持沈默，臉上一副看好戲的表情。丫鬟與丫鬟之間也是明爭暗鬥的，古今皆然。

袖袖臉上變色，若不是小閒緊了緊她的手腕，她便要反唇相稽了。

小閒淡淡道：「我是侍候三郎君的丫鬟，三郎君來與夫人賀壽，難道這兒我來不得？」

侍候葉三郎的丫鬟！屋裡頓時炸開了窩，難道這個衣著寒磣、頭上一根簪子也無的小丫鬟，就是侍候葉三郎的丫鬟？俏丫鬟口中前世修來的有福分的人？

小閒猛地被團團圍住，周圍一片嘈雜，誰也聽不清誰在說什麼。

錦香眼巴巴看著，氣得吐血。

小閒聽不清，也不理會她們說什麼，只想推開把她緊緊圍住的人，回房歇息。

可是無論她怎樣用力，丫鬟們築成人牆，紋絲不動。

袖袖急得快哭了，這些人真是瘋了，好好地圍著她們做什麼？

小閒用力拍了拍掌，清脆的掌聲把所有嘈雜聲都壓了下去。

總算耳根清靜了。小閒淡淡道：「妳們攔我做什麼？」

「三郎喜歡什麼顏色的衣服？」

「三郎平時喜歡吃什麼食物、點心？」

「三郎性子和善嗎？」

小閒居中而坐，丫鬟們團團圍坐，舉著小手，等待袖袖點名，點到的才能提問。

所有的問題都跟葉啟的生活息息相關，小閒從不知葉啟有這麼多粉絲。

錦香站在旁邊，只覺氣血直往頭上湧，此時居中而坐、娓娓而談的人該是她才對！都是小閒這個狐狸精，霸占了她的位置——當然，如果是她，絕不會把郎君的一切跟別的女子共用。

「妳來。」她向一個十二、三歲的丫鬟招招手。

丫鬟腰繫綠腰帶，是府裡的三等丫鬟，見錦香向她招手，不情不願走過去，道：「姊姊有事？」

錦香在她耳邊低語兩句，她皺眉道：「這樣好嗎？」

「讓妳去，妳就去，哪來這麼多話？」錦香不悅道。

丫鬟無法，只好不情不願地慢慢出門去了。

小閒略坐了坐，簡單答了幾個問題，便站身，道：「時候不早了，我該回去啦。」

先前因為親眼見到葉啟側面的俏丫鬟，不待袖袖的手指指向她，便搶著道：「我能跟妹妹一起回去嗎？我只打個轉便回，絕不打擾到妹妹。」

她的話提醒了丫鬟們。小閒衣著普通，頭上連最低等的丫鬟該有的銀飾都沒有，看樣子只是一個沒有等級的丫鬟。若是能跟她到葉三郎的院子裡，一定能遇到二、三等的丫鬟，一定能得到葉三郎更多情況，回府也好向各自的主子稟報，討主子們歡心。

她們卻不知小閒為了在廚房幹活，把頭上那些沈甸甸又礙事的簪子、釵子取下來，又特地向剪秋借兩件半新不舊、料子一般的衣裳穿上。

小閒笑著搖搖頭，道：「這可不能。府裡規矩嚴，我地位卑微，哪能領妳們到處走？」說到地位卑微，丫鬟們立即信了。只要稍微有點地位，也不至於頭上一件頭面也沒有。

小閒往外走，剛才的三等丫鬟剛好從外面進來，跑得急了，差點和小閒撞上。她沒有瞧見小閒腰繫的是二等丫鬟的粉紅色腰帶，一口氣地跑到錦香身邊，低低說了句什麼，也沒人在意。

大家跟在小閒身後，俏丫鬟纏著小閒道：「也不是妹妹領我們啦，我們過府作客，隨便逛逛，剛好逛到三郎君的院子，可真是巧了。」

「是啊是啊，只是湊巧嘛。」丫鬟們齊聲附和。

話音未落，一人急步走來，把丫鬟們推開，有人便尖叫起來。丫鬟們還沒來得及說話，只見那人趕到小閒跟前，手掌高高揚起，一巴掌便向小閒臉上搧去。

丫鬟們嚇呆了。這是什麼情況？

小閒早在提防錦香，如果知道錦香在這兒，她不會進來。倒不是怕了她，只是多一事不如少一事，何況她忙了三天，累得快散了架，哪有精力和她糾纏。

身後的丫鬟們尖叫聲傳來，小閒瞄了一眼，見是錦香擠過來，馬上意識到她要動粗，忙側身退了一步。

袖袖走在小閒身邊，來不及躲閃，錦香一巴掌結結實實拍在她臉上。

「小賤婢，真是膽大包天，夫人院裡的東西妳也敢偷！」錦香厲聲道。

袖袖完全被打懵了，捂著火辣辣的臉，愕然望著錦香。

錦香一句話出口，才發現打錯了人。她對袖袖沒有一絲好感，卻不至於自降身分跟她一般見識，要找，自然找正主兒。

「偷東西？」丫鬟們張口結舌，雖說各府都有些齷齪事，但在外人面前，還沒有公然發作的。

萬籟俱寂中，傳來小閒冷淡的聲音。「錦香姊姊，妳再怎麼鬧，三郎君也不會讓妳回去。」

小閒在「三郎君」三個字上加重了語氣。

什麼？兩個時辰來一直跟她們在一起，態度不冷不熱、笑容勉強疏離的丫鬟，居然跟葉三郎有莫大關係？

丫鬟們瞬間激動了，馬上丟下小閒，把錦香圍住。

小閒牽了袖袖的手，悄沒聲息地閃出人群，揚長而去。

錦香被圍在中間，只能乾瞪眼。說什麼呀？訴說她對郎君一片癡心，郎君卻只想把她許配給小廝嗎？傳出去，她會被滿京城的人笑掉大牙。

出了屋子，小閒托起袖袖的臉，柔聲問：「疼不疼？」

袖袖起先還委屈地含著一泡眼淚，此時已經明白錦香針對的不是她，而是小閒。什麼偷東西？只不過是她打人的藉口，心裡反而有些慶幸，幸好打的是自己，不是小閒姊姊。

「不疼。」袖袖道。

小閒道：「我們去廚房看看。」

廚房裡人還沒散，大家閒坐，吃些瓜果點心，談論哪府的夫人衣著有品味，哪府的娘子長得好看，哪府的小妾憑兒子穩固地位……說得口沫橫飛，聽得悠然神往。

僕婦們見小閒來了，都站起來，往裡讓，爭先恐後道：「姑娘既然來了，用些瓜果吧。」

這個季節沒有新鮮瓜果，可是盧國公府是什麼人家，有的是辦法。府裡的冰窖十分巨大不說，貯藏食物瓜果的地窖也是勛貴中數一數二的。秋天的水果摘下來，包好，放上冰，再放進地窖，為的就是在陳氏生日及過年宴客時上桌用。

只要食物從地窖中取出來，稍有地位的僕婦們有的是辦法過手沾水。今兒是陳氏的壽辰，客人眾多，所需食物瓜果更多，廚房裡的人可沒少拿。

小閒掃了掃案板，幾個金黃的香蕉散落在各種水果中，便伸手指了指，道：「要這個。」

回到房裡，把香蕉搗碎了糊在袖袖臉上，道：「坐著別動。」

剪秋見了袖袖的模樣，著實吃驚，道：「這是怎麼了？」廚房沒有袖袖的事，以她的性子，也不會和人爭執。

小閒把竹屋的事說了，道：「錦香對我誤會極深。」

剪秋想了半天，直到小閒泡了熱水澡，疲乏盡消，坐下吃東西時，才道：「雖說她先前待妳還算不錯，但妳也不能只挨打不還手呀。這一巴掌力道有多大，妳可是瞧見的。」

小閒點點頭。要反擊不是沒有辦法，只是想不想罷了。

「妳再不想個辦法……」總有一天會被她所害，剪秋到底說不出來。

泡在浴桶時，小閒也在想這個問題。只挨打不還手不是她的風格，錦香這樣沒完沒了的糾纏，也得想辦法了斷。

剪秋又問：「聽說今兒來的賓客極多，四品以下的誥命夫人都不能在廳堂坐席，只能在廂房用餐，可是真的？」

竹棚不僅有大廳，也就是堂屋，還有左右廂房以及下人房，可謂一應俱全。

小閒道：「大概是吧。」

她過去時，左右廂房人聲鼎沸，反而大廳極安靜。離開時又有悠揚的樂聲響起，要不是袖袖臉上五道指印明顯，她可真想停步聽上一聽。

剪秋還要再問，小閒笑道：「我在廚房幹活呢，席面上的事，哪裡知道？」

剪秋一想也是，便笑了。她們幾個起先還羨慕小閒能過去侍候，見見世面，此時看來果然只是去幹活。

第三十六章

小閒想躺一下，實在累得很了，一覺醒來，天色已晚，屋角點了一盞燈，發出微弱的光。

天黑了？她披衣走出來時，廊下的燈籠已點亮，起居室門外垂手站了兩排丫鬟。

葉啟回來了？小閒轉身回屋，準備換衣梳頭，身後腳步聲響起，剪秋道：「妳起來了？郎君問了妳幾次啦。」

小閒轉身，道：「郎君什麼時候回來的？」

男客們在前院堂上吃酒，由葉德、葉啟父子作陪，投壺、燕射、管弦、作詩、行酒令、跳舞，那是一樣都不能少的。宴席時間極長，一般從中午吃到天黑，葉啟不吃醉才怪，怎麼能這麼早回來？

剪秋道：「郎君回來有小半個時辰了。客人還沒散，郎君便回來了。」

原來是提前退席。小閒道：「可曾吃醉？」

「那倒沒有。」剪秋顯然也有些驚奇，在此情況下還能不吃得爛醉如泥，只有葉啟有這樣的本事。

既然葉啟連問了幾次，小閒只好加了衣裳，至於長髮披散在肩上，那就披著吧，就這樣去了起居室。

葉啟臉頰潮紅，倚著憑几吃茶。小閒墨髮披在肩上，自有一股懶散的風情，他不由眼睛發亮，聲音沙啞道：「可累壞了吧？」

小閒低頭看看自己，衣裳還算齊整，就是頭髮沒梳，並不太失禮，他怎麼眼神怪怪的？

「很累。」她實誠道。

葉啟點點頭，道：「辛苦了。客人們對妳做的點心交口稱讚。想來，不久之後，妳便名滿京城了。」

以點心揚名京城？小閒笑了，道：「沒丟了盧國公府的臉面就好。」

「錦香找妳麻煩了？」葉啟話題急轉直下，道：「我已處置了她，妳不用擔心。」

消息傳得這麼快？小閒奇怪，道：「郎君怎麼知道的？又是如何處置她的？」

葉啟只是笑了笑，對剪秋道：「晚上幫小閒捶捶腿，讓她解解乏。」

陳氏壽辰，熱鬧了三天。這天之後，麗蓉郡主又開始過府走動。

明天就是大年三十，街上不斷傳來爆竹聲。葉啟端坐几案前揮毫寫春聯，小閒跽坐旁邊磨墨。

門外，幾個丫鬟低聲說笑，說的是明兒晚上的攤戲。

大年三十，御街上舉行驅攤儀式，可熱鬧了。當然，她們這些丫鬟是不能私自出府的，得隨自家主人去才行，如果葉啟去看的話，她們就有機會了。

是個人都知道，葉啟很看重小閒，如果小閒肯開口的話，就算他不想去，也會為了小閒破一次例的。

陳氏壽辰正日，錦香被汪嬤嬤好一通訓，奪了一等大丫鬟，降為二等，罰去大廚房燒火半個月。

據說，僅僅是據說，因為她打了小閒的丫鬟袖袖一巴掌，才被罰的。自那天後，丫鬟們對小閒越發恭敬。

葉啟寫完春聯，小閒拿了硯和筆出來清洗，一下子被幾個丫鬟圍住。

「妳們想去看攤戲啊？」小閒道。這是她穿到這兒的第三個年了，前年聽她們說得熱鬧，還以為是什麼新奇東西，一問，好像跳大神活動，又好像巴西狂歡節，立刻沒興趣。

可是丫鬟們太熱切了，過年除了放鞭炮沒有別的活動了啊，鞭炮也不是她們能隨意放的。以前慫恿錦香向葉啟提，葉啟一句不去，便沒了下文，如果是小閒提呢？

「是啊是啊，好熱鬧，好好看的。」丫鬟們兩眼放光，不停點頭。

「妳去看了就知道有多好看啦。」剪秋只恨自己嘴笨，描繪不出攤戲的熱鬧情景。

「妳們想去看攤戲啊？」葉啟掀氈簾出來，笑咪咪道。

難得郎君主動搭腔，剪秋望向小閒。

小閒苦笑，道：「她們想去。」她們想去，不是我想去。

葉啟道：「明晚吃過飯後，我帶妳們去轉一轉，妳們可別走散了，小心拐子拐了去。」

丫鬟們拍手歡呼，真是天大的運氣，郎君也想去湊熱鬧呢。

剪秋福至心靈，拍馬屁道：「攤戲驅邪，祝願郎君新年大吉大利。」

另一個丫鬟啐道：「用得著妳說。郎君什麼時候都大吉大利，福星高照。」

葉啟只笑吟吟聽著，指了她們幾個，道：「都去吧。」

小丫鬟們剛才還雀躍不已，見沒她們的分兒，不免失望，只是身分低微，不敢多話。

一夜的爆竹聲吵得小閒睡不安穩。好不容易捱到天亮，推門出來，好一個晴天，太陽斜掛樹梢，天空蔚藍蔚藍的，只是冷，卻沒有風。

晚上，葉啟去上房和父母兄弟姊妹一起吃團圓飯，小閒和剪秋在廊下侍候。小閒安靜站在一旁，倒是剪秋，話特別多，不停數著上了幾個菜、酒吃到哪一步，旁邊掃雪看不過去，道：「還早呢，妳急什麼？」

葉邵是早就說了不去的，她沒機會去玩，心情正不好呢。

剪秋望了一眼天色，道：「天快黑了。」

小閒低聲道：「別吵，郎君自有主意。」早知道她這樣急不可耐，就不讓她來了。

她開口，剪秋不敢多話。

好在一刻鐘後，葉啟出來了，道：「走吧。」

小閒為葉啟披上斗篷，道：「現在就去嗎？」

葉啟點點頭。背著光，小閒瞧不清他眉眼舒展、如沐春風的神態。其實他比剪秋更迫切，更盼著能早一點出府，所以席未散便告了罪，離開了。

陳氏想著他現在有官職在身，子時還得進宮陪皇帝守夜，想來小孩子心性未泯，才想偷空玩會兒，便准了。

街上人來人往，越往御街方向走，人越多，到最後，人擠人。剪秋東張西望走得慢了，被踩了好幾次腳。

前面一個賣面具的，攤前圍滿了人，葉啟使個眼色，離得近的侍衛擠過去買了好些個回來，人手一個。小閒的是一個笑容可掬的老翁，巧得很，葉啟的是一個笑容可掬的老婆婆，剪秋等人都笑得直不起腰。

葉啟微微一笑，把面具戴上，道：「走吧。」

轉過街角，能夠望見不遠處燈火明亮的御街。

一對男女，頭戴老翁、老婆婆的面具，在前頭邊跳邊舞，這是攤翁、攤母。跟在他們身後的，有近千個戴小孩面具的男女，叫護攤僮子，另外的人就是戴各種鬼怪面具，扮演被驅趕的鬼怪了。大家邊跳邊吹邊彈唱，圍觀群眾以湊熱鬧起鬨為主。

整個場面亂哄哄的，各種雜音匯聚在一起，前面攤翁、攤婆唱的是什麼，小閒愣是沒聽清。

從四面八方湧來的人，擠得連站的地兒都沒有了，要不是侍衛們手挽手拚死護住，只怕他們的腳會被踩腫了。饒是這樣，小閒還是幾次跌進葉啟懷裡，又幾次掙扎著站起來。

不知第幾次跌進葉啟懷裡，小閒依然奮力掙扎著想要站起來，身子卻突然離地，耳邊，一個溫柔的聲音呵著熱氣道：「別動。」

每一次，溫軟的身子被人潮擠得站立不穩朝他懷裡跌來時，葉啟都伸臂抱住，心跳瞬間加速，可是他還來不及品嘗這甜蜜滋味，懷裡的人便推開他，奮力站了起來。幸福總是如此短暫。

而當他悵然若失時，那個人又立足不穩，再次向他的懷抱跌來。就這樣，周而復始，得到復失去，幸福復失望。再後來，周遭的一切恍若不存在，他唯一在乎的，便是身邊那個溫軟的身子什麼時候落入自己懷抱。當他被撩撥得快發瘋時，再也顧不得什麼了，雙手把小閒抱了起來。

她的身子好輕啊。葉啟只希望時間靜止，洶湧的人群，長長的隊伍就這樣永遠走下去，沒有停止的時候。

「放我下來。」小閒用力要把葉啟推開，可是他的手臂像鐵箍一樣，把她緊緊箍住。

葉啟炙熱的呼吸噴在她脖頸上，癢癢的。

「再不放我下來，我可生氣啦。」她道。

話一出口，便啞然失笑。她以為這是二十一世紀嗎？現在的她，不過是一個小小的丫鬟，生不生氣的，誰會在乎呢？

嬌嗔的語氣讓葉啟心弦一顫，不由自主地把小閒放下來。

小閒落地，發覺站在葉啟腳背上，忙往外挪了一下，身邊的侍衛硬是擠開一步，為她清出那麼一丁點地方。

偷偷瞧一眼同來的剪秋等人，不由嚇一跳，她竟與剪秋四目相對。敢情剛才的情況，被她盡收眼底啊……

小閒來不及說什麼，剪秋被推得一個趄趔，要不是侍衛眼明手快扶住了她，她就跌倒在地了。

又一股大力湧來，葉啟再次張開懷抱迎接小閒的到來，把她緊緊抱住，在她耳邊道：「我喜歡妳。」

鬧哄哄中，清清楚楚的一句話傳入耳裡，小閒像被雷劈了似的，整個人傻了。

接下來，人潮如何洶湧，攤子如何熱鬧，都離小閒很遠很遠。腦海中浮起的，是葉啟如春風般溫暖的笑容；是寒冬中與他相對而坐，各自讀書的溫馨。

原來，他喜歡我啊。小閒腦中盤旋來去，只有這一句。

不知過了多久，呼吸順暢了，冷凜的風拂在臉上。小閒沒有焦距的眼睛慢慢聚焦，發現不遠處沿街而開的大門裡，透出熊熊火光，火光照得腳下的青石板路亮堂堂的。

一雙柔情無限的眼眸凝視著她。葉啟道：「就快到家了，妳累不累？」

小閒這才發現，前面就是盧國公府。她是怎麼回來的？

跟去年一樣，堂下院裡也燒著一個巨大火堆，火堆旁圍滿了人，有扔爆竹的，如葉標；有扔舊掃把的，如汪嬤嬤。

小閒定了定神，穩了穩腳步，隨葉啟走過去。

自那天晚上後，葉標再不理小閒。此時他玩得滿頭大汗，忙著指使兩個小廝抬一竿長長的竹子往火堆上放，不經意間瞟見小閒，馬上哼了一聲，別過臉去。

「嬤嬤，我們院裡的舊掃把也去收一些來。」小閒對汪嬤嬤道。

這裡的習俗，是除夕夜把不要的舊掃把丟進火堆裡燒掉，可以令倉庫不虛；至於舊鞋，則要埋到後院，這樣才會出當大官的兒子。今年這些是她的活兒，要不是瞧見汪嬤嬤這麼做，她還真給忘了呢。

酒席還沒散，葉啟去向父母稟明已平安回來，被葉德拉著吃了兩碗酒，跳了一回舞。終於有機會表白，他心情舒暢，扭身揚臂、袍袖甩動、旋轉騰踏……越跳越是興奮。

陳氏已微醺，眼見葉啟跳得暢快，擔心他累著了，勸道：「待會兒還須進宮，快歇會兒。」又埋怨丈夫。「你自己跳也就罷了，怎麼拉上三郎呢？」

千牛備身只是六品下，按品級算，自然是沒有資格進宮陪皇帝守夜祈福的；但是皇帝特地下旨，讓葉啟於子時進宮。所以，今年的除夕夜，葉啟無法與父母兄弟姊妹一起守歲。

嫡出與庶出就是不一樣啊……葉邵垂下眼簾，埋藏起心裡的怨恨，笑道：「正是，父親若想跳，兒子陪父親就是。三哥剛看攤戲回來，快歇歇吧。」

「我不累。」葉啟人逢喜事精神爽，還想再跳一支，被葉邵拉去坐席了。

扔了舊掃把，埋了舊鞋，小閒回屋裡。這一坐下，只覺渾身像散了架，比前幾天為陳氏的生日宴準備點心還累，再一看，腳底磨出兩個大水泡，腳一沾地便鑽心地疼。

剪秋幾個丫鬟過來，手裡端著自備的點心蜜餞，都是託相熟的小廝從城中有名的鋪子買來的。

「妳忙了一年，也歇歇，嚐嚐我們的。」剪秋笑著。

小閒也託順發買了安仁坊杜氏點心鋪子的點心，嚐了兩塊，覺得不過如此，此時一併取出來，擺在几案上。

剪秋給她泡了一杯清茶，笑道：「今晚可遂了心願，過了癮了。往年只聽她們說攤戲如何熱鬧，到底怎麼個熱鬧法，不曾親眼見過，總有些遺憾。」

丫鬟們七嘴八舌說著今晚的熱鬧，都意猶未盡。

說笑間，外頭丫鬟道：「郎君回來了。」

幾人一起迎出去，葉啟臉頰潮紅，眼睛明亮深邃，道：「更衣，進宮。」

小閒取來官袍，侍候葉啟更衣。

鼻中聞到淡淡的香味，想起溫軟的身體入懷那種銷魂攝魄的滋味，葉啟神魂飄蕩，拉過小閒的手，道：「御街上我對妳說的話，妳可聽見？」怎麼一點回應都沒有呢？

小閒抽回手，翻了個白眼，道：「你沒想過這裡頭的危險嗎？」

危險？葉啟悚然一驚，收斂心神道：「妳是說……」

母親是斷斷不許丫鬟勾引郎君的。當然，如果是郎君勾引丫鬟，她也會認為是丫鬟主動勾引。

「我跟娘親說去，求她把妳許給我。這樣，我們過了明路，任誰想使絆子也沒辦法。」

葉啟官袍穿了一半，說走就走。

小閒忙拉住他，道：「快別，夫人怎麼可能允了此事？」

錦香在陳氏面前說了小閒多少壞話，不久前葉標又因為小閒與葉啟鬧翻，若是此時葉啟去稟報，豈不是此地無銀三百兩？最重要的是，她沒有做妾的打算。

葉啟皺眉道：「說得也是。」

陪皇帝守歲到天亮，然後還要參加大朝會，一通折騰，不到明天下午回不來；而且這個年，他想陪小閒過。剛才小閒多次跌進他懷裡，不知消息傳出去沒有，萬一母親聽到傳言，立即處死小閒呢？

「不如我告假，就說臨時得了急病，無法進宮。」葉啟道。

小閒再次翻白眼。這是赤裸裸的欺君啊！以皇帝對他的寵愛，只怕消息遞進去，太監就會過府探視，順便把太醫捎來，到時候就等著皇帝降罪吧。

「算了，你先進宮吧。」小閒道。「你放心進宮，大過年的，大概夫人不會在此時動手。再說，我也不會坐以待斃啊。」

葉啟不放心，道：「我在宮門口留了人，又讓順發隨時通報消息，一旦有事，讓剪秋去前院找順發。」

小閒答應了。

葉啟臨出門，道：「御街上，我對妳說的話，妳怎麼說？」

小閒沒想到這時候他還問這個，不由呆了呆，道：「這個……」

「待我回來再說。」葉啟眉飛色舞，大步出門去了。

第三十七章

皇帝居中而坐，文武百官分坐兩排，每人面前的食案上擺滿葷素點心瓜果，以及屠蘇酒、椒柏酒，還有除夕夜家家戶戶必備的五辛盤。

大臣們除夕夜須進宮陪皇帝守歲，是前朝傳下來的規矩，可是皇帝也不會不近人情，只讓大臣們乾坐著等天亮。所以，這一夜，想吃多少有多少。

放眼望去，滿殿的白鬍子黑鬍子，只有右排末座一個年輕得不像話的少年，面無表情慢慢轉動著手裡的酒盞。

「三郎，想什麼呢？」皇帝帶笑道。他注意葉啟半天了，這小子像泥雕菩薩一樣一直沒動彈過。

大臣們全望向葉啟。葉家三郎果然聖寵深重，這時候皇帝還時刻注意著他。

葉啟停住手裡精緻的琉璃盞，道：「臣晚上吃撐了，想著若能走動走動、消消食，就好了。」

大臣們的酒水噴了一地。敢這麼答皇帝話的，眼前這位，不僅前無古人，還後無來者呀。

皇帝依然笑咪咪的，道：「朕准你遛遛彎、消消食，如何？」

大臣們再次傻眼，這是在守歲好不好，遛什麼彎啊？

「謝陛下。」葉啟起身行禮，揚長而去。

「陛下，這……」幾個大臣不約而同轉向皇帝，張口結舌不知說什麼好。

皇帝笑道：「他還年少，坐不住也是有的。」

不過是想找個藉口和羽林軍們廝混，不想跟他們這群老頭子一起在殿上枯坐而已。少年人嘛，坐不住是可以理解的。皇帝自以為猜透了葉啟的心思。

葉啟一出承天門，便快步走向朱雀門，平時倒不覺得什麼，這時心裡焦急，只覺這段路怎麼走也走不完。

朱雀門值班的羽林軍只留兩人在緊閉的宮門口站崗，其他人都躲在值班房裡閒坐吃酒。今兒是大年三十，滿城的爆竹聲聲中，大家不免放鬆了些。

葉啟來到朱雀門口，並沒有瞧見小閒派來送信的人。站崗的人已瞧見了他，笑著跑過來，道：「大人怎麼得空過來？」

葉啟是皇帝身邊近臣，官職又比他們高得多，加上為人隨和，平時和他們的關係都不錯。

葉啟笑道：「酒吃多了些，有些熱，出來吹吹風。你們可吃酒了？」

若在平時，輪值時斷然不敢吃酒，今兒過年，那羽林軍笑道：「這個時辰輪到小的，待過了這個時辰再吃。」

葉啟拍拍他的肩頭，道：「雖然過年，也要小心些。過幾天我再與你們一起吃酒，熱鬧熱鬧。」

羽林軍士恭恭敬敬道：「不敢、不敢，哪裡敢勞動大人。」

屋子裡聽到動靜的錄事丟下酒碗跑出來，行禮道：「大人怎麼來了，快請屋裡吃碗酒。」

葉啟道：「好。」

屋裡坐了十幾人，並沒有他要找的人。葉啟這才放下心，吃了他們一碗酒，說了一會兒閒話，相約初五一起去富貴錦後，走了出來。

既然小閒沒有送信來，想來母親還不知情。

盧國公府裡，葉標、葉歡都被轟去睡了，陳氏看沙漏已到四更三刻，吩咐按品大妝，準備進宮。

陳氏看著銅鏡中自己雍容華貴的容顏，感慨道：「我當娘子時，每逢元日，都陪娘親進宮向皇后請安。那時候總盼著，有朝一日自己也著誥命朝服進宮去。一眨眼近二十年了，當日的皇后早成為太后，我也老了。」

汪嬤嬤笑道：「夫人哪裡老了？有資格進宮的夫人們中，哪個有夫人好看，哪個比夫人年輕呢？」

陳氏便笑了，道：「怎麼沒有？安國公夫人華氏，還不到三十歲呢，我都快四十了……」說到年齡便傷感。不知葉德能活多久，一朝他不在，由兒子繼承爵位，自己可就成為老夫人，只能混吃等死了。

汪嬤嬤陪笑道：「安國公夫人年輕有什麼用，頂頭還有一位嚴苛婆婆呢。」老安國公死得早，現在的安國公七歲便繼承爵位，十七歲娶了現在這位夫人，卻婆媳不和，天天鬧得雞飛狗跳的，安國公府是京城的笑話。

汪嬤嬤的話不知怎的觸動陳氏的心事，她斂了笑，道：「三郎就是不聽話，若是他肯娶了麗蓉，以麗蓉的教養，斷不致悖逆我。」

任嬤嬤左右端詳，確認鳳冠戴得端正，退後兩步，想起什麼好笑的事，想笑又不敢笑的樣子，道：「說起三郎，不知夫人聽到沒有，昨兒他們去看攤戲，小閒被人推了，踩了三郎的腳後跟呢。」

「是嗎？」陳氏不悅道：「這個小閒，怎麼到哪兒都能惹事啊。」

汪嬤嬤道：「她大概不是故意的。就她那小身板，看攤戲的人又多，推來擠去的，站不住腳也是有的。」

「沒帶隨從嗎？」陳氏話一出口便知問錯了，葉啟有的是死忠的僕從，走到哪兒跟到哪兒，這些人情願自己死了，也會保護葉啟不傷毫髮。不過，如果是一個丫鬟的話，照顧不到也是有的。

「怎麼又說有人推她呢？」陳氏問。

任嬤嬤笑道：「所以她們才當笑話說呢，說是跟去的丫鬟被擠得站不住腳，倒向小閒，小閒又被那丫鬟推得站不腳，踩了三郎君的腳跟，要不是三郎君穿了靴子，怕是連鞋都踩掉了。」

陳氏想像葉啟被踩掉鞋的狼狽樣，不由也笑了，道：「所以說，人多的地方危險得緊。我一向不愛去這些地方，也就他年輕，不知輕重，才興致勃勃跑去。」

汪嬤嬤附和道：「可不是。」

此時拿了手爐進來的明月回道：「時辰差不多了，夫人也該上車啦。」

好在盧國公府離皇宮不遠，要不然怕是五更天就得出發，哪能邊打扮邊說閒話。

嬤嬤們陪著說了一會兒閒話，陳氏一宿未眠的疲倦消了不少，接過明珠奉上來的參湯喝了，披上斗篷，上車去了。

任嬤嬤並沒有隨同前往，她回房小憩片刻，從懷裡掏出一塊翠綠色、沒有一絲雜質的玉珮，看了又看，撫摸半晌，小心放入最底下的箱子裡，自言自語道：「待小四成親，給她做嫁妝。」

這塊玉珮自然是小閒送的。葉啟走後，她想了再想，只有先向陳氏吹風，讓她有準備，而且吹風的人還得是她的心腹，又有大事化小、小事化無的巧手。小閒選擇了任嬤嬤。

倒不是陳氏最信任任嬤嬤，而是汪嬤嬤忙得很，身邊跟了一群人，哪有時間耐心和她閒談？任嬤嬤就不同了，她貪財，易說動，此時又閒得很，和一群管事嬤嬤在廂房吃酒。

當然，這也得益於小閒平時人緣不錯，和任嬤嬤沒有利益衝突。

小閒悄悄過來，不僅送上玉珮，還許諾讓任嬤嬤的小女兒小四進院裡服侍，從三等丫鬟做起。

那塊玉珮已經讓任嬤嬤動心了，不過說兩句話，就能得到如此重的報酬，再提到讓小四進院子，任嬤嬤馬上答應。

小四若能在葉啟身邊服侍，萬一被葉啟看上，成為姨娘是早晚的事。到時候，她的外孫可就是正兒八經的主子了，想想便覺前途一片光明。

葉啟一晚上又是散步，又是上茅廁，來回折騰了幾次，到最後，不要說大臣側目，就是皇帝都覺得奇怪了，佯怒道：「你小子今兒是怎麼回事？」

好不容易捱到天亮，大朝會開始前，葉啟到底沒沈住氣，遣人回府問：「沒有什麼事吧？」

陳氏進宮去了，待她回來才去磕頭領賞錢，這段時間反而可以歇一歇。小閒才起，慢慢梳頭洗臉。

「郎君急待消息？」小閒既感動葉啟的關切，又慚愧，忙道：「你快回去稟報郎君，此事已揭過去了。」

「揭過去了？」小廝奇道。

葉啟聽宰相唸完賀表，隨大臣們三呼萬歲，算是拜年儀式完成，便不顧一切，第一個奔出太極殿。

老頭子們從昨晚熬到現在，早累得夠嗆，看到一個身影衝出去，只有感嘆「果然英雄出少年」的分兒。

葉啟聽完小廝稟報，驟然緊張之下，猛然得到放鬆，只覺手腳痠軟。揭過去了？她是怎麼揭過去的？

他好不容易脫身回府，又到上房盡孝，一進院子便吩咐關院門。看守院門的丫鬟好生奇怪，今兒過年，怎麼這麼早關門？

剪秋等人窩在小閒屋裡，邊吃點心邊說閒話，話題自然離不開夫人賞的銀錁子。今年跟往年不同，她們得到的都一樣，每人四個。

「郎君回來了。」候在起居室廊下的丫鬟喊了一嗓子。

小閒幾人忙丟下手裡吃了一半的點心迎出來。

葉啟大步走來，一見小閒，丟下一句：「妳們候在外面。」一把將她拉進了屋。

丫鬟們目瞪口呆，小閒猝不及防，差點被門檻絆倒。

「那件事怎麼揭過去的？」葉啟急急問道。

他擔了一宿的心事，就怕回來再也見不到小閒了。為此把皇帝大臣們丟在腦後，恨不得在她有危險的時候能插翅飛到她身邊。可是最終，傳話的人只傳來這麼一句話。這一晚，他都在抓心撓肝中度過。

小閒用力從他掌中抽出手，手腕有一道淡淡的指痕。撫著指痕，她把向任嬤嬤行賄的事說了。

「這麼簡單？」葉啟道：「要是她能幫得上忙，她家那個什麼小四，過了年讓她過來吧。」

只要小閒平安無事，不要說添一個丫鬟，就算要一個小官他都肯幫忙說項。

小閒道：「夫人今天忙得很，估計真聽到什麼，也沒時間處置。過兩天沒事，才是真的沒事。」

葉啟連連點頭，道：「這幾天我不出府，天天在家裡守著，若有個風吹草動，也好及時施救。」

勾引郎君的罪名一旦落實，輕則發賣，重則杖斃，葉啟真不敢掉以輕心。

小閒道：「大過年的，你不用去向親戚長輩拜年嗎？」

別的不說，魏國公府總得去吧？鄭國公府、文信侯府也得去吧？怎麼能不出府門呢。

葉啟蹙眉不語。他是真的不放心。

小閒勸道：「為兒女計，乃是人之常情，不要說我送她的玉珮價值百金，僅僅答應讓小四進我們院子一項，她也會動心。你要是不放心，等會兒我去問問，看她為我們說項了沒有。」

葉啟又連連點頭，道：「不錯，總得討個準信。妳跟她說，小四的事，我准了，元宵節後便進來吧。」

小閒應了。

從三十早上一直忙到這會兒，府裡大多數人都沒怎麼安歇過，眼見天色漸漸晚了，匆匆塞兩口飯，能交了差事的都去歇了。

葉啟沒有一點睡意，泡了熱水澡後，還要去書房看書。

小閒道：「郎君有我侍候就行，妳們都去歇了吧。」

丫鬟們實在撐不住了，道了謝，退下。

葉啟斜倚憑几，眉眼舒展，見她挑簾進來，笑容滿面道：「都走了？」

「都走了。」小閒應了一聲，道：「可要吃茶？」

「妳平時喜歡吃的清茶，給我來一碗。」葉啟拉過氈毯，在小閒對面坐了。

小閒瞥了一眼他平時坐的位置，那兒寬敞，又對著窗戶，可以看到外面的景色。

葉啟順著她的目光掃一眼，走過去把擺那兒的几案搬來，道：「這樣說話方便。」

小閒煮開了水，取一撮茶葉，放進茶碗裡，倒進沸水，看茶葉在水中舒展騰挪，不由暗自遺憾，要是有玻璃杯就好了。可惜這個時代的玻璃製品珍貴無比，哪裡捨得拿出來用，何況她只是一個丫鬟，更不用想了。

「想什麼想得這樣入神？」葉啟一雙漆黑的眼睛只是凝視著小閒，見她若有所思，不由關切地道。

「沒什麼。」小閒搖搖頭。玻璃器皿是怎麼製出來的，真是沒有印象了，要不然做一批出來，肯定賺大錢。

「昨晚對妳說的話，妳還沒答覆我呢。」葉啟的下巴差那麼一點點就碰到小閒的臉頰了。

她茫然道：「昨晚的話？」昨晚說過什麼話來著？

葉啟一臉嚴肅，加重語氣，道：「我說了，我喜歡妳。」

小閒差點被口水噎了。他好像是說過來著，可是，這個……那個，能作數嗎？

「妳考慮得怎麼樣了？」葉啟不依不饒。

小閒在那雙漆黑深邃的眼睛逼視下，無所遁形，只好道：「我還沒考慮。」

「還沒考慮啊……」葉啟毫不掩飾他的失望，勉強道：「也是，從昨天忙到現在呢。妳慢慢考慮，三天，三天時間夠不夠？」葉啟很快又道。

這是不到黃河心不死嗎？小閒無奈，道：「好。」

「嗯嗯，」葉啟殷勤地給她端茶，道：「妳嚐嚐，這茶合不合口味。」

這是我泡的茶好不好！小閒哭笑不得。

葉啟自小吃的一直是煎茶，清茶入口，寡淡中透著苦澀，不由蹙了蹙眉，見小閒看他，又展眉笑道：「不錯不錯，好吃。」

「這樣沖泡，有茶的甘香，你細細品嚐，習慣之後一定不會再喝煎茶了。」小閒忍笑道。

葉啟故意大大喝了一口，道：「果然甘香。」

這樣刻意討好，反而增加了她心裡的負擔。她不再說什麼，翻開看了一半的書，低頭看起來。

室中安靜，外面偶爾傳來斷斷續續的爆竹聲。

「小閒，妳餓不餓？」葉啟輕聲道：「我給妳帶了點心呢。」

他從懷裡掏出一個用錦帕包著的小包，打開來，裡面兩塊水晶龍鳳糕，還帶著他的體溫。米糕白亮如水晶，配上紅瑩瑩的棗子，托在他修長白皙沒有瑕疵的手裡，好看得緊。

「昨晚上在宮裡拿的，妳嚐嚐。」葉啟取了一塊，遞到小閑唇邊，大有讓小閑就著他的手吃的意思。

他去宮裡守歲，還給自己帶吃食。小閑心裡一暖，張唇咬了一口。

葉啟笑了，整張臉舒展開來，眉眼靈動、神采煥發，橙黃色的燭光照在他的臉上，像緩緩流淌的光。小閑看呆了。

葉啟感覺到小閑的呆樣，輕笑出聲，道：「我好不好看？」

若是別的男人問出這句話，小閑一定啐他一臉唾沫星子，可是眼前的少年若不好看，世上再無好看之人了。

小閑點頭。

葉啟突然探過身，在她臉上輕輕親了一下。

溫暖的唇一觸即逝，小閑的心猛地一跳，臉一下子紅了。葉啟溫柔地看著她，只是傻笑。

不知過了多久，廊下腳步聲響，有人在門口道：「小閑姊姊，上房來人了。」

小閑吃了一驚，一時不知身在何處，竟不知如何應答。

葉啟朗聲道：「誰來了？」

門外的丫鬟道：「上房任嬤嬤來了。」

任嬤嬤？葉啟和小閑對視一眼，道：「知道了，請去東廂房待茶吧。」

丫鬟答應一聲，自去招呼。對於小閑沒有在書房侍候有些奇怪，卻也沒有多想。

小閒定了定神，只覺嗓子眼發乾，喝了一口已涼的茶，潤潤喉嚨，才能發出聲音，道：「我去看看。」

葉啟取過斗篷，給小閒披上，道：「小心著涼。」

小閒抬頭看他，道：「你是郎君，大可不必如此。」

葉啟搖頭，鄭重道：「不，我是三郎，必定如此。」

郎君是主子，三郎卻是夫婿。小閒明白他的意思。

「我會想辦法幫妳脫籍，娘親那裡，還須慢慢設法，妳不用怕。」葉啟輕輕擁了擁小閒，在她耳邊道。

脫籍？脫去奴籍嗎？小閒心裡說不清什麼滋味，她一直盼著能脫去奴籍，開家點心鋪子謀生，卻沒有想到這句話從葉啟嘴裡說出來時，卻有另一層意思。

「不，夫人斷然不許的。」小閒道。

葉啟語氣堅決道：「我來設法，妳要相信我。」

不是還有三天的時間考慮嗎？怎麼談論起這個了？小閒從葉啟的眼眸中看到小小的自己，拒絕的話便說不出口了。

「一切有我呢。」

葉啟把小閒送到門口，在她耳邊道。

這是兩世為人，第一次有一個男人對她說：一切有我。

小閒輕輕嗯了一聲，邁步出門，差點被絆了一跤。葉啟給她披上的是他的斗篷，他比小閒高出一個頭不止，斗篷披在小閒身上又長又大，一不小心便絆倒了。
「瞧我。」葉啟輕拍額頭，道：「我去取妳的斗篷來。」
「不用。」小閒把斗篷解下來，交給葉啟，道：「不過幾步路，哪裡就凍著了。」

第三十八章

任嬤嬤見陳氏歇下，想著女兒的遠大前途非常重要，於是不顧疲乏，帶了小丫鬟趕過來。

收錢辦事，天公地道，可是事辦了，總得跟正主兒說一聲，順便問一問女兒什麼時候能進來。

叫開院門，丫鬟是夫人跟前的人，馬上小跑進去通報，任嬤嬤緊跟在後。

丫鬟們都散了，只有兩個三等丫鬟兩人輪值。聽說任嬤嬤來了，不敢怠慢，一人招呼著，一人跑過來稟報。

「嬤嬤請稍待，郎君隨後就來。」丫鬟陪笑道。

郎君？任嬤嬤納悶，道：「小閒呢？叫她來見我。」

丫鬟的表情很古怪，道：「小閒姊姊有事，可能來不了，您老請坐。」又催促另一個丫鬟。「快，煮水煎茶。」

煎茶這麼高級的活兒，什麼時候輪到三等丫鬟做了？茶餅擱哪兒都沒摸清。兩人互相推托。

果然沒有一個老成持重之人坐鎮就是不行，瞧這亂的。任嬤嬤搖搖頭，道：「大過年的，妳們可別鬆懈，郎君那兒隨時要有人侍候，各房要小心火燭，可明白了？」

「嬤嬤放心，已經安排了人。」小閒在門口接話，邊掀簾進來，向任嬤嬤行禮，道：「嬤嬤辛苦。」又對兩個丫鬟道：「妳們下去吧。」

小閒和任嬤嬤在氈毯坐下，她自然是要煎茶的。

「這些丫鬟可不能慣著，」任嬤嬤含笑道：「妳若軟弱可欺，她們便無法無天了。」

小閒也含笑應了一聲，道：「大家都忙了一天一夜，昨晚也沒歇，守歲的守歲，貪玩的貪玩，今兒不免讓她們早些去歇了，免得明兒來了客，沒了精神，忙中出錯。」

任嬤嬤不管事，不過是仗著老資格，又是陳氏得用的人，才拿喬一回。小閒乖巧恭敬，並沒有不耐煩，她心裡的好感又增了一分。

「夫人對妳冒冒失失的舉止倒沒說什麼，不過是說笑一回。」任嬤嬤裝作漫不經心道。

小閒心知肚明，這是來回信了。

「多虧嬤嬤周全。小四的事，我已經稟明郎君，過了元宵節便讓她進來吧。」小閒投桃報李。

任嬤嬤得到準信，一顆心放回肚子裡，吃了一碗茶，便告辭了。「還要到別處走走，妳們也早些歇了吧。」

小閒送到院門口，道：「嬤嬤慢走。」

四下巡視一圈，叮囑守夜的僕婦好生照看，小心燈燭，她才回來。

今晚該剪秋輪值，她略躺了躺，不敢睡熟，便穿好衣裳，綰了頭髮，過來了。書房門緊閉，窗戶沒有透出一絲燈光，想來葉啟已回臥室。

走到東廂房廊下，一叢光禿禿的芍藥旁突然揚起一角袍袂，著實把剪秋嚇得不輕。
葉啟在等小閒回來，沒想到身後傳來一聲驚叫，他還以為是小閒，嚇了一跳，搶上道：「怎麼了？」
剪秋軟倒在地，待聽到是葉啟的聲音，才回了魂，緊緊捂著心口，吸著氣道：「郎君！你怎麼在這兒？」
葉啟看清是剪秋，退後兩步，淡定道：「妳去瞧瞧，怎麼小閒還沒回來？」
小閒去哪兒了？剪秋摸不著頭腦。
「喔，不用了。」他接著道。
不遠處一人手提燈籠，轉過曲曲折折的廊廡，瞧那人的身形，可不正是小閒？
「快進屋，別凍著。」葉啟迎上去，接過小閒手裡的燈籠，關切地道。
誰是主子誰是奴婢？剪秋呆了，坐在冰冷刺骨的地上，忘了起身。
「剪秋？」小閒奇怪地道：「妳怎麼坐在這兒，不冷嗎？」
剪秋淚奔。誰管我冷不冷啊，哪裡像妳，有人知冷知熱的。
葉啟側身為小閒擋風，護著她進屋去了，她想把剪秋拉起來都沒機會。
「怎麼去這麼久，都說些什麼？」葉啟倒了熱水遞到她手裡，道：「若是她辦不好，我有的是辦法。」只要不是進了宮要待一整天，總有辦法可想。
小閒道：「她說辦妥了，我許她小四元宵節後進來。就是想著大過年的，大家都鬆懈，巡了一圈，才回來遲了。」

葉啟這才放心，道：「外面冷得很，哪裡用得著妳去巡視，妳要不放心，說一聲，讓剪秋去就是了。」

剪秋總算掙扎著起身，拍了拍凍得快僵了的屁股，扶著牆邁進門，便聽到葉啟這麼說，真是好心酸，ㄚ鬟與ㄚ鬟之間的區別怎地就這麼大呢？

「我哪裡就這麼矜貴了？」小閒白了他一眼，問剪秋。「可摔著？怎麼好好的就摔了一跤？」

剪秋幽怨地瞟了葉啟一眼，道：「是我不小心。今兒是我輪值，想著妳也累了一天，總不好讓妳替我。」

誰讓妳來礙事了！葉啟老大不高興，狠狠瞪了剪秋一眼。這一眼，只把剪秋瞪得心裡打鼓，不知自己又說錯了什麼。

小閒確實有些累了。她是ㄚ鬟們的頭兒，又是第一次接手這些事，這些天忙裡忙外，唯恐遺漏什麼，落人口實。剪秋心疼小閒，想著讓小閒歇一歇，卻哪裡曉得葉啟的心事。

「謝謝妳，還是妳體諒我。」小閒道。「妳收拾收拾準備安歇吧。」

葉啟臨睡前，鋪床是一定的，還要加了百合香，把房間熏得香香的，還有一些物品也得放妥當，以便葉啟伸手就能拿到。

剪秋進內室去了。葉啟馬上貼過去，可憐巴巴道：「我在外面等了半天呢，只是怕她威脅妳。妳瞧，手都凍僵了。」說著，手便握住了小閒的手。

暖得很，哪裡凍僵了，這根本是吃豆腐啊。小閒哭笑不得，道：「你答應讓我考慮三天的。」

「嗯嗯，」葉啟點頭，樣子乖得很，道：「妳現在考慮好了沒有？」

這是沒法談了。小閒道：「我累了，先回去歇息啦，有什麼事你吩咐剪秋。」

「我不要剪秋在這兒。妳讓她回去，我們再一塊兒說說話。」葉啟柔聲央求。

小閒驚奇，道：「你昨晚在宮裡守歲，也沒歇，難道不累？」

今天又是參加大朝會，又在陳氏跟前盡了半天孝，到現在一點也不疲倦，真是鐵打的人不成？

「沒有妳在身邊，我才累。」

這就是胡扯了。小閒不信，甩下他揚長而去。

第二天早上，剪秋一雙眼圈黑青，把小閒嚇了一跳，道：「這是怎麼了？」

剪秋快哭了，道：「郎君昨晚也不知怎麼了，一會兒要茶，一會兒要水，一會兒要點心。我剛躺下，他便喊我，這一宿，竟是不曾合眼。」

小閒默然。待見到葉啟，他老神在在坐在食案前吃早飯，一點也瞧不出一宿未眠的模樣。

過年總有忙不完的事，有見不完的客，走不完的親戚。盧國公府今年走動的人比往年多了很多，官員們無不趁這個機會上門走動走動，就是那些沒有資格進府吃一碗茶的，也會遞上拜帖，在門房坐一坐。

葉啟還須回拜，忙得腳不沾地，這些天，大多數時候不在府裡。

陳氏也忙得團團轉，夫人們之間總要走動走動。往年葉德不爭氣，每每都是乘興而去、敗興而歸，有時候還生一肚子悶氣回來。今年不同，每到一處，葉啟都是貴婦名媛們談論的焦點，好幾家勛貴的夫人還帶著婷婷玉立的女兒。

哼，她們以為嫡女就配得上我家三郎了。陳氏心裡冷笑，誰不知道三郎聖眷隆重，前途無限呢！

宴罷，回府的車上，明月跽坐為陳氏捶腿。陳氏不知不覺打了個盹，夢中，葉啟娶親，娶的是丹陽公主，真是好大的排場。她樂得哈哈大笑。笑著笑著，笑醒了。

明月不解地看她，道：「夫人作了什麼好夢，這麼開心？」

馬車已經停在前後院之間的巷弄，只是丫鬟們都不敢喚醒她。

下了馬車，陳氏心情愉快地往上房而去。

路邊，合抱粗的樹後有兩個人說話，一人道：「妳可瞧仔細了，真的撲進三郎君懷裡嗎？」

另一人道：「可不是，我瞧得真真的。」

「唉呀，這是在勾引三郎君吧？」先前一人驚呼道。

陳氏勃然大怒，豎眉喝道：「誰？滾出來！」

兩個丫鬟畏畏縮縮地從樹後挪出來，兩人來到陳氏面前，撲通就跪下了。

陳氏都不認識，她們腰繫粉紅色腰帶，應該是二等丫鬟了。

陳氏望向明月。明月道：「素心、慧中，妳們在這裡幹什麼？」

「夫人、明月姊姊，我們在這裡沒幹別的。」那個叫慧中的丫鬟嚇得不輕，趴在地上，身體抖個不停。

陳氏道：「誰撲在三郎君懷裡？說！」說到最後一個字時，聲音陡然拔高，身邊跟的人嚇得腿都軟了。

素心和慧中不停磕頭，道：「奴婢胡說，作不得真，求夫人饒命。」

陳氏怒極，喝道：「喚桂花來，好生拷問！」

汪嬤嬤很快著人把兩個丫鬟押到柴房去，一丈紅還沒用，慧中就招了。

慧中是葉邵院裡的丫鬟，過了年已經十六歲。她老子娘的意思是希望她能被葉邵收房，葉邵對她也有那個意思，不過頂頭還有個葉啟，風頭正勁，給陳氏掙了好大的臉面，又是嫡出，葉啟既沒納妾又沒有通房丫頭，葉邵倒不好做得太過明顯。

最近不知從哪兒開始傳來流言，把葉啟與小閒說得很不堪，繪聲繪色的，聽的人羨慕者有之，妒忌者有之，鄙視者有之，不一而足。

慧中又羨慕又開心，如果四郎君也如此深情待她就好了；再說，若是葉啟有了通房丫鬟，葉邵也可以乘機向陳氏提出把她收房，葉邵只比葉啟小一歲呢。

可是這些話只是丫鬟們暗地裡亂傳，也沒個準信。剛才她去葉馨院裡送東西，遇到閒著沒事東遊西逛的素心，誰不知道，盧國公府沒有素心不知道的事。

果然，素心說得有鼻子有眼，還信誓旦旦說是她親眼所見。慧中卻沒有去想，素心又不是葉啟的丫鬟，怎麼可能一起去看攤戲？所謂的親眼所見，完全是一派胡言，她想的是，自己與四郎君情投意合，而可憐的小閒只能不要臉到用身體去勾引三郎君的地步。

汪嬤嬤氣不打一處來，喝令僕婦把素心拖出去先打十棍再說。

素心大驚，哭喊道：「嬤嬤饒命！我也是聽別人說的。這不是為了讓慧中相信嘛，所以才說我親眼所見。嬤嬤，我跟小閒是好姊妹，有沒有這回事，妳讓我去問問小閒就清楚了。」

汪嬤嬤啐了她一臉，還是讓僕婦把她拖下去，打了十棍子。

陳氏得報，更生氣了，道：「這些亂嚼舌根的人太可惡了，再打二十棍，看她以後還敢不敢胡說八道！」

幸好慧中腦子沒有壞掉，和葉邵私通的話到底沒說，所以發落較輕，挨了十棍子。

陳氏又把葉邵喚來，好一通訓。至此，葉邵也不敢提要把慧中收房的話了，佯裝乖巧地討好嫡母，好話說了一籮筐，又給陳氏捶腿，又是講笑話，使盡渾身解數，才把這事圓過去。

素心被打得奄奄一息，還不忘讓人把小閒找來。

小閒見她像血人似的，著實嚇了一跳，道：「大過年的，妳犯了哪條惹惱夫人，把妳打成這樣？」

素心眼前陣陣發黑，氣若游絲地道：「妳要不救我，我就活不了啦……」

小閒瞬間明白，敢情她以為原來的小閒挨了三十棍，還撐了下來呢。

「我幫妳想辦法，看能不能弄點好金瘡藥，妳一定要撐住啊。」救人一命勝造七級浮屠，小鬧真是一刻也待不下去了，忙去找順發，讓他幫著弄金瘡藥。

陳氏生完了氣，猛然想起素心來，道：「我怎麼瞧著那高鼻梁的眼熟呢？」

明月苦笑，到底避不過去。都在同一個院子，素心又是個待不住的主兒，這一天到晚到處晃蕩，有時候被陳氏瞧見也是有的，只不過她一向不怎麼把那些低等丫鬟當回事罷了。

「什麼！我這裡的丫鬟？」陳氏怒了，道：「叫人牙子來，發賣出去。」

「夫人，她能不能捱過今晚還難說呢，三十棍，誰挨得起呢？」明月心下不忍，幫著求情道，素心只不過喜歡到處八卦，人還是不壞的。

陳氏想想也是，道：「吩咐下去，讓人看著些，人要是死了，悄悄扔了就是，別聲張，大過年的，晦氣。」

明月應了，派人去傳話。

明珠進來稟道：「三郎君與周十四郎君來了。」

第三十九章

周川過府拜年，兩家是通家之好，由葉啟陪著到後院拜見陳氏。

葉啟與周川連袂進來，陳氏越看葉啟，越是笑得合不攏嘴，對周川也客氣了些，道：「十四來了，快坐。」

周川規規矩矩行了禮，在下首坐下。

「十四啊，聽你娘親說，過了年，你要去羽林軍了？」陳氏笑咪咪道。看吧，兩人一起玩耍到大，三郎由皇帝欽點成了千牛備身，而周十四透過家裡父兄多方奔走，才能成為羽林軍的校尉。

周川道：「是，十六日便去，到時候還須仰仗三郎多多照拂。」

陳氏呵呵地笑，道：「這個自然。三郎，若有機會，可要在陛下跟前為十四美言幾句。」

葉啟道：「是。」又向周川使眼色，周川眨了眨眼，又說兩句閒話便告辭了。

陳氏心情極好，笑咪咪道：「你們有你們的事，我就不留你們了。」又叮囑葉啟。「留十四吃了飯再走。」

兩人一出上房便勾肩搭背，往葉啟院子裡來。

「說吧，你有什麼事求我。」一進起居室，周川便大剌剌地在主位坐了，一反剛才在陳氏面前的乖巧謙卑。

葉啟笑喊小閒。「快把那套琉璃茶具取來，我要煎茶待客呢。」

周川笑著作勢虛捶葉啟一下，道：「休要惺惺作態。」

小閒打開三層鎖，從精美的檀木箱子裡取出整套玻璃碗。自從她在葉啟身邊侍候，還沒見葉啟煎過茶，這時不由好奇地在旁邊圍觀。

「先說明啊，若是點茶不好，可不作數。」周川笑嘻嘻道。難得葉啟有事相求，不好好為難一下，怎麼對得起自己呢？

葉啟往小泥爐上添水，道：「放心，包你滿意。」

接下來，小閒像欣賞一幅工筆畫一樣欣賞葉啟在茶面上的畫畫。周川那碗茶，他畫了亭臺樓閣，自己那碗茶的茶面上，他畫了一個月下仕女。

周川瞄了一眼，怪叫起來。「我怎麼覺得這個美人像小閒呀！」可不是像小閒，只是換了一套衣裳，手拿團扇而已。

小閒湊過去看了，狐疑地睇葉啟，道：「這是……」感覺像是她的畫像。

葉啟俊臉紅紅的，眼睛亮亮的，笑了笑，把茶端到面前，也不顧燙，一口吃下。

周川看得目瞪口呆，道：「這是怎麼說？」

葉啟拭拭嘴角，對小閒道：「妳忙妳的去。」

這是讓她退下了。小閒應了，到廊下候著。

剪秋悄聲問：「我恍惚聽到，大過年的，汪嬤嬤還杖了丫鬟？犯什麼事，要這時候處置，等不及待過了年？」

一般為體現主家的寬厚仁慈，過年到元宵節這段時間，下人犯了錯，會關起來，待元宵節後再處理。

小閒搖頭，道：「不知。被打的是素心，估計是她那張嘴惹的禍。」

她那樣淒慘，小閒哪有心情追問犯的是什麼事。至於慧中，小閒本就不熟，並不關心。

剪秋蹙了蹙眉，一轉頭，卻發現旁邊一個丫鬟臉色慘白，身體微微發抖，似乎站都站不穩。

「可不要著涼了，還是回去歇一會兒吧。」剪秋關心地道。

小閒一摸她的手，道：「怎麼這麼冷，快去加件衣裳。」

那丫鬟的手冷得刺骨。她強笑道：「我沒事，今晚是我輪值，哪能去歇呢。」

剪秋道：「我跟妳換吧。」估計是著涼，喝碗薑湯，好好焐一焐，也該好起來吧。

那丫鬟道了謝，感覺小閒看自己的目光有些奇怪，更是心虛，道：「想必今兒穿得少了，這兒風又大。」

素心到底為什麼挨了三十棍子？小閒突然很想知道。

屋裡，周川聽完葉啟的計劃，張大口無語半天，才結結巴巴道：「你說，不僅要脫了小閒的奴籍，還要我認她當義妹，讓我父親認她為義女？」

鄭國公的義女，身分地位可不一般，雖然不如嫡出的女兒那麼高貴，但肯定比庶女強。

「你想幹麼？」周川的臉直逼到葉啟面前。要說葉啟腦袋讓驢踢了，他是不信的。他這麼做，肯定有他的理由。

葉啟平靜地道：「我原想請陛下認她為義女，封她個郡主什麼的……」

周川下巴要掉了。葉啟接著道：「……後來一想，陛下不大好說話，還是退一步吧。」

敢情找上鄭國公，他還覺得委屈了小閒。

第二天，葉啟一早去魏國公府拜年，天黑才回來，一進門便道：「小閒留下，其他人下去。」

又怎麼了？丫鬟們側目，小閒不解。

「今兒是第三天，妳考慮得怎麼樣了？」葉啟急急道。

一早表哥便來接，到魏國公府才發現已經聚了一院子人，大多都是表哥的朋友們，趁過年走親戚的機會託他們引薦，以求與葉啟搭上關係。

大家年紀相仿，又是勛貴子弟，除了走馬章臺，還能幹什麼呢。

葉啟一心記掛問小閒要答覆，卻哪裡拗得過幾個表哥，捱到天黑，藉口須跟母親回府才得以脫身。

回府路上，母子同乘一車，陳氏還埋怨他道：「表兄弟們這麼熱情，你怎麼堅持要回來？就是晚上在舅父家留宿也未嘗不可。」

因為兒子有出息，她今兒可沒少受奉承，連帶著老母親和大嫂也沾了光呢。

葉啟喔了聲，道：「是兒子思慮不周。」

陳氏笑著幫他抻抻袖口，道：「可曾見你五表妹？」

今兒老夫人抽空跟她提起，想把五娘許給葉啟，問她的意思。五娘是張氏所出，家裡人都說她長相舉止酷似年輕時的陳氏。

先前麗蓉對葉啟有意，郡主身分擺在那兒，張氏想親上加親也不敢魯莽。與皇室爭親，不是自尋死路嗎？現在不同了，皇帝公開表態要再留麗蓉兩年，若是能在這兩年內成親，豈不是好？

葉啟前程遠大，若能得這樣一個乘龍快婿，魏國公府更上層樓指日可待。

對這個姪女，陳氏自是極滿意。不過，她更屬意丹陽公主，若是大哥大嫂肯把姪女許給葉啟當平妻的話，那就完美了……可是，姪女的出身擺在那兒，這個卻難。

這話，自然不能馬上回覆，還須問葉啟的意思，再慢慢周旋。

葉啟搖頭，道：「沒有。」

一進府便被一群男子圍住，就是進後宅見外祖母、舅母們，也是行個禮便被表哥們拉走，只瞄到外祖母身邊圍滿一群花枝招展的少女，他並沒細看，自然不知五表妹有沒有在裡頭。

「三郎，你大舅母說，要把你五表妹許配給你，你可合意？」陳氏認真看著葉啟，希望能從他的表情中看出什麼。這孩子，城府深著呢。

葉啟微微一驚，哪裡又跑出個表妹來了？

「娘親的意思呢？」他反問。

陳氏沒從葉啟臉上瞧出什麼，沈吟著道：「若是從人品上考慮，五娘是極好的。」

葉啟看著母親。瞧她這話裡有話的，肯定還是有不滿意的地方。

果然，陳氏接下去又道：「但是，娘親想著，現在陛下對你恩寵極深，或者在婚事上，也會有所安排。」

葉啟無語。難不成母親還想尚公主？公主也分嫡庶，也有身分高低，皇后所出的丹鳳公主只有六歲，難不成母親想讓自己等上十年？

「翁貴妃所出的丹陽公主，過了年就十一了吧？」陳氏小心翼翼道。

葉啟呆了呆，道：「娘親不覺得丹陽公主的母親只是貴妃，沒有丹鳳公主尊貴嗎？」

「是啊，」陳氏頗為無奈，道：「可是丹鳳公主只有六歲，還得等好幾年呢。」

皇后太不爭氣了，不說沒有兒子，連女兒都這麼小，害得她只能退而求其次。

葉啟心知壞了，母親這麼變態，他想娶小閒，那是門兒都沒有啊！

因此，他更加迫不及待想知道小閒的答案，只有兩個人齊心協力，才能戰勝母親，結為連理。

小閒哪裡知道事情這麼複雜，這三天，她還真有考慮過，只是想來想去，古代男子普遍三妻四妾，無論當大婦還是當小妾，都得與別的女人，不，許多女人共嫁一夫。作為現代人，她無論如何是不能接受的。

面對葉啟期待熱切的眼神，小閒只是苦笑，道：「深宅大院不適合我，我還是想開家點心鋪子，自力更生過日子。」

葉啟瞪大了眼。這是什麼鬼理由？

「我已經拜託鄭國公認妳為義女，周川認妳為義妹，待舉辦過結拜儀式後，妳便是鄭國公府的十四娘子了。」

小閒一驚，沒想到葉啟為了她，如此費盡心思。這個時代階級森嚴，要讓鄭國公認一個奴婢為義女，不知葉啟得付出多大的代價。

「郎君！」小閒真誠地道：「你無須為我這麼做，身為奴婢，不是有更多機會在你身邊嗎？」

葉啟大喜，緊緊握住小閒的手，道：「妳也想跟我在一起，對不對？」

小閒默然。

「對不對？」葉啟追問道。

她低頭思忖半晌，道：「容我再想想。」

她真的被葉啟感動了。如果不得不嫁人的話，再沒有比葉啟待她更好的男人了……可是，兩人之間巨大的身分鴻溝，又是明擺著的事實。

葉啟從袖中抽出一份文書，遞了過來。小閒接過一看，呆了。那是一份解除奴籍的文書，有了這份文書，從現在起，她就不再是奴婢，而是平民了。

這半個月封侢，不知他是怎麼把文書弄到手的？

「妳以後自由了。如果想住盧國公府，另撥一所院落，如果想住到外面去，我給妳添置一所宅院。」葉啟柔聲道。

小閒深知，在外面買一座宅院，以他的經濟實力沒有任何問題。可是，那樣算不算金屋藏嬌？

「不，我還是願意在這兒當一個丫鬟。」小閒搖搖頭，把文書貼在心口，語氣堅決。

葉啟笑了，把小閒擁進懷裡，下巴輕輕摩挲她的墨髮，道：「這兒就是我們的愛巢。」

小閒靠在他懷裡，感受著他身上的男子氣息，只覺一片平安喜樂。

良久，剪秋在門外道：「郎君，國公爺請你過去一趟。」

卻是陳氏回府與葉德商量起葉啟的婚事，說起娘家這位五娘，讚不絕口。葉德在老婆淫威下，不敢反駁，馬上著人來喚葉啟過去。

葉啟輕聲道：「我去去就來。」

小閒輕輕嗯了一聲，離開他的懷抱。

「什麼事呀？」掀簾出來時，葉啟怡然自得，眼睛晶瑩濕潤，神情平靜安寧。

一個丫鬟行禮道：「三郎君，國公爺在夫人那兒，請你即時過去。」

葉啟回頭望了一眼，小閒沒有出來，為厚厚的氈簾所隔，瞧不清她的容顏。

「好。」他邁步，走了兩步，又吩咐道：「不用等我，妳們先吃飯吧。」

剪秋等人應了。那丫鬟深深看了剪秋一眼，心想，三郎君這麼體諒下人，能當三郎君的丫鬟真是福氣，便存了一定要撥到葉啟院裡來的想法。

葉啟來到上房，陳氏與葉德正在吃飯。

「三郎可用過膳？」陳氏笑吟吟道：「再取一份，你多少吃點吧。」

一進門便急著欲知答案，葉啟直到此時，才覺腹中飢腸轆轆。今天酒吃得不少，吃食還真沒怎麼吃呢。

食案擺上來，葉啟吃了一碗粥，陳氏這才看出他回院子半天，竟是沒有吃飯。

「小閒怎麼做事的？」陳氏不高興了。

葉啟笑道：「不關小閒的事，我原先不餓，所以沒傳飯。這不是看娘親這裡的粥做得好，所以吃得香甜嗎？」

真會胡扯。誰不知府裡熬粥，小閒認第二，沒人敢認第一。在一旁侍候的明月真聽不下去了。

吃完飯，葉德說起與魏國公府的親事。「五娘是個極好的孩子，你怎麼看？」

葉啟驚奇，道：「父親同意這門親事？」

難道他受母親壓制一輩子還不夠，還希望兒子也受壓制一輩子嗎？五表妹可是以母親為榜樣，樣樣學著母親的舉止。

葉德老臉一紅，咳了一聲，道：「親上加親，我如何不同意？」

陳氏對丈夫的表現極滿意，道：「說起來兩家也是門當戶對，只是……」

只是，如果兒子跟丈夫一樣是個窩囊廢，那娶姪女也算相宜。現在兒子如此出色，姪女便有些配不上了。

正妻講究的是門第和主持中饋的能力，以及娘家是否能成為夫家的助力，至於長相身材等等娛人耳目的條件，一概不重要。

陳五娘貴為魏國公嫡女，身分尊貴，本人長得也好，又是自小刻意培養，能力自然也不差；可是陳氏存了娶公主當兒媳的心思，便覺得姪女配不上了。

葉啟緊緊抓住母親話中未盡之意，探究道：「娘親有話不妨直說。」

陳氏長嘆一聲，道：「五娘再好，也及不上丹陽公主。」

翁貴妃乃是公認的後宮第一美人，以宮女之身受皇帝寵幸，一級級升到貴妃的地位，可見品貌能力。丹陽公主眉眼已開，長相猶在翁貴妃之上。

葉德低頭吃酒不說話了，也就是陳氏心情好，才順嘴問他一聲，家裡的事，什麼時候輪到他插嘴了。

葉啟道：「娘親說得是。」

先把表妹這檔子事糊弄過去，公主的事，以後再說。

陳氏卻以為兒子屬意丹陽，驚喜交加道：「三郎也這樣認為？」

葉啟點頭。

陳氏放下心中大石，含笑道：「明兒我回一趟娘家，就說國公爺不同意這門親事。」

葉德一口酒噴出老遠，期期艾艾道：「我不同意？」他什麼時候不同意了。

陳氏白了他一眼，道：「當然要這樣說。」

第四十章

忙忙碌碌熱熱鬧鬧中，元宵節過完了，皇帝開始上朝，衙門開始辦差，一切又恢復正常。

葉標的院子也收拾好了，挑了好日子準備搬遷。他還在和葉啟生氣，絕足不到葉啟這兒不說，遇上了，只是叫一聲三哥，再沒有別的話說。

葉啟自然不會和他計較，過年送了他一匹小馬作為禮物，這才把關係修好了。

這天，他興沖沖地來找葉啟，道：「三哥，你幫我寫幾個字。」

葉啟與葉邵、葉豐閒坐吃茶，葉標喬遷在即，兩人過來請教葉啟，送什麼禮物合適。聽他這麼說，葉邵很是奇怪，截口道：「要寫什麼字？」

葉啟的字在京城中是大大有名。過了年後，不用進宮輪值的日子，只要是大朝會，皇帝會設一張几案，命他在朝堂上記錄。

皇帝的舉動，可比金口玉言地誇獎更有說服力。一時間，葉啟的字熱了起來，許多勛貴開始以求到葉啟一幅字為榮。

葉邵雖是兄長，卻是庶出，葉標一向不怎麼搭理他，轉頭對葉啟道：「三哥就寫『錦繡軒』三個字即可。」

葉啟笑道：「這是何處的牌匾？」

他還以為誰託葉標向他索字呢，看在十郎的面子上，說不得，這字還真得寫。

葉標揚揚下巴，驕傲地道：「娘親許我掛牌匾，我想來想去，還是這三個字霸氣。」

室中一時靜寂。盧國公府的規矩，只有世子所居的院子才有牌匾，次子庶子所居，只是普通的院子，是不掛牌匾的。祖上傳下來的規矩，以此區分尊卑，突出世子作為繼承人的身分。

現在，母親准許葉標掛牌匾，是什麼意思？難道說，她有立葉標為世子的想法？葉邵、葉豐望向葉啟的目光便十分玩味。

葉啟先是一驚，隨即鎮定下來，語氣平淡道：「小閒，取文房四寶來。」

不過三個字，自是一揮而就。

晚上，向陳氏請安時，葉啟在無意間說起。「下午幫十郎寫了三個字，他給自己院子取名錦繡軒。」

陳氏道：「這孩子，就是調皮，非纏著我要掛牌匾，說這樣叫起來容易與別處區分。三郎，你若是想掛，給自己所居院子取個名字吧。」

這是作為補償嗎？可是第一個掛牌匾的人卻是幼子葉標，而不是長子葉啟。

葉啟神色平靜無波，淡淡應了一聲好。

回去後，便寫了三個筆走龍蛇的大字：「啟閒軒」。

自那日兩人把關係挑開後，小閒還是在啟閒軒當她的丫鬟，只是沒有別人在跟前時，卻是倒過來，反而由葉啟侍候她。

小閒一直擔心被人瞧破，會惹來閒話甚至麻煩，所以現在葉啟只要回來，便去書房，然後喚小閒進來，兩人獨處，其樂融融。

看看那三個墨蹟淋漓的大字，看看葉啟，小閒笑而不語。

葉啟也笑，道：「我原想叫閒啟軒，想了想，覺得不及啟閒軒好聽。」

把誰的名字放在前頭，小閒並不介意。她細細觀摩這三個字，道：「比我寫得好。」

葉啟笑得開心，道：「妳的誇獎，比陛下還難得呢。」把字收起來吩咐順發拿去裝裱店做成匾，道：「明兒下午去一趟鄭國公府。」

「嗯？」小閒不解地睇他。

「鄭國公夫人要見妳。既然要認人家當義母，人家自然要見見義女啦。妳不用怕，我會陪妳一起去。」葉啟說著，把小閒的手放在掌心。

小閒深吸一口氣，道：「你付出什麼代價？」

還是問清楚得好，免得她惴惴不安地胡猜。

「也沒什麼，以我與周十四的交情，以周十四在鄭國公府的地位，並不難說服兩位老人。」葉啟說著，親了親小閒的手背。

她想了想，道：「難道沒有要你在皇帝跟前進言？」想了好幾天，唯一能說動鄭國公夫婦的，應該就是這一點了吧。

葉啟扶小閒坐下，又給她泡茶，道：「周十四的長兄，最近想挪一挪位置，託我向嚴春芳提一提。」

嚴春芳，當朝宰相，年已七十八，老而彌堅。小閒不知他為人如何，但既能當宰相，自是十分厲害的人物，不禁擔心地道：「你與他關係如何？」

宰相有駁封權，皇帝的聖旨他要是不同意，可以退回去，讓皇帝想辦的事辦不成。這樣的人物，葉啟如何說服他？再說，鄭國公自己都沒辦法的事，葉啟又怎麼能辦成？

小閒越想越擔心，道：「若是太為難，便算了吧。不認他為義父，我不也一樣活得好好的。」又不是有真感情，認什麼親哪？

葉啟見小閒為自己著想，眉開眼笑道：「嚴春芳是個老古板，不過要擺平他也不難。」每個人都有弱點，只要拿住他的弱點，什麼事不能成呢？

瞧他這樣子，一定擺平了。小閒總算放了心。

第二天一早，葉邵便同葉豐過來，道：「還請三哥在娘親跟前為我們求情，我們也想掛牌匾呢。」

身為庶子，在嫡母跟前，總有許多不自在。

葉啟自然一口應承，三人一起往上房而來。

陳氏瞄了葉邵、葉豐一眼，皺了皺眉，道：「既然三郎許了，那便掛吧。」

那嫌惡的語氣，聽了著實讓人不舒服。葉邵、葉豐陪笑道謝。

待兩人離開，陳氏板著臉訓葉啟道：「不過是兩個庶子，哪有資格掛匾，以後不許大包大攬。」這是掛匾的事嗎？這是有關嫡庶長幼的大事。

葉啟應了，面上雖沒露出什麼，心裡難免有些不悅。回啟閒軒的路上，特意繞道去了吟竹軒。

自從葉德繼承盧國公爵位，從吟竹軒搬出來後，這兒便再沒住過人了，雖然年年修繕，到底沒有人氣。

看守吟竹軒的老僕坐在院門口曬太陽，葉啟推門進來，才被驚醒，待得看清葉啟的服飾長相，忙行禮道：「見過三郎君。」

三郎君已經長這麼大了，卻不知國公爺什麼時候請立世子？

老僕在前領路，帶葉啟從假山庭院到東西廂房，連二樓閣樓都上去看過，捲簾新換不久，只是空無一人。

葉啟想像小閑坐在捲簾後的榻上欣賞庭院裡春花爛漫的嬌嗔模樣，不由癡了。

老僕見三郎君想事想得入神，不敢打擾，默默在後站著，不一會兒又打起了瞌睡。

葉啟從吟竹軒出來，感嘆著這兒的寬敞與清靜，特別是院中那一大叢蓬勃生長的竹子，更是讓人喜愛。

小閑一定會喜歡這裡的。只有成為世子，才能住進這裡。

葉啟握緊拳頭，快步走向啟閒軒。

小閑在房中發呆。去拜見鄭國公夫人，穿丫鬟的服飾肯定不合適，可是穿娘子的服侍，從啟閒軒到前後院的巷弄，這一路又好像太張揚了。

「妳這是……」

剪秋推門進來，滿屋子的衣裳，讓她詫異。

小閒苦笑，這些都是丫鬟樣式的衣裳，她並沒有別的樣式。

剪秋返身把門掩上，把堆得到處都是的衣裳推開，在小閒身邊坐下，道：「你們……最近怎麼了？」

最近她總覺得怪怪的，三郎君看小閒的眼神很奇怪，在小閒面前的舉止也很奇怪，小閒倒是極力想掩飾什麼，可是整個人明明跟以前不一樣了，怎麼掩飾也掩飾不住啊。

小閒很難啟齒。這種跨越世俗、穿越古今的愛情，剪秋能理解嗎？難道還是被她瞧破了嗎？小閒心虛道：「妳知道些什麼？」

剪秋直直盯著小閒，一字一句道：「妳是不是跟郎君好上了？」

小閒低下了頭。

剪秋一下子明白了，急得聲音都變了，道：「錦香的下場，妳沒看到嗎？怎麼還玩火！」

錦香在大廚房當了大半個月燒火丫頭，最後還是送了禮才回到上房。一回去，再也不能在夫人跟前侍候了，做了雜役。

這還是沒好上的呢，下場已經這麼悲慘，像小閒這種真好上的，怕是小命會沒了。剪秋很為她擔心。

小閒道：「他……應該是真心的吧。」

「勛貴子弟，哪有真心！」剪秋道。「若是他光明正大把妳收房，倒還有幾分真心，這樣不清不楚的，算什麼？」

小閒很想說，其實他想娶自己為妻，而不是納自己為妾。只是估計說出來剪秋不信，嘆口氣，道：「我有原則的，妳放心。」

「妳這樣糊塗，我怎能放心？」剪秋急得不行。

說到底，還是太年輕了，要是再年長幾歲，斷不至於如此輕易被郎君拐騙。不過話說回來，郎君翩翩佳公子，要人才有人才，要家世有家世，哪個女孩子不動心呢？

這時，門被拍響，有丫鬟在外頭道：「大白天關門幹什麼呢？小閒快過去，郎君找妳。」

剪秋壓低聲音咬牙道：「看吧，他就是圖新鮮，待他新鮮勁一過，妳的下場就慘了。」

小閒頗不以為然。兩世為人，真情假意她還是分得清的。

葉啟依然把剪秋等人打發出去，只留小閒一人，道：「下午去鄭國公府的衣裳我準備好了，到時候妳在馬車裡換上就行。」

到了下午，小閒低頭，乖巧地跟在葉啟身後，走向停在前院巷弄口的馬車。一路上，丫鬟們都向她行注目禮。郎君們很少帶丫鬟出府，於葉啟來說，更是第一次。

前面岔道口，掃雪剛好經過，先向葉啟行禮，然後問小閒。「妳這是要去哪裡？」

小閒微笑道：「送郎君出府。」

路旁幾個丫鬟側耳偷聽。原來是送郎君出府，不是一起外出，她們心裡舒服了點，裝作若無其事離開了。

掃雪不解道：「三郎君要去哪裡啊？還得妳送。」
又不是遠遊，送什麼送呢，一定有貓膩。
小閒笑道：「妳瞧，郎君走遠了，我再不過去，是要挨罵的。」
兩人停步說話，葉啟快速回頭瞥了一眼，腳步不停，早走出十幾丈遠了。
掃雪還想再問，小閒急急走了。
葉啟見小閒走來，放慢腳步。到馬車旁，小閒小心左瞧右瞧，確定無人，才跨上馬車。
葉啟已在車裡坐好，見她緊張成這樣，打趣道：「娘親遲早會知道的。而且，妳認了親，就不能再做我的丫鬟了。」
小閒苦笑。這就要出府開點心鋪子了嗎？理想來得這麼快？
車夫揚起鞭子，馬車緩緩駛動，葉啟靠在大迎枕上，拿錦帕蓋住臉，道：「妳換衣裳吧。」
初春衣裳穿得多，小閒只需更換最外面的那件，倒不怕葉啟偷看。
葉啟蓋在臉上的錦帕是白色的，上面畫了一株老梅，薄薄的絹帕隱約能看見他雙眼張得大大的。裝什麼不看，其實全神貫注呢。
瞧見他失望地別過臉去，小閒禁不住笑出聲來。
葉啟袍袖一拂，乾脆把整張臉蓋住了。
盧國公府與鄭國公府隔了兩個坊，不算太遠，馬車行駛半個時辰也就到了。
鄭國公周信祖上跟隨太祖起兵征戰，取得天下，封了公爵。傳到他這一代，已經大不如前了，嫡長子平庸，幼子周川還算機靈，就是性子太耿直了些，不適合在朝堂混，好在交了葉啟這個朋友，總算讓他稍微放心。

當周川說葉啟有所求時，周信想都沒想就答應了。這時候賣葉啟一個人情，以後周家便多一分機會，何樂而不為？至於會不會得罪陳氏，那是人家母子的家務事，他自然不會關心。

樂氏聽說要認一個婢女當義女，不由大奇，一大早讓丫鬟把新做的衣裳取出來，試了又試。丫鬟們都取笑她。「夫人緊張了呢。」

可不是，既然能讓葉啟如此重視的人物，自然非同一般，她不認真應對怎麼行呢。

周川早等在門房，一見葉啟的馬車到來，馬上接進去。

葉啟先出來，站在車轅上給小閒托著車簾，小閒才從裡面出來。

周川一見小閒，便笑道：「不過幾天沒見，又長高了些。」

小閒曲膝要行奴婢禮，周川忙攔住，道：「以後我們兄妹相稱，這些虛禮就別再行了。」

葉啟也笑道：「以後稱呼他十四就行。」

周川勾過葉啟的肩頭，在他耳邊笑道：「我是不是快成了你的大舅子？」

葉啟看了小閒一眼，笑嘻嘻道：「可以這麼說。」

小閒瞪了葉啟一眼，臉卻紅了，假裝欣賞周圍的景色，不去聽他們胡說。

周信早候在書房，葉啟進來要行禮，他笑容滿面攔住，挽著葉啟的手臂說了一會兒話，只瞟了小閒一眼，然後端坐受了小閒的大禮。

他年輕時曾在風月場中打滾，步入中年才收心養性。小閒年齡幼小，像青澀的果子，雖然長相清秀，卻沒有成熟誘人的風姿。而且這件事，本就是賣了葉啟的人情，既然是葉啟看中的人，他身為長輩，也不便多看。

小閒也只掃了他一眼，便遵葉啟在馬車裡的叮囑，跪下磕了三個頭：口稱。「義父。」

待小閒磕完頭，周信離座虛扶，道：「十四娘請起。」

不過是做個樣子，開祠堂稟告祖宗的儀式，葉啟沒提，周信估計族裡的兄弟不會答應，也就裝糊塗，拿起几案上早就準備好的禮物遞給小閒，道：「這是義父一點心意。」

小閒道謝收下，周信吩咐道：「妳去後院見過義母。」

第四十一章

葉啟和周川在前領路，三人穿過重重樓閣。小閒邊走邊看，只覺處處透著大氣古樸，估計也是百餘年前傳下來的古庭院，不由對周川高看了一眼。

來到後院暖閣，只見一群年齡不等的女子簇擁一個中年貴婦，姿色倒是一般，但雍容華貴的氣質卻不是一般人學得來的。

果然，葉啟搶先上前行禮，道：「見過伯母。」

樂氏笑道：「快起來。」又向小閒招手，道：「妳就是小閒吧。」

小閒一進屋，便見無數雙眼睛把自己上上下下掃了無數遍。她估計這些人是鄭國公的妻妾，便大大方方含笑由她們看去。

這時，她上前跪倒，道：「小閒見過義母。」

樂氏待小閒磕了三個頭，一把扶起她，細細看了，道：「果然長得標緻。」

小閒暗地把她與陳氏做比較，長得沒有陳氏好看，也沒有陳氏年輕，倒是氣質與陳氏相似，估計同樣是大家閨秀，有顯赫的娘家。

樂氏讓小閒在身邊坐下，對葉啟和周川道：「我們娘兒倆說說話，你們忙你們的去吧，別在這裡礙眼。」

一旁的女子便嗤嗤笑起來。

葉啟和周川行禮退出。葉啟走到門口，回頭用眼神鼓勵小閒，再退出去。

樂氏笑道：「他對妳可真有心。」這一眼的意思，在場誰看不出來？

小閒低頭不語，樂氏便指著兩個年輕婦人道：「這是七嫂，這是九嫂。」

這兩位就是周川的嫂嫂了。正式場合不會介紹妾侍，她們見了小閒，還得向小閒行禮呢。

小閒起身行禮，兩人還了半禮，各有禮物送上。

丫鬟擺上點心，七嫂親自煎茶，妾侍們都退了出去。

樂氏笑道：「她們非要瞧瞧得三郎青眼的女子美到什麼地步，我拗不過她們，妳別見怪。現在我們娘兒們安靜說話，都是自己人，妳別生分。」

小閒笑著應是，道：「我在這兒可算有親人了，哪裡會生分呢。」

樂氏嘆道：「真是好孩子，就這份不卑不亢，多少大家閨秀都做不來呢。」

她原是為著鄭國公府的前程著想，才極力配合演這場戲，此時見了小閒，可真是打從心眼裡喜歡她了。想想自己兩個女兒，還真沒這麼落落大方呢。

「去，喚八娘、十一娘過來與妹妹相見。」她吩咐丫鬟道。

正在研茶的七嫂手停了一下。喚兩個小姑子過來相見，那是要真的認親了。

其實八娘和十一娘就偷偷躲在帷幕後面，丫鬟才轉身，兩人已掀開帷幕走了出來。

八娘是一個十五、六歲的少女，身量不高，有些壯實；十一娘年齡跟小閒差不多，一張圓圓的蘋果臉，看了小閒半天，道：「妳就是盧國公府那個丫鬟？」

樂氏大聲喝止，向小閒道歉道：「都是我寵壞了，妳別介意。」

小閒還真不介意，本來就是丫鬟嘛，她又沒說錯。

「是啊，我是丫鬟，願意和我一起玩嗎？」她笑咪咪對十一娘道。

樂氏和兩個兒媳婦的眼睛都亮了起來。得多自信的人，才能坦然承認自己丫鬟的身分？

樂氏把小閒擁進懷裡，感慨地道：「三郎沒有看錯人。」能得葉三郎青眼的人，確實不簡單。

十一娘認真想了一會兒，道：「好啊，我跟妳玩。」

這孩子，不是弱智吧？小閒開始懷疑她的智商。

樂氏問了小閒的生辰，小閒自然不知，好在十一娘比她大了一歲，不用序出生日期，也是姊姊。

和十一娘說了一會兒話，小閒總算確定她智力正常，只是一直受父兄庇護，有些不通世故，顯得天真爛漫。

葉啟在周川院裡可真是坐臥不安，周川一炷香時間便派一個丫鬟過去打探。

「夫人與十四娘子談論詩文呢。」

「十四娘子在煎茶呢。」

「唉呀，十四娘子教八娘子做點心呢。」

「你看，小閒跟我娘親挺合得來吧？」周川攤開手腳躺在氈上，望著不肯坐下的葉啟道。

葉啟只好坐下來，道：「時辰不早了，該回去啦。」

周川望望外面天色，道：「就在這兒用飯又怎麼了？小閒可是做得一手好菜，讓她做一桌菜孝敬義母，又怎麼了？」

葉啟不樂意了，踢了周川的小腿一下，道：「小閒過來作客，又不是過來做廚娘。」想吃小閒做的菜？門兒都沒有。

俗話說三個女人一臺戲，說得興起，誰去理會天色早晚？直到丫鬟們進來掌燈，小閒才驚覺應該回府了。

葉啟等得心焦，藉口辭行，剛來到上房臺階，便與出來的小閒碰上。八娘和十一娘直送到前後院相隔的那道月亮門，再三約過兩天再見，才依依惜別。

陳氏每天上午理事，今兒她剛分派了活計，嬤嬤們領了差事，自去辦理。屋子裡只剩汪嬤嬤。

「秦國公老夫人停靈三天，明天發喪，夫人可要親自去送她一送？」汪嬤嬤請示道。

陳氏沈吟不語。以兩家的交情，去送也未嘗不可，只是現在三郎聖眷正隆，盧國公府已今非昔比，陳氏便有些懶得動彈了。送葬也是應酬，不僅須有哀容，須安慰主人，也是與弔唁的女眷們交際的時候。

現在，她不用再為了讓盧國公府能支撐下去而強打精神在貴婦們中周旋了。

汪嬤嬤察言觀色，見陳氏沒有要去的意思，便笑道：「既然夫人不去，奴婢著人把禮物送過去。」

陳氏便嗯了一聲，端起碗吃茶，心裡盤算著下次進宮怎麼套翁貴妃的口風。天氣還冷，氈毯嚴嚴實實把寒氣擋在外面，汪嬤嬤煎得一手好茶，室內又溫暖如春，陳氏坐著坐著，有些睏了。

明月見陳氏懶懶地斜倚著大迎枕，閉上了眼睛，便取了毯子輕輕給她蓋上。

陳氏恍惚覺得自己漫步府中，到處張燈結綵，葉啟身著狀元袍，身邊一個少女，羞羞答答，可不正是丹陽公主？鼓樂喧天中，兩人在自己和葉德跟前拜了天地，就在要送入洞房時，有人在耳邊低喚。「夫人醒醒，夫人醒醒。」

耳邊的聲音吵得她心煩，她轉過頭想斥責，這一動，卻醒了。

眼前是明月大大的眼睛，什麼新人，什麼鼓樂喧天，統統不見了。

「夫人，鄭國公夫人來訪。」明月稟道。

周川與葉啟交好，鄭國公府與盧國公府來往卻不多，鄭國公夫人來做什麼？

鄭國公夫人帶了一大堆禮物，笑容可掬道：「我來接我家女兒回去。」

此言一出，不要說陳氏，就是陳氏身邊侍候的人都不明所以，以為自己聽錯了。鄭國公府的娘子，怎麼可能滯留盧國公府？

陳氏張口結舌半天，道：「夫人取笑了，府裡哪有貴府千金？」

樂氏笑道：「夫人還不知道吧？十四郎頑皮，認了府裡的丫鬟小閑為義妹，既是十四郎認的義妹，自然是我的義女，我今兒特地來接她回去。」

「小閒?!」陳氏愕然。

所有人眼裡都打著問號。難道小閒與周十四有什麼不可告人的私情？不對啊，若是兩人有私情，斷不至於結為兄妹。

陳氏一口氣把茶吃了，努力定了定心神，吩咐道：「喚小閒過來。」又對樂氏道：「還請容我問清楚。」

樂氏自然應允。

丫鬟不顧奴婢身分，私自與勛貴子弟結拜，身為主母的她竟然一點也不知情，確是失責。陳氏心裡生氣，臉色便沈了下來，道：「三郎呢？一併叫他過來。」

院裡一枝紅杏已經出牆，他知是不知？這個丫鬟，斷然是容不得了。

樂氏見陳氏臉色鐵青，只當沒看見，微笑吃茶。

這兩天，她越想越覺得有必要作戲作全套，才能賣葉啟一個天大人情。葉啟這麼做，不過是因為小閒身分低微，想給她個好出身，既然如此，斷然沒有捂著藏著的道理；只有把小閒接過來，與府裡嫡出的娘子一樣對待，以後小閒出閣，花轎也從鄭國公府走，才能與葉啟結成姻親。而且，她也確實喜歡小閒。

與周信、周川商量後，今兒她便來要人了。

從鄭國公府回來後，小閒明白，開點心鋪子的想法不太實際。無論是葉啟，還是周川，都不會讓她拋頭露面去當老闆娘。思來想去，還是保持原狀留在盧國公府最好，現在有了這層關係，算是有了性命保障，陳氏和汪嬤嬤再不能隨意杖打她了。
這才安心沒兩天，明珠來了，神色古怪地喚她過去。
「姊姊，可是有什麼事？」小閒和明珠並肩走著，裝作若無其事地問道。
明珠上下瞅了小閒兩眼，道：「妳心可真大，居然敢與周十四郎君結拜為義兄妹，現在鄭國公夫人來要人了。」
小閒心裡一顫，瞬間明白想再留在盧國公府是不可能了。
「姊姊先走兩步，我回去換件衣裳。」小閒停步道。
明珠憐憫地道：「府裡戒備森嚴，妳是跑不掉的，還是快走吧。」
小閒苦笑，見一個腰繫綠色腰帶的丫鬟迎面走來，便向她招招手，道：「妳去啟閒軒稟報三郎君，就說鄭國公夫人來了，我現在去上房。」
那丫鬟摸不著頭腦，道：「鄭國公夫人來了，與妳何干？」
小閒頓足道：「快去。」又從手腕上褪下一只鐲子遞給她。
那丫鬟倒有眼色，知道小閒深得葉啟信賴，若是交好她，好處可不止一只鐲子，推辭不接道：「哪裡敢受姊姊的禮，我這就稟報去。」
小閒急道：「要快。」
看那丫鬟提裙袂飛跑而去，她才稍稍放心。
明珠生性活潑，與小閒關係又不錯，一路埋怨不停。「……妳也真是的，自己府裡的郎君不能勾搭，便去勾搭周十四，現在人家娘親找上門，夫人怎能丟這麼大的人？我看啊，這次神仙也保不住妳了……」

小開沒說話，走得飛快。她情願面對暴怒的陳氏，也不願聽明珠叨嘮，現在就夠亂了，她添什麼亂呢。

明珠被小開遠遠甩在後面，話也說不了了，只好嘆氣，道：「妳自己急著送死，可怪不得旁人。」

葉啟這些天沒什麼事不出門，一直賴在啟閒軒守著小閒，不管小閒做什麼，他都在旁邊看得興致勃勃。

屋裡的丫鬟若是還看不出這兩人有情愫，那真是瞎子了。先前與錦香交好的丫鬟恨得牙癢癢的，只是拿小閒沒辦法，生怕錦香知道後會氣得吐血，不敢告訴她。

葉啟早下了嚴令，誰要傳出去，馬上賣去青樓，沒得商量。誰敢多嘴？

陳氏喚小閒過去，葉啟並沒有多想，直到那個丫鬟傳小閒的話，明月又來請他，葉啟細問之下，才知樂氏自作主張把事情捅破了。

他以為他們不會真的來接小閒過去呢。葉啟唇邊浮起一抹笑，換了衣裳去上房了。

陳氏一見小閒，怒火萬丈，馬上喝令行刑的僕婦管嬷嬷。「給我掌嘴！」

樂氏笑道：「這是我家十四娘子，誰敢動手？」

行刑的僕婦看看陳氏，再看看樂氏，手足無措。

陳氏拍著几案喝道：「怎麼，連我的話都不聽了嗎？」

京城中哪個府第的丫鬟敢去勾搭外客，還做出兄妹情誼的事來？盧國公府的臉面都讓這個賤婢丟光了！

行刑的僕婦挪了挪腳，立即便有樂氏帶來的婆子攔在小閒面前，道：「雖是認的乾親，卻與親生無異。我家娘子，怎能任由人欺負？」

誰欺負誰還難說呢。陳氏氣得發暈，道：「妳不管束自己兒子，跑到我這裡胡鬧，就不怕被人笑話嗎？」認一個丫鬟為義女，這事也就她做得出來。

樂氏笑而不語。

「去，持三郎的拜帖，請周十四過來敘話。我倒要看看他做出如此醜事，有何話說。」陳氏咬牙道。

汪嬤嬤答應了，轉身要去安排，葉啟掀簾進來，道：「不用了。」

他行了禮，站起身道：「娘親，是兒子託伯母認小閒為義女的，與十四無關。」

陳氏只覺兩眼金星亂冒，長長的指甲幾乎嵌進几案上，才能穩住身子，嘶聲道：「你要她認這賤婢為義女，所為何來？」

葉啟道：「兒子想娶小閒為妻，無奈小閒出身低微，只好幫她脫了奴籍，可是這樣依然不夠。周十四自告奮勇認小閒為義妹，這樣小閒也就配得起我盧國公府——」

哐噹一聲，陳氏把面前的几案掀翻在地，厲聲道：「不配！她永遠不配！」

原來自己這個混帳兒子看中這個賤婢。難怪啊難怪！想起錦香先前說的話，陳氏悔恨不已，手指小閒，一大口血噴了出來。

「娘親！」

「夫人……」

陳氏只覺眼前一黑，暈了過去。

眼看盧國公府亂成一鍋粥，樂氏過意不去極了，只好先告辭回去。本想拍馬屁，沒想到馬屁拍在馬腳上，她得趕快回府與周信、周川商量對策，千萬不能得罪葉啟才要緊。

葉啟抱著人事不知的母親，哪裡有空去理會樂氏，只道：「小閒，送送夫人。」

走出暖閣，樂氏握住小閒的手，苦笑道：「是我疏忽大意，沒先與你們商量，把事情搞成這樣。」

這事遲早瞞不過去。小閒嘆氣，道：「義母為我著想，是我太不爭氣了。」

樂氏拍拍小閒的手背，道：「妳要小心，我讓十四過來，若有不測，也好送妳回府。」

小閒心裡一暖，道：「那倒不用，三郎會護我周全的。」

樂氏點點頭，道：「他果真是個男子漢，有擔當。」

小閒往回走時，剛好遇到葉德滿身酒氣、腳步虛浮，跌跌撞撞走來，一邊走一邊問老李。「好好的，夫人為什麼會暈倒？可曾去請太醫？」

老李費力攙扶他，道：「已著人去請，想來此時也該在回府的路上了。」

小閒避在一旁，老李的目光無意間在她面上一轉，認出了她，臉色驟變，喝道：「妳怎麼還在這兒？」

第四十二章

此情此景，小閒說什麼都不合適。

葉德醉眼朦朧，哪裡站得穩，老李一分神，他整個人便向前撲去，帶得老李一同摔倒。

小閒只好去喊人，很快，幾個膀大腰圓的侍衛趕來，把兩人扶起來。

葉德是個老帥哥，身材高䠷，卻不胖肥。老李精瘦，哪裡有力氣扶住葉德？見小閒站在旁邊，更是惱怒，狠狠瞪了小閒一眼，便命侍衛把葉德扶去上房。

陳氏躺在花紋華麗的匡床上，一動不動，臉色蒼白如紙。

葉德見了她這副模樣，酒也嚇醒了，攥住葉啟的胳膊問：「你娘親這是怎麼了？」

葉標三兄弟及葉馨三姊妹都圍在床邊，他們已經聽貼身丫鬟說了三哥的荒唐事，不約而同都不理睬葉啟了。

葉啟又是請太醫，又是灌參湯，哪裡有空理他們。

葉馨不待葉啟答父親的話，搶著道：「娘親被小閒那個賤婢氣成這樣了。」

葉標大聲分辯道：「明明是三哥惹娘親生氣。」

小閒最是乖巧溫順，哪裡會惹母親生氣呢？分明是三哥強要霸占小閒，才惹得母親不高興，是三哥不孝，把母親氣成這樣的。

葉德一頭霧水。小閒認鄭國公夫妻為義父義母的奇事，後院早就傳開了，丫鬟們羡慕嫉妒恨，各種不堪的傳言也在後院流傳。葉德剛從蒔花館回來，反而不知情。

「父親，是兒子不孝。」葉啟臉沈似水，緩緩道：「娘親只是一時急怒攻心，待太醫用針之後便會醒來。」

「明明是你害死娘親。」葉標眼中噴出怒火，恨不得咬下葉啟身上一塊肉來，指著葉啟大聲道：「你還我娘親來！」

葉德探探陳氏鼻息，還有呼吸，便道：「瞎嚷嚷什麼，你娘親好好的。」

葉邵、葉豐因是庶出，不敢吭聲，只是跽坐在床邊的氈毯上。

葉馨卻爬起來，一把拍掉葉標幾乎指到葉啟鼻尖上的手，道：「你有種，就去把那個狐狸精殺了，只會拿自己兄長出氣，算什麼男子漢！」

葉標受姊姊一激，脹紅著臉道：「什麼狐狸精？她是被迫的。」不過是一個可憐的小丫鬟，在三哥淫威之下，哪能自己作主。

「才不是，她就是狐狸精，迷惑你，又迷惑三哥，連周十四郎也迷惑，這樣的女子，就該浸豬籠！」

葉馨越說越是氣憤，想起打獵時三哥不理自己，對她卻體貼入微，氣往上湧，喝令在廊下侍候的雅琴。

「把她綁了，亂棍打死！」

「妳敢！」葉標紅著眼睛喝道。他不敢對姊姊無禮，惡狠狠對雅琴道：「妳若打死她，我就打死妳。」

在他殺人般的目光下，雅琴嚇得倒退兩步，腿一軟，坐倒在地。

「別吵了，都下去。」葉德被兒女吵得心煩。

兒女們不敢違拗，低聲應是，退了出來，在廊下候著。葉標和葉馨的爭吵聲斷斷續續傳進屋裡。

葉啟一直坐在床邊，餵陳氏喝水。一勺水，有大半從她唇邊流出來。剛才餵參湯時也是如此，可是葉啟並沒有放棄，他做得很認真，很專注。

葉德靜靜看著葉啟，長嘆一聲。幾個兒子，只有長子成器啊……

陳氏慣常看的是薄太醫，他人品出眾，醫術又高。宮裡有品級的妃嬪很多人也由他請平安脈，若是妃嬪有了身孕，更是除了他，不敢相信別人。

他年紀已大卻精神健旺，順發慌慌張張到太醫局，本想拉了他就走，沒料到他進宮給翁貴妃請平安脈。好在宮裡誰能傳消息，順發心裡有數。

薄太醫聽說陳氏暈了過去，不敢在翁貴妃宮裡多耽擱，收拾醫箱馬上出宮。

順發一見薄太醫從宮門出來，馬上拉了他就跑。

「慢點慢點，再這樣拉，我的老命就沒了。」薄太醫一路小跑，嘴上不停。

順發哪裡去理他，把他拉到馬前，一把抱上馬，自己跳上馬背，兩腿一夾，駿馬嘶鳴一聲，奔馳出了御街。

鬧市上縱馬狂奔，那是殺頭的大罪，可是一想到陳氏因為小閒的事被氣暈過去，順發便什麼都顧不得了。

一路引來無數人咒罵，又把薄太醫嚇個半死，風馳電掣地趕到盧國公府門口，順發把渾身癱軟的薄太醫扛到肩上，便往府裡跑。

「真是該死，怎麼能這樣對待太醫？」葉德訓斥順發兩句，又給薄太醫賠罪。「小廝不懂事，萬望勿怪。」

薄太醫只是苦笑，吃了一碗茶壓驚，便給陳氏把脈施針。

陳氏悠悠醒來，睜眼瞧見葉啟那張沈靜的臉，想給他一巴掌，又發現手被他握在掌中。

「娘親醒來了。」葉啟聲音嘶啞，展開笑顏道：「可要吃粥？」

「你個混帳小子，還有臉在我面前說話。」陳氏抽出手，沒頭沒腦朝葉啟頭上、身上拍下。

葉啟沒有躲閃，任由她拍打。

「好了好了，妳身體虛弱，不宜大動肝火。」葉德說著拉開葉啟。

薄太醫實不知一向剽悍的陳氏為何會被氣暈，心中早存了疑問，此時哪裡還會不明白。哪個勛貴府裡沒有幾件骯髒事呢，他收拾銀針，想快點離開。

「三郎，你陪薄太醫到外間開藥方。」葉德向葉啟使眼色。

千萬不能讓兒子落下不孝的罪名，這一點，葉德再糊塗也是清楚的。

「薄太醫這邊請。」葉啟很快恢復以往的神情，像是什麼事都沒發生過，束手做請。

真是英雄出少年啊，居然能做到片刻工夫便不動聲色。薄太醫心裡感嘆著，隨葉啟到外間坐下。

陳氏只是急怒攻心，並沒有大礙。薄太醫開了些舒肝明目的藥，便告辭了。

小閒聽說陳氏醒來，鬆了一口氣。這個時代孝道大過天，若是陳氏有個三長兩短，葉啟一生前程盡毀，自己也會內疚一輩子。

剪秋坐在她對面，神色不善。

兩人是好姊妹，這些事小閒從沒向她透露過，直到謠言滿天飛時，她才從別人口中知道此事，而她當面質問小閒時，小閒只是可憐巴巴看著她，真是豈有此理！

「夫人醒過來，妳也活不成了。她斷然不會允許妳活著離開盧國公府。」剪秋冷冷道。早就提醒過她，還是陷了進去，郎君有孝道在身，隨時會犧牲她，哪裡就靠得住了。剪秋又心疼又擔憂，氣得胸膛要炸開了。

小閒倒沒有性命走到盡頭的覺悟，反而安慰剪秋道：「妳別太悲觀，哪裡就有妳想像中那麼嚴重了呢？」

只要陳氏醒過來就好了，一切都會安然度過。

剪秋氣極，道：「在府裡幾年，再體體面面地嫁人，不好嗎？妳平日裡總是說安全第一，不爭功，不奪利，只是為了能活下去，現在怎麼就變成這個樣子了？」

這兩年，眼看著她晉升，要不是小閒小心謹慎，哪裡能活到現在？現在可好，跟郎君扯上關係，不死都沒天理了。

小閒嘆了口氣，取出脫籍文書給剪秋看。

剪秋這兩年跟著小閒學字練字，一般文書全文通讀那是沒有問題的。仔仔細細看了兩遍，揉揉眼睛又再看兩遍，她不敢置信地道：「妳……」

律法規定，奴婢是主家的財產，跟財物沒有差別；平民就不同了，那是受法律保護的百姓，殺死奴婢，最多落個不仁的名聲，官府不會追究。就算奴婢的家屬告上官府，官司也打不贏。事實上，也沒家屬敢告官，死了是白死。

但若是殺死平民，那是一定會被治罪。勛貴有特權，不可能以命抵命，但收尾也是相當麻煩，一般勛貴不會這麼做；也就是說，小閒手裡這份文書能保她一命。何況，葉啟已經給她上了戶籍，她的小命，那是相當有保障的。

小閒點點頭。

剪秋呆了半晌，突然撲上去緊緊抱住小閒，眼淚鼻涕四流。

小閒的願望是能成為一個百姓，然後開一家點心鋪子。說實話，每當聽小閒這麼說，丫鬟們都嗤笑不已，沒有人認為小閒有一天能成為百姓，呼吸自由空氣。

可是，小閒手裡這份文書，卻是如此真實。

小閒回抱她，道：「郎君幫我辦的。」

最重要的是，葉啟沒有拿這樣一份文書要脅她，或是利用它要求什麼。也是透過這件事，她看出葉啟對自己是真心的，才答應他的追求。一個對自己真心實意的男人，她怎麼能錯過？

「妳真是好運氣，遇到好人。」剪秋嚎啕大哭。

剛才為小閒喜極而泣，現在卻是為自己沒有遇到如此良人而傷心了。

小閒肩頭的衣裳被剪秋的眼淚打濕了，看她哭個沒完沒了，只好像哄小孩一樣哄道：「凡事皆有可能，只要心存希望，總有一天能做到的。」

這樣嗎？剪秋淚眼婆娑地看著小閒。

袖袖推門進來，把一張四四方方的紙遞給小閒，道：「郎君給妳的。」

小閒打開一看，葉啟紙上只有一行字。「不要怕，我會處理好。」

夜漸漸深了，推倒兩次食案，摔壞無數杯盤碗盞後，陳氏總算冷靜下來。

「妳並不是尋常婦人，怎能學那些無知婦人，來這一齣？」葉德坐在一旁，不停唉聲嘆氣。老婆鬧脾氣，兒子不怕，他可是心驚膽戰啊。

陳氏橫了他一眼，葉德打個寒戰，不敢再說。

「你們母子有話好好說，我還有事，先去書房了。」

三十六計，走為上啊。指責老婆小題大做，那是取死之道，葉德決定不蹚渾水，臨走前還拍拍兒子肩膀，以示同情。

陳氏咬牙。這個男人真是沒有半點用處，年輕時候如此，老了依然死性不改，自己當初怎麼就瞎了眼，貪圖他盧國公的爵位，義無反顧地往火坑裡跳呢？

葉啟起身送父親，見父親向他擠眉弄眼，無奈地搖搖頭。

「說吧，那賤婢什麼時候開始勾引你？」陳氏的聲音冷得像冰。

葉啟道：「兒子已為她脫了奴籍，她是我大周百姓，可不是什麼賤婢。」

「什麼?!」陳氏一驚，接著嘩啦一聲響，面前的几案再次被推倒，几案上的點心、碟子以及熱茶、碗灑了一地。

葉啟微微一笑，並沒有解釋。

陳氏卻明白，兒子羽翼已成，不要說治理京城的京兆尹，就是當朝三品以上大員，都當他是子姪輩，可別以為人家是看在葉德及她的面子上，完全是因為葉啟太年輕，跟人家的孫子輩、曾孫輩年紀相仿，人家才託大。那是高官們與他親近的方式。

「你膽敢為她脫籍，可有問過我這個娘親的意思？」陳氏胸膛不停起伏，只覺陣陣眩暈，若不是明月在她後背墊上大迎枕，只怕她此時已經倒下了。

葉啟平靜地道：「兒子查過了，小閒原是犯官之女，並不是賤民。為她脫籍雖然費了不少工夫，卻也不難。」

「犯官之女？誰的女兒？」陳氏瞪大眼問。

壞了，這種犯事的官員，沾惹上可是會倒楣的。她的兒子此時前途一片光明，哪敢沾惹上這些。此時，陳氏顧不得與葉啟置氣，一迭連聲追問小閒的來歷。

犯官的家眷有賣到青樓，成為官妓的；也有發賣為奴僕的；更有發到掖庭，成為宮中的雜役。這些人的命運全在辦事官員一句話，真正的身不由己。

發賣為奴僕的，都是年幼的孩子，一般會成為勛貴和官宦人家的奴婢小廝。

小閒進府時已經十歲，卻不知為何沒有賣去青樓？陳氏發誓，若是被她查出哪個混蛋官員經手此案，絕不會饒過他。

很大。

葉啟臉上閃過一絲黯然，道：「兒子還在調查。」他已經查了好些天，小閒對以前的事沒有印象，連住的地方都不大清楚，調查起來難度很大。

還好，什麼都沒查出來。陳氏冷哼一聲，道：「既是犯官之女，料來不是什麼好東西。你不要以為為她脫籍，便能娶進盧國公府，你想都不要想。」

堂堂盧國公府，怎麼能為嫡長子娶一個犯官之女為兒媳，就算納為妾侍，她也斷然不會同意的。

葉啟微笑道：「雖然不知她的生身父母是誰，但出身書香門第總是不錯的。如今，鄭國公又認她為義女，她的身分可不低。」

陳氏大怒，丫鬟們剛抬上來的一張几案再次被她掀翻。

「把几案劈了當柴燒！」她對上來收拾的丫鬟怒道。

丫鬟們不明所以。

「怎麼，連我的話都不聽了嗎？」陳氏全然沒了以往的優雅舉止，一腳踹在倒翻在地的几案上。

丫鬟們忙抬了下去，走得急了，一人被門檻絆了一下。

「一群笨蛋。」陳氏隨手抓起小泥爐上的銅壺扔過去，冒著熱氣的沸水灑了一地。

「娘親，過幾天鄭國公府會請媒人過來議親，還請娘親應允。」葉啟誠懇地道。

雖說女方向男方提親沒面子了些，但要讓陳氏出面過府替葉啟提親，更是難上加難。葉啟與周川商量後，決定不要面子，只要裡子，先把親事定下來再說。

丫鬟們剛抬了新的几案上來，還沒放下，便聽陳氏大叫一聲。「休想！」她又暈了過去。這次，薄太醫施針後，對葉啟道：「病人還須靜養，不可大動肝火。」

葉啟點點頭。這一晚，他通宵守在母親身邊。

小閒聽說陳氏又暈了過去，心裡內疚，在房裡坐了一夜。天矇矇亮時，來到上房，有幾句話和葉啟說。

剛到院門口，葉標的聲音遠遠傳來。「……你身為長子，卻不孝不悌，一天之內把母親氣得暈倒兩次，枉為人子。」

接著葉馨的聲音響起。「你指責三哥，難道就兄友弟恭了？三哥平素對你那麼好，你可曾念他一點好處？明明是那個狐狸精迷惑三哥，你為什麼總是指責三哥？」

聲音裡還帶著哭音，想來是邊哭邊反駁。

小閒一聲嘆息。狐狸精的美稱，除了自己沒有別人了。卻不知大清早的，兩人怎麼會吵起來。

「都閉嘴，回去。」葉啟的聲音跟往日並沒有什麼不同。

葉標大叫。「你還我娘親！」

可是很快，兩個僕婦便抬了葉標出來，往錦繡軒方向走。

葉標瞥見小閒站在路邊，掙扎著要下來，卻哪裡掙扎得開兩個力大無窮的僕婦，只好扯著嗓子大叫。「小閒不要怕，我來救妳！」

到現在為止，他還認為小閒是受葉啟脅迫，不得已才與葉啟相好。

叫喊聲越來越遠，一行人轉個彎，看不到身影，叫喊聲依然遠遠傳來。

小閒心中五味雜陳，實是不知說什麼好。

「盧國公府混亂如此，是不是如了妳的意？」一個陰森森的聲音在身後冒出來。

第四十三章

小閒飛快轉身，看清眼前的人，吃了一驚。不過一個多月沒見，錦香便如老了十歲。她怨毒地盯著小閒，道：「如妳意了吧？」

「錦香姊姊……」小閒苦笑，在這樣怨毒的目光下，什麼話都懶得說了。

錦香得知樂氏前來接小閒，又聽丫鬟們各種羨慕嫉妒恨，喉頭一甜，生生把到嗓子眼的一口血嚥了下去。

這一天一晚，於她如一輩子那麼漫長，幾年來在葉啟身邊侍候的點點滴滴，如走馬燈一般，在腦海中重播。

她的郎君自然是最好的，只是太善良了，輕易受小閒那個賤人所騙。想起小閒初進啟閒軒時，人畜無害的模樣，她便心如刀割。當時就該找個由頭把這賤人打殺了，怎麼能留她在院子裡魅惑郎君呢？

又恨又悔中，她在院前青石板路旁一株槐樹後候了一夜，等待小閒的到來。

「夫人——」就在小閒開口想問陳氏的病情時，錦香突然撲了過來。

小閒下意識退了一步。初升的陽光下，光芒一閃，小閒大駭，噔噔噔連退三步。她已看清，錦香手中握著一柄短刀。

錦香若是像平時一樣走近，小閒斷然不會警覺，但她面部猙獰，小閒嚇了一跳，退了一步。這一步，為她爭取到活命的時間。

「來人啊！」小閒轉身就跑，邊跑邊喊。錦香在後緊追不捨。從上房跑出來的丫鬟站在臺階上，青石板路旁，看兩人一追一逃，不停驚呼，卻沒有人上前奪下錦香手裡的刀子。

這裡是後院，若沒有召喚，隨從小廝斷然不敢進來。丫鬟們與小閒交情不錯，卻還沒有到以命相幫的地步，自然不會以身涉險。有的為小閒捏了一把汗，有的暗暗為錦香加油，驚呼聲起伏不停。

葉啟守在母親身邊，突然聽院門口嬌呼聲不斷，問向候在旁邊的明月。「出了什麼事？」

明月出來一看，唬得魂都沒了，跌跌撞撞跑進來道：「錦香……錦香要殺小閒……」

「小閒」兩個字剛出口，眼前一襲靚藍色的家常袍服一閃即逝，床邊的氈毯上已空無一人。

錦香從昨天中午到現在都沒有進食，又在寒風中站了一夜，體力精神都不濟，哪裡跑得過小閒？

一柄在陽光下閃爍著寒光的刀子就在身後，饒是小閒活了兩輩子，也嚇得手腳痠軟，不停對自己說：「跑快一點！跑快一點！」可是腳像灌了鉛，哪裡跑得動？

臺階上站滿了人，她嗓子都喊破了，卻沒有人過來制止錦香。

就在這時，臺階上的人被人推得東倒西歪，一條靚藍色的身影起伏兩下，掌緣如刀斬在錦香頸後，錦香的身子軟軟倒了下去，短刀叮一聲掉在地上。
小閒一口氣鬆了，再也支撐不住，向後便倒。
葉啟搶上一步，把小閒撈在懷裡。見她雙眼緊閉，氣若游絲，不由心中大痛，一彎腰，把她抱了起來。
一等粗壯僕婦鬆手，葉標馬上趕了過來，這時來到院門口，剛好碰到葉啟打橫抱著小閒走來。
「住手！」葉標大喝一聲。
葉標出身豪門，自小身邊圍繞著許多女孩子，耳濡目染的，男女情事一知半解，加上有葉德這個好榜樣，不早熟那是不可能的。
眼見葉啟橫抱小閒，而小閒小臉蒼白，並沒有掙扎，自然以為葉啟當眾猥瑣小閒，他如何能忍？
葉啟哪裡去理他，吩咐圍觀的人們
「快取參湯讓小閒壓壓驚。」
丫鬟們亂亂應了，轟的一聲便散了。
葉標又驚又怒，搶上來張開雙臂攔在葉啟身前，兩眼通紅，道：「放下她。」
葉啟看著隨時可能撲上來撕咬的弟弟，平靜地道：「她受了驚嚇，需要歇息。」
葉標如何肯信？年前，兩人為小閒鬧到陳氏面前，葉標已認定小閒受哥哥脅迫，才不敢跟自己走的，此時更認定小閒一定遭了哥哥毒手。不過一個丫鬟，原本算不得什麼，但是一旦把這事跟自己的面子扯在一起，那性質便變了。

何況陳氏一向偏袒他，葉啟又讓著他，不知不覺把他慣得無法無天。

「放手。」他衝上去抬腿便踢。

在明月的驚呼聲中，葉啟側身避開。

「管嬤嬤何在？」葉啟道。

平時負責行刑杖打犯事丫鬟婆子的僕婦管氏應聲而出，在她身後，還跟著兩個同樣粗壯的僕婦。

「帶十郎回錦繡軒，夫人沒有醒來之前，不許出錦繡軒一步。」

管嬤嬤應了一聲，在葉標的怒罵聲中，如老鷹捉小雞般挾了他兩隻手臂，面無表情道：「十郎君累了，回去歇息吧。」

葉標罵不絕口，被幾個僕婦帶走了。

明月驚恐地看著葉啟，道：「三郎君……」

夫人病成這樣，國公爺又是個不靠譜的，府裡自然是三郎君說了算。他現在連同胞兄弟都不放過，是要幹什麼？

葉啟溫聲道：「妳回去守著夫人，若是夫人醒來，過來稟報一聲。」

明月連連點頭，決定看緊夫人的飲食，就算是一湯一水，也要用銀針試過沒有毒才能送進夫人嘴裡。

小閒靠在葉啟懷裡，由他餵了一碗參湯，慢慢回過神，想起剛才的可怕情景，伸手抱住葉啟的脖子。

葉啟輕拍她的後背，道：「沒事了。」

「嗯。」小閒離開他的懷抱，道：「夫人沒事吧？不如我離府到外面租房，省得她心煩。這樣一再暈倒，很損身體的。」

葉啟搖搖頭，道：「不用。她只不過一時轉不過彎來，過段時間就好了。妳回啟閒軒，不用理她。」

恐怕不只錦香，還有許多人也想置她於死地。小閒明白，現在只有啟閒軒是安全的。喚了剪秋和袖袖扶小閒回去，葉啟重新到陳氏臥榻前。

明月道：「夫人剛才醒過來一次，沒有說話，又很快沈沈睡去了。」想是看到明月在身邊，才放心安睡。

葉啟不再守在匡床前，而是吩咐把几案抬到外間，一個人靜靜坐著。

薄太醫又來診脈，道：「脈象沈穩，只要不受刺激，將養幾天就好。」

葉啟暗嘆一聲，送薄太醫出府。倒是葉德聽說陳氏沒有大礙，臉上掩飾不住的失望。

陳氏這一覺，直睡到天黑。睜開眼，見床邊只有明月，吁了口氣，道：「逆子呢？」

明月想起早上的一幕，猶心有餘悸，道：「三郎君在外間。四郎君、七郎君、十郎君以及幾位娘子都來過，除了九娘子陪伴三郎君在外間等待夫人醒來，其餘幾位都回去了。」

陳氏臉一沈，道：「讓他滾回去。」

「夫人，三郎君一連兩天兩夜衣不解帶服侍夫人。」明月想著措辭，道：「就是鐵打的人也受不了。」

她起先還擔心葉啟會對陳氏下毒手，發現葉啟不再碰吃食，連藥也不碰，才放心。也是，三郎君一向孝順，怎麼會對夫人不利？她很為自己的荒唐念頭羞愧，此時不免替葉啟說好話。

陳氏冷哼一聲，道：「累死活該。」

以往葉啟讓她感覺多榮耀，現在就讓她有多惱火。納那個賤人為妾也就罷了，他竟然異想天開想娶她為妻，除非自己死了，要不然這事休提。

葉啟聽到內室有人說話，便緩步過來，離床約莫一丈時站住，道：「娘親醒來了，我這就吩咐傳膳。」

一天下來，只是餵些湯湯水水，想必這時餓得很了。

陳氏別過臉去，道：「你若要和那賤人勾搭在一起，我情願餓死。」

葉啟嘆氣，道：「娘親可知，她差點被錦香刺死？」

「是嗎？」陳氏大喜，不知哪來的力氣，不用人扶，自己一挺腰，坐了起來，道：「可刺死了沒有？」

明月看看苦笑的葉啟再看看目露凶光的夫人，手足無措。

「錦香呢？我要重重獎賞她。」陳氏擁被道。

明月回道：「她手持凶器行凶，被汪嬤嬤關在柴房。」

錦香被葉啟用掌緣斬在頸部，立時暈了過去，汪嬤嬤趕來後，馬上吩咐拖去柴房，待陳氏醒來處置。

「母親，這人是斷然容不得了。」葉啟坐下道。

陳氏冷笑一聲，吩咐明月。「去，傳我命令，喚錦香吃飽飯過來。」

這是要放了她？明月驚疑不定。夫人這是受刺激過甚，瘋了嗎？手持凶器追殺人，怎麼還能容她？早就該活活打死扔亂葬崗去。

陳氏橫了明月一眼，道：「怎麼，妳想奉那個賤人為少夫人，連我的話也不聽了？」

這話說得重了，明月不敢再遲疑，馬上出去派人。

葉啟並沒有阻止。小閒已經對錦香有了防備，就算此時放了她，她又如何能傷得了小閒？

「娘親，妳好了嗎？」葉歡見母親說完話，便爬上母親的床，摟著她的脖子，道：「妳快好起來吧。」

陳氏心裡一暖，緊緊抱著葉歡，眼角滴下兩滴淚，還是女兒貼心哪。

錦香已經醒了，目光呆滯地坐在冰涼的地上，有時候腦子裡浮現葉啟溫和的笑臉，有時候又回想起追殺小閒的場面，說不清什麼滋味。

眼看窗外漸漸黑了下來，柴房裡伸手不見五指，她閉上了眼睛。

郎君是不會來救自己了，如果能再見他一面，就是死也甘心哪。

燈火照在她的臉上，她依然閉眼一動不動。

管嬤嬤不知她是死是活，用腳踢了踢她，道：「喂，妳死了沒有？要是沒有，快點起來，夫人喚妳呢。」

至於讓錦香吃飯，她哪來的閒工夫，很快就要死的人了，吃不吃無所謂吧。

「夫人？」錦香猛地瞪大眼睛，道：「夫人讓我過去？」

不是立即杖斃嗎？錦香不知哪來的力氣，推開管嬤嬤，拔腿就跑。

「喂、喂……」管嬤嬤喚了兩聲，見錦香往夫人臥室的方向跑，便沒再喊。

錦香一口氣跑到陳氏床邊，跪下磕了三個頭，道：「求夫人讓奴婢見三郎君一面，奴婢來生做牛做馬報答夫人大恩。」

陳氏嘆氣，道：「妳這樣蓬頭垢面，人不像人，鬼不像鬼的，見了有什麼用？唉，三郎就在妳身左。」

錦香霍然轉頭。葉啟坐在左側的氈毯上，慢慢吃著茶，卻沒有看她。

「郎君！郎君！」錦香跪行過去，道：「你沒事就好，你沒事就好。」

雖然往日和善可親的郎君此時看都沒看她一眼，但能見到他，真是太好了，只要能見他一面，就是死，她也甘心。

「三郎，」陳氏道。「你也不小了，到了娶妻納妾的年紀啦。錦香自小服侍你，品性不錯，我想把她收房，你看可好？」

收房納妾？幸福來得太突然，錦香嚶嚀一聲，暈了過去。

葉啟淡淡道：「兒子只想娶小閒，別的女子一個也沒瞧在眼裡。」

陳氏呵呵笑了兩聲，道：「待我死了，你再娶吧。」

葉歡不知死是什麼意思，見母親不高興，摟著她的脖頸，道：「娘親，我養的兔子又生了一窩啦。」

陳氏摸摸她軟軟的頭髮，沒說話。

葉邵、葉豐過來，得知陳氏沒有大礙，都做出歡喜的樣子。

葉邵道：「娘親安康，可比什麼都好。王姨娘一早去佛堂誦經，為娘親祈福呢。」

他是王氏親生，卻不能叫王氏娘親，只能認大娘陳氏為母。天知道陳氏暈倒，王氏有多開心，所以才要去佛前誦經拜謝佛祖。府裡生下孩子並且養大的妾侍只有她一人，其中的驚險和艱辛非外人所能想像。從昨天開始，她便去佛堂誦經祈求佛祖把陳氏收了去，好讓她後半生無憂。

只是這話，斷然不能讓陳氏知曉。

在陳氏看來，小妾為自己誦經祈求平安，是應該的。她淡淡道：「天氣寒冷，讓王氏把手爐帶上。」

葉邵心裡暗恨，含笑應是，道：「兒子待會兒送手爐過去。」

陳氏不再理會兩個庶子，對葉啟道：「回去吧，以後別來了。」

葉啟確實疲倦，又擔心小閒，道：「兒子先告退，明兒一早再來探望母親。」

陳氏指了指暈迷不醒的錦香道：「帶她回去，明晚便圓房吧。」

葉邵馬上瞪圓了眼睛，三哥可以納妾了？

葉啟袍袖一拂，揚長而去。

啟閒軒一改往日的寧靜，丫鬟們三三兩兩說得熱鬧。

房門緊閉，小閒隨意坐在氈毯上，背靠大迎枕，臉色有些蒼白。

剪秋陪在一旁，得知錦香拿刀追殺小閒，她差點嚇暈過去，好半天喘不過氣。這會兒還喃喃道：「沒看出來，錦香心這麼狠。」

錦香自然不是善人，這幾年，只要打扮妖嬈些的，哪個不是遭了她的毒手，死得無比淒慘？但是，命令別人動手跟自己親自動手，完全不是一回事啊。

小閒反過來安慰她。「大概她太愛郎君了吧。好在現在沒事了，妳別再想這個。」

其實是因為自私吧。事已至此，小閒不想再提她了。

袖袖板著小臉沈默半晌，突然發狠道：「早知道，先把她幹掉，先下手為強。」

她一直是個乖巧的孩子，小閒沒想到她會說出這種話。

袖袖發現小閒看自己，不好意思地低下頭。

在侍候小閒之前，她只是啟閒軒裡被僕婦們呼來喝去的小孩，自從撥去侍候小閒後，有人欺負她，小閒一定會為她出頭。

隨著小閒在院裡的地位越來越高，許多往日以欺負她為樂的人開始拍她的馬屁，看她的臉色，她無意間隨口吩咐一句，便有人把事辦成。她雖小，卻知道只能依靠小閒這株大樹而活。

小閒道：「千萬不能學她，一條道走到底，才是她淪落到今天這個地步的主因。」

袖袖應了。

小閒站起來，道：「走吧。」

出了這麼大的事，指不定現在院子裡人心浮動，總得安撫一下。

第四十四章

小閒一出現，花叢後、樹後、假山後、柱後、門後，探出無數腦袋，以及無數雙眼睛。

「吩咐下去，都過來，我有話說。」小閒道。

剪秋答應一聲，自去安排。

「現在就以少夫人的身分向我們訓話了？真不要臉！」原來侍候錦香的小丫鬟憤憤道。

另一個丫鬟奇怪地道：「妳怎麼知道？」不過是召集她們去院子裡，小閒有話說，可沒有說少夫人有話說喔。

另一人低聲道：「別多話。」

幾十人在院子裡站成四排，一個個神色古怪，望向站在臺階上的小閒。

小閒清楚聽見人群裡有人道：「沒有換衣裳。」

少夫人的衣裳頭面跟丫鬟的衣裳頭面，那是絕對不同的。

小閒掃了她們一眼，道：「最近這兩天出了一點事情，大家不要多想，盡心幹活總是沒錯。若是有誰搬弄是非，家法侍候。」

沒人吭聲。

「都散了吧。」小閒道。

腳步錯動中，沒有人走，先前的丫鬟越眾而出，道：「聽說妳就要成為我們的少夫人了，不知道是不是真的？」

「對啊對啊，是不是真的？」底下很多人附和。

小閒臉一沈，道：「我剛剛說什麼來著？再有搬弄是非的，杖十棍。」

許多人以為，小閒這是心虛了，低下去的頭顱中，不少人撇著嘴。她們難以遏制的妒忌心總算有點平衡。再得郎君寵愛，最多不過是一個妾侍，越得郎君寵愛，以後死得越快，梅姨娘就是活生生的例子。

那丫鬟還想分辯兩句，被人拉走了。

走出老遠，還能感覺到小閒看她的目光。看來，她在這裡再也待不下去了。她突然想哭。離開這裡，她又能去哪兒呢？

剪秋要攙扶小閒進屋，被她拒絕了。「我沒事。」

這時候不能軟弱，以她的性子，也做不出咄咄逼人的姿態。說到底，還是名不正言不順。小閒暗嘆一聲，邁步進屋。

「小閒姊姊，」一個小丫鬟匆匆跑來，在門口道。「門子說，有人要見妳。」

小閒大奇。她在這裡除了鄭國公府的人，確切地說，除了周川一家，哪裡認識什麼人？門子被叫來，偷偷瞥了小閒一眼，那眼神很是複雜。後院早鬧翻了天，身為消息靈通人士，他們多少聽說了一些。

「是一個年約二十的男子，指名要見妳。」門子說著，深深看了小閒一眼。

不要說門子，連剪秋都表情古怪。來了一個男子，不會又是男女情事吧？

小閒想了想，實在猜不透來的是什麼人，道：「請他在門房候著，我這就過去。」

男子一襲青衣，身披黑色披風，皮膚黑中透紅，反背雙手站在門口臺階上。

小閒在剪秋陪伴下出來，兩人目光相對，男子露出笑容，迎上來道：「妹妹，我找得妳好苦。」

小閒和剪秋對視一眼，一齊退後一步。

小閒從不知原主有一個哥哥，剪秋卻是從沒聽小閒提起過她有一個哥哥，自然把他當成騙子。

男子止步，道：「妳不記得我了？小時候我上樹給妳掏過鳥蛋呢。」

「你是……」小閒努力回想小菊說過的話，小菊並沒有提過自己有一個哥哥，或者她也不知道？

男子道：「我是妳的親哥哥，柳洵。妳原名柳灩，小名小閒，因為父親獲罪，才賣入盧國公府為奴。如今父親已起復，我們一直在尋找妳，好不容易才尋到這兒。」

柳灩？小閒好生迷茫。

葉啟很快過來。這時，柳洵已被請到中堂，由小閒作陪。她不停詢問小時候的事，柳洵以為她懷疑自己的身分，不過兩年沒有見面，怎會完全不認識？難道自己變化真的這麼大？

「三郎君，」柳洵出示相關文書，道：「舍妹得三郎君照拂，家父與在下感激不盡，還請三郎君開恩，放舍妹出府，讓我們一家團圓。」

葉啟接過文書，看得很仔細。沒錯，是京兆尹出具的文書，上面還有鮮紅的大印。

幾個月來，葉啟一直在尋找小閒的家人，希望能施以援手，卻一直沒有眉目。沒想到在這節骨眼，柳洵卻自己冒了出來。

「你且回去，待我調查清楚再處置。若是小閒願意出府，我自然答應。」葉啟道，並沒有說明小閒現在是自由身。

出於安全考慮，對於柳洵的身分，他希望弄明白，才能讓小閒出府。

柳洵再三致意，又留下地址，果然家在崇義坊。

待柳洵離開後，葉啟喚了順發過來，細細叮囑一番。

順發拍著胸脯道：「郎君放心，小的一定好好查訪。」

這兩天發生的事實在是太離譜了，先是與葉啟的戀情爆光，陳氏兩次氣得暈倒；接著一直沒有印象的家人突然出現，要接她回去。小閒有些懵了。

葉啟已經兩天兩夜沒有合眼，匆匆洗個熱水澡，便去歇息了。

小閒確定陳氏已能起身，飲食如常，又喚了一眾管事嬤嬤議事，這才放心吩咐關院門歇息。

這一晚，小閒躺在床上，怎麼也睡不著。

天光大亮，汪嬤嬤過來，同時一塊兒來的，還有做姨娘打扮的錦香。

「錦香姊姊！」先前那丫鬟乍見錦香，熱淚橫流，不顧一切撲了上去，緊緊抱住。

錦香也抱著她哭，再相見，恍若隔世。

「夫人已准三郎君納錦香為妾，從今往後，她就是姨娘了。」汪嬤嬤臉上看不出喜怒，望向小閒的眼神卻有些惋惜。

錦香挺直胸膛，面有得色。

許多丫鬟想，她到底遂了心願。有小閒的奇遇在前，大家對錦香的喜事並不怎麼妒忌。郎君屬意誰，誰得寵，誰受冷落，瞎子都看得明白。

「嬤嬤來得好早。」葉啟身著家常袍服，墨髮用一根白玉綰住，彷彿從畫中走出，脫俗出塵。

汪嬤嬤含笑道：「三郎君，夫人命我送錦香姨娘過來。」

錦香眼淚汪汪地凝視葉啟，一副楚楚可憐的樣子。她綰著婦人的髮髻，化著精緻的妝容，身披半臂，跟昨天判若兩人，看起來確實美豔。只可惜，葉啟的眼睛瞧都沒瞧她。

「我還未娶妻，不敢納妾。」葉啟瞟了瞟站在一旁的小閒一眼，笑咪咪道。

為了那個賤人，連妾都不納嗎？錦香塗了粉的臉一下子變得蒼白，胭脂都蓋不住。

葉啟吩咐道：「來人，送嬤嬤。」

剪秋應聲而出，道：「嬤嬤、錦香姊姊，兩位請。」想搶在小閒前頭？門兒都沒有！

汪嬤嬤笑了，道：「既然如此，老奴只好回去覆命。錦香，咱們走。」

錦香的淚水流了下來，臉上精緻的妝都花了，叫了一聲。「嬤嬤。」

汪嬤嬤人老成精，十多年幫助陳氏主持中饋，早就練成火眼金睛，什麼事能瞞得過她？她拍拍錦香的手臂，道：「別的事猶可，男女私事，還須你情我願哪。」

丫鬟們看看葉啟，看看小閒，再看看錦香，每個人的表情不盡相同。有羨慕妒忌小閒的，也有同情錦香的。

錦香跪下，膝行幾步，抱住葉啟的腿，嗚咽道：「奴婢不要名分，只盼能侍候在郎君身邊……」

「起來。」葉啟的聲音從頭頂飄下來，比外面的寒風還冷，讓錦香情不自禁打了個寒戰。

小閒朝剪秋使個眼色，剪秋上前扶起錦香，道：「姊姊累了，快回去歇著。」兩個小丫鬟很有眼色地上前，一左一右把錦香攙住，拉起就走。

汪嬤嬤無奈，只好跟在後面。

小閒和葉啟相視一笑。剪秋帶人退了出去，隨手拉上門。

「你還好吧？」

兩人同時關切地道，話出口，又都笑了。

葉啟一直在上房盡孝，兩天兩夜沒有回來，也沒有歇一會兒；小閒受了驚嚇，被送回啟閒軒。兩人彼此擔心，卻礙於陳氏暈倒，不能太張揚，雖有剪秋來回傳遞消息，到底不如親眼所見來得放心。

昨晚葉啟回來，又出了柳洵的事，葉啟想讓小閒靜一靜，小閒又想讓葉啟好好睡一覺，兩人竟沒有說一句體己話。

直到此時，才能好好訴說。

剪秋帶了幾個平時跟小閒交好的丫鬟候在廊下。袖袖過來，道：「我吩咐廚房準備了早飯，姊姊看……」
剪秋心裡一暖。這兩天，心裡有事，都把吃飯給忘了，也不知小閒昨晚吃了沒有。
「讓他們再敘會兒話，我再去回。」
袖袖點點頭，在外頭候著。
有同是二等的丫鬟過來和剪秋並肩站在一起。這是表示自己人的意思嗎？剪秋看了她一眼。
她笑了笑，道：「如果小閒成為少夫人，以她的為人，一定不會為難下人。」
在一個強勢的主子手下生存，比在一個溫和的主子手下生存要困難得多。不管葉啟娶了誰，都沒有小閒性子隨和。小閒一向當她們是姊妹，就算不怎麼走動，也能做到尊重。
幾個圍在兩人身邊的丫鬟都點頭道：「姊姊說得極是。」
其中一人道：「跟小閒姊姊在一起，心緒特別平和。」
說話間，一個丫鬟指著院門口走來的一行人，道：「怎麼又來了？」
可不是，汪嬤嬤又帶了錦香過來。
一人啐道：「真不要臉，我要是她，早一頭撞死算了。」
錦香依然是剛才那副打扮，只是神色黯淡了很多。
「三郎君呢？」汪嬤嬤問向她行禮的剪秋，道：「夫人有命，新姨娘一定要留下。妳們收拾房間，請新姨娘安置了吧。」
剪秋道：「嬤嬤稍待，奴婢回過郎君再說。」

說話間，葉啟已打開門，站在門口，道：「嬤嬤還不回去覆命嗎？」

應該說，錦香不死心，若是她放棄，陳氏自然不會再送她過來。

汪嬤嬤苦著一張臉，道：「三郎君，夫人的脾氣你是知道的，千萬不要讓老奴難做。」

大把的事等著她拿主意呢，一大早的便為著這麼一件小事兩處奔波，不說丫鬟們笑話，耽擱了夫人的事，誰吃罪得起呢。

小閒站在葉啟身後，瞅了一眼巴巴望著葉啟的錦香，道：「那就留下吧。剪秋，著人打掃一下她原先的屋子，安置了吧。」

葉啟回頭，道：「不行。」留下她，算什麼？

小閒凝視葉啟，道：「沒事，我來處理就好。」

葉啟便不說話了。

她越過葉啟，從屋裡出來，道：「姊姊還是住原來的屋子，先前侍候的丫鬟呢？拔她去侍候姊姊吧。」

錦香又驚又喜，只要能留下，便有機會。葉啟正是血氣方剛之時，小閒瘦瘦弱弱的身體，哪裡比得上自己前凸後翹的身材？

先前侍候錦香的小丫鬟又驚又喜，奔過來和錦香抱頭痛哭。

重新進屋，葉啟埋怨小閒道：「留她在這裡做什麼，沒得惹厭。」

小閒道：「關鍵在於你，不在於她。你就當是一個閒人，養起來也就是了。」

葉啟哼了一聲，不說話了。

陳氏得知小閒留下錦香，冷笑一聲，道：「還真把自己當大婦了！」想用賢良淑德討她歡心？想都不用想！

汪嬤嬤把柳家來人認親，要領小閒回去的事稟報了。

陳氏冷笑道：「倒好像她是香餑餑，都搶著她似的。她不肯跟著去吧？」

「是。」

汪嬤嬤先還站在小閒這邊，這兩天發生的事太突然，她迅速轉變立場，對小閒好感不再。她自小跟著陳氏，是陳氏的心腹，一切都是在遵從陳氏的意願之下，以陳氏的意願為自己的意願，陳氏既然不待見小閒，她自然也不待見。

陳氏冷笑道：「她那點小心思，我看得真真的，只有三郎那個傻小子才受她矇騙。」

「夫人說得是。」汪嬤嬤恭聲附和，屋裡侍候的人自然一通馬屁奉上。

陳氏從沒吃過這麼大的虧，因為一個奴婢被氣得兩次暈倒，傳出去，以後再也沒臉在貴婦圈子裡混了，如果不是投鼠忌器，她早把小閒撕成碎片餵狗了。

「夫人，鄭國公夫人來了。」明月蹙眉進來稟報。

這幾天，周川天天派人過來打探消息，周信又親寫了一封長信，向葉啟解釋自家夫人魯莽的行為，並為此深深致歉。

陳氏若是有個三長兩短，鄭國公府可就徹底把盧國公府得罪了，以後不要說人情，不成死敵就算是好的了。

樂氏是來道歉的，這一次，態度放得很低。

陳氏只說了兩個字。「不見。」她敢認小閒為義女，那是不把自己放在眼裡了。

約莫一刻鐘後，明月進來稟道：「周夫人去了啟閒軒。」

陳氏大怒，再次把面前的几案掀翻，道：「去瞧瞧。」

「夫人，」汪嬤嬤勸道：「身體還沒康復，這……」

薄太醫再三叮囑，她現在不能動氣，要好好將養。這樣明刀明槍殺過去與鄭國公夫人掐架，最後受傷害的還是自己呀。

陳氏橫了汪嬤嬤一眼，汪嬤嬤不敢再說。

嬤嬤們不敢再勸，汪嬤嬤命丫鬟們取誥命袍服過來，決意要給鄭國公夫人一個下馬威。

陳氏讚許地對汪嬤嬤點點頭，還是她懂自己的心。

第四十五章

樂氏不僅希望與陳氏修好，盧國公府出了這樣的變故，想來小閒的日子不好過。這幾天，她在府裡坐臥不安，很擔心小閒受責。

周信安慰她道：「放心，三郎一定會照顧好她的。」

這時，她撫摸小閒的髮絲，愛憐地道：「可真是苦了妳了，待葉夫人大好了，妳便跟我回去吧。」

小閒居住的院子已經收拾好了，就在十一娘隔壁。

小閒笑著搖頭，把柳洵前來認親的事說了，道：「既然是我親哥哥，我自然要跟他走。不過是三郎不放心，再去訪查。」

「趁這段時間，回府住幾天。」樂氏笑道：「既然認了親，自然得回去住，斷然沒有只認乾親的道理。」

說著，丫鬟端上來兩個盒子，卻是一套毛織料的衣裳。依舊俗，認親時，義父母要給義子女做一套新衣裳，這幾天，鄭國公府的針線房照小閒的身材尺寸，趕了這套衣裳出來，小閒拜謝收下。

樂氏又道：「那錦香起了不該有的心思，妳怎麼還收留她在院子裡？」

換作是她，自然有一百種法子弄死她，哪裡容她這樣光明正大留下來呢。

小閒道：「從來沒有牛不喝水強按頭的道理，三郎若是不願意，留她在這裡也無妨。」

若是葉啟有拈花惹草的毛病，就算屋子裡沒有女人，他也不會守著小閒一個人。

樂氏連連搖頭，道：「妳還年輕，不懂得其中的厲害。男人都是吃著鍋裡，看著碗裡的貨，又是咱們這般的人家，哪個不是妻妾成群？妳如此不設防，遲早會吃大虧。」

不成，得教教她當家理事的本事，不能由著她這麼仁善。樂氏吩咐廊下的丫鬟。「請三郎君過來，我有事相商。」

小閒大奇，道：「義母找三郎有事？」不是來瞧她的嗎，怎麼又有事找葉啟了？

很快，葉啟從書房過來，道：「伯母有事找我？」

樂氏道：「我要帶小閒過去住幾天，好些話需要囑咐她。」

葉啟想了想，道：「也好，小閒在這兒太過尷尬。過去小住幾天，待我娘親轉過彎來，我再去接小閒回來。」

樂氏眼中憂色更甚，這才把狐狸精、小妾放在院裡，就巴不得快點把小閒送走了，虧得她還以為葉啟對小閒有多情深意重呢。

去鄭國公府小住，真的好嗎？小閒向葉啟投去詢問的眼神。說實話，她對樂氏的感情還停留在這是個貴婦人的階段。

葉啟點點頭。

「我去收拾衣物。」小閒起身走向自己房間。

剪秋跟過來，眼眶紅紅的，道：「妳真的要去鄭國公府暫住嗎？」

在她看來，郎君無論如何是拗不過夫人的，小閒接下來的日子一定很難過，要不然也不用躲到鄭國公府去。寄人籬下，日子只會更加艱難。

小閒道：「義母看在郎君面上，不會為難我；最不濟，我租間小院子，也能過活。」

「那怎麼成？」剪秋急道：「一個人住太危險了，妳若租房居住，我求了郎君，去與妳作伴。」

小閒心裡暖暖的，笑道：「哪裡就到這一步了呢？」

兩人說著話，外面突然吵嚷起來。

樂氏與葉啟分說小閒需要學些什麼，才能打理好盧國公府。要知道，勛貴們的嫡女，自一出世便是重點培養對象，如何識人、如何看帳、如何處理各種複雜的人際關係、如何幫助丈夫，甚至夫家整個家族發展，都是需要學習的。至於延請名師，學得琴棋書畫樣樣皆通，更是必備的功課。

在樂氏看來，小閒如未琢磨的美玉，品性純良，卻沒有心機。既已認了她為義母，她自然有義務好好教導，讓小閒有大婦的風采。

葉啟對樂氏的看法深以為然，別的不說，今兒留下錦香就太善良了。

兩人開始擬定小閒需要學習的課程，突然門被嘩一聲推開，因為用力太大，又撞上門框，再次發出響聲。

陳氏帶了一大群丫鬟僕婦，氣勢洶洶地衝進啟閒軒。守門的僕婦早嚇傻了，張大了口，保持半站起身的姿勢。

「樂氏，這裡是我盧國公府，還輪不到妳胡來。」陳氏劈頭蓋臉喝道，一點情面都不講。

樂氏愕然，如此撕破臉皮，怎是名媛所為？

葉啟迎了上去，勸道：「娘親，切勿對伯母無禮。」

兩家乃是通家之好，如此胡鬧，成何體統。

陳氏單手扠腰，食指幾乎點到樂氏腦門上去，道：「我府裡一個丫鬟，妳巴巴地認為義女，如今為了這個狐狸精，不顧體面，連我這個當家主母都不放在眼裡。難道說，你們鄭國公府沒人了，阿貓阿狗都領回府去？」

陳氏年輕時，在京城名媛圈中是出了名的潑辣，要不然秀王也不會對她退避三舍，望風而逃了。

樂氏氣得渾身發顫，一張臉脹得通紅，一個字也說不出來。

葉啟把母親的手按回去，道：「娘親，妳與伯母乃是親家，怎麼可以如此說話？」

他遲早要喊樂氏岳母的，母親如此作為，不過是讓自己難堪。

陳氏揮手便向葉啟臉上搧去，葉啟側頭避開。

「你若娶這個妖女，為娘便一頭撞死！」陳氏怒道。

樂氏定了定神，吩咐丫鬟。「去看看十四娘子收拾好了沒有？若是收拾好了，我們回去。」

其實什麼都不用帶，鄭國公府什麼都有。讓小閒收拾行李，不過是為尊重她而已。堂堂十四娘子，不能兩手空空回府。

小閒已經趕了過來，昂然道：「夫人不用為難我義母，小閒一人做事一人當，有什麼氣衝著我撒好了。」

昨天還在延醫調理，這會兒生龍活虎地在這兒當潑婦，就是會裝哪。小閒佩服得不行。

陳氏喝令汪嬤嬤。「把這個丫鬟捆了，亂棍打死。」

她咬死小閒奴婢的身分，為的是羞辱樂氏，而且盧國公府的奴婢，樂氏是帶不走的。

小閒笑道：「我是大周朝的百姓，有京兆尹出具的文書為證，夫人可是質疑京兆尹的文書嗎？」

汪嬤嬤踏上一步，做出要去派人的姿態，其實一雙眼睛一直在看葉啟的表情。小閒不足道，葉啟的意思才是重點。

他們是母子，再不和，也有和好的一天，自己只不過是一個奴僕，若是分不清形勢，就是取死之道了。

葉啟攔在小閒身前，道：「請娘親延媒向伯母求親，為兒子求娶鄭國公府中的十四娘子。」

陳氏怒極，只覺腦中嗡嗡地響。有了先前兩次暈倒的經驗，她強自支撐，扶了明月的手，尖聲道：「回去！」

一眾丫鬟僕婦都怔了，氣勢洶洶地來掐架，怎麼沒說上兩句，就要回去？

明月感覺陳氏緊緊抓住她的手不停發抖，指節白得嚇人，知道大事不妙，忙道：「夫人有命，回去。」當先扶了陳氏向外走去。

樂氏剛站起來要與陳氏理論，一群人已如潮水般退去。

「這……」真是太玄了。她摸不著頭腦，只能求助般望向葉啟。

小閒道：「三郎快去瞧瞧，夫人好像舊病復發了。」

就在她尖聲喊回去時，小閒注意到她整個人好像站不穩似的，微微搖晃，若不是強自支撐，怕是早倒下了。

葉啟也覺詭異，向樂氏告一聲罪，匆匆離去。

「義母，最近幾天，夫人身體不太好，我還是過段時間再過去小住吧。」小閒想了想，堅決道。

陳氏可不是主母那麼簡單，此時一走了之，若是有朝一日成為婆媳，便是留了把柄在人手中，一頂不孝的帽子隨時可以扣在她頭上。

樂氏也明白這個道理，語重心長道：「一切小心。」又指一個丫鬟道：「青柳身有武功，緊要關頭用得上。」瞧剛才陳氏那氣勢，那是隨時要打死小閒的意思。

青柳約莫十三、四歲的樣子，上前向小閒行禮。「見過娘子。」

第一次被人稱呼娘子，小閒不大適應。

既然會武，她自然不會推辭，道了謝把她留下，袖袖帶人去安置了。

樂氏叮囑再三，才上車離去，回府馬上備了一應吃穿，派管家老廖送來。陳氏這個樣子，她實在是不放心。

看著小半屋子的禮物，小閒很感動，不過是受葉啟之託才認了她，沒想到竟是真把她當女兒看待。

「替我謝過義母。」小閒鄭重囑託送東西來的老管家。

老廖恭恭敬敬道：「是，十四娘子一切小心。」

夫人可說了，十四娘在盧國公府不太安全，恨不得把十四娘接回去呢。

小閒從腕下褪下鐲子，道：「老人家家裡可有女兒？我也沒什麼貴重的東西，令嬡拿著玩吧。」

老廖雙手連搖，道：「當不起，當不起。小女哪裡當得起十四娘子的賞？夫人說了，侍候好十四娘子是老奴的本分，十四娘子若是回府，那是跟府裡的娘子一樣看待的。」

吩咐剪秋送老廖出去後，小閒把青柳叫來，道：「義母可曾吩咐妳什麼？」剛才老廖來時，把青柳的行李送來，又細細叮囑她一番。

青柳道：「夫人說，讓奴婢好生服侍娘子。別的沒有吩咐。」

陳氏臥房門緊閉，汪嬤嬤一臉沈痛，站在門口，道：「郎君請回。」

無論葉啟怎麼磨，陳氏就是不肯開門，只打發汪嬤嬤應付他。

葉啟一撩袍袂，跪下了。

時間一分一秒過去，天色漸漸黑了。

「夫人，郎君從下午跪到現在呢。他確實是悔改了。」明月臉貼在門縫往外望，然後小跑回到內室，滿面堆笑道。

陳氏唇角一勾。她的兒子，無論如何都是向著她的。那個賤婢，憑什麼和她鬥？

她出了啟閒軒，須靠汪嬤嬤和明月攙扶才能行走。到上房，急急吃了薄太醫留下來的藥丸，又吃了一盞參湯，頭暈目眩、心跳悸動才好些。葉啟馬上趕了過來，又讓她心安不少。兒子心裡還是有她這個娘親的。

既然兒子在乎她，她自然得好好利用，最好能乘機把賤婢掃地出門。

眼看明月掌了燈，她心裡更得意了。此時，賤婢一定是惶惶然吧？

「夫人，國公爺回來了。」明月再一次偷窺後，及時回報。

這幾天，陳氏兩次暈倒，葉德不敢去蒔花館鬼混，只在幾個小妾房裡廝混。聽說兒子在陳氏院裡長跪不起，帶著一身酒氣，匆匆趕來。

「快起來。」葉德一把將葉啟扯起來，道：「你母親的性子，你又不是不知道。」

陳氏是遇強則強，跟她對著幹，那是要遭殃的。二十年夫妻做下來，葉德深有體會，向兒子傳授機宜道：「你順著你母親的意思來，準沒錯，何必把自己搞得如此狼狽？」

不過是一個女子，妻子也好，妾侍也罷，有什麼要緊呢？

葉啟看了父親一眼，道：「父親吃飯了沒有？若是沒有，我們一起吃吧。」

葉德一拉，他便順水推舟起身了，跪下，不過是做做姿態，表表孝心。他可沒有指望一跪下，母親便同意他與小閒的婚事。

「夫人，三郎君與國公爺一同去前院了。」明月很意外，夫人沒有原諒他，怎麼就走了呢？

陳氏斜倚在榻上吃點心，隨著明月的話聲，一塊吃了一半的綠豆糕被扔過來。

「去，看看兩人做什麼！」陳氏臉黑如鍋底。丈夫不僅幫不上忙，還來拆臺，真是豈有此理！

葉德的書房裡，父子兩人對坐小酌。

「你瞧瞧你鬧成什麼樣了。」葉德呷了一口酒，道：「不過是一個女子，有什麼大不了的，把她納為妾也就是了，用得著鬧成這樣嗎？」

葉啟笑了笑，挾一筷下酒菜吃了，道：「父親可同意這門婚事？」

葉德瞪著醉眼看了葉啟半天，道：「為父同不同意，都不能影響你母親的決定。你母親心大得很，最近往貴妃娘娘那裡跑得勤，為的是什麼？還不是為了給你說一門好親。如今她可是連麗蓉郡主都瞧不上，更不要說你看中的那個丫鬟，你趁早死了這份心吧。」

不過是一個丫鬟，納為妾侍算抬舉她了，還想著八抬大轎抬進門，成為盧國公府的大婦？真是異想天開。葉德把面前一盞酒一飲而盡，搖了搖頭。

葉啟為他滿了盞，道：「父親與娘親二十年夫妻，可能舉案齊眉、幸福美滿？」

葉德哈哈大笑，笑得連眼淚都出來了。

這門親事，是他的父親老盧國公定下的。當初，在媒人撮合下，春日遊曲池，他與陳氏相識。剛開始還好，覺得她挺漂亮的，可是當他看到她在船中朝一個僕役大發脾氣時，他就萌生退意。無奈父親相中陳氏主持中饋的能力，非說她出身魏國公府，差不了。可他娶了個河東獅回來，有何幸福可言？

「兒不願重走父親的老路。」葉啟說得斬釘截鐵。

葉德笑聲驟歇，訕訕地看著兒子。兒子比自己有勇氣哪，人若是連自己的幸福都不敢爭取，又怎麼能幸福得了？

葉德一盞接一盞喝個不停，直到葉啟奪下他手裡的酒盞，扶他進內室的匡床躺下，為他蓋上被子，吩咐平素跟的小廝好生侍候。

葉啟快步走在回啟閒軒的路上。三、四個時辰過去，不知小閒急成什麼樣呢？

第四十六章

啟閒軒門口的燈籠在風中搖曳，照出一條長長的人影。

「大冷的天，怎麼不回房裡？」葉啟把在院門口來回踱步的小閒擁進懷裡，心疼地道。

小丫鬟傳來消息，葉啟在上房罰跪，小閒的心一下子抽緊了。想做兩個可以綁在膝蓋上的小包包，又想著自己此時不宜過去，葉啟也不會接受她的好意。

數遍府中，竟沒有一人地位比陳氏高，沒有一人能鎮得住她。

眼看時間一分一秒過去，天色漸漸暗了下來，小閒再也坐不住了。

掌燈時分，去上房打探的小丫鬟跑來稟道：「國公爺把郎君救走了。」

小閒才鬆了口氣。葉德在小閒印象中，也就是一個老紈褲，要不是他整天混吃等死，葉啟何必小小年紀便撐起門庭？沒想到他有勇氣在陳氏的淫威下把葉啟拉走。

袖袖一直陪在小閒身邊，待報訊的小丫鬟離開，憂心忡忡道：「國公爺不會帶郎君去蒔花館吧？」

雖說此時已經宵禁，但國公爺有特權夜間在城裡自由行走，他可別帶壞郎君。

小閒笑了，道：「郎君不會去。」

果然，不久消息傳來，兩人去書房喝酒了。袖袖拍著小小的胸脯吁了口氣，把小閒逗樂了。

小閒吩咐小丫鬟去前院候著，只要葉啟從書房出來，馬上飛奔來報，自己去廚房為葉啟做些吃的。

當葉啟從書房出來，小丫鬟馬上飛奔回啟閒軒報訊。

小閒得到稟報，馬上迎了出來。袖袖一直陪在她身邊，門口風大，這會兒入內為她取斗篷去了。

半天的心疼、擔心、忐忑不安，讓小閒在葉啟溫暖的懷抱裡低聲啜泣起來。真丟人，什麼時候變得這麼脆弱了。小閒暗暗鄙視自己，淚水卻止不住地湧了出來。

葉啟一顆心疼得直抽，用力把小閒緊緊摟在懷裡，不停道：「我沒事，我沒事。」把她嚇壞了吧？自己不該丟下她，無論如何都不該丟下她。他自責不已。

「這兒冷，我們進屋。」小閒臉上帶淚，唇邊含笑，牽了葉啟的手，柔聲道。

葉啟抬手幫她拭淚，凝視她道：「我以後再不會讓妳哭泣了。」

小閒點點頭，正要說什麼，只覺雙腳騰空，卻是被他打橫抱了起來，不禁一聲低呼，摟緊他的脖子。

袖袖取了斗篷邁出門檻，剛好撞見眼前一幕，小臉一紅，避到一旁。

「瞧把手凍的，這麼冰。」

暖暖的起居室裡，葉啟把小閒放在榻上，跽坐一旁，為她搓手。

小閒道：「膝蓋可疼？我瞧瞧。」在又冷又硬的地面上跪了那麼久，一定很疼吧。

葉啟笑道：「不疼。小時候頑皮，娘親常常罰跪，早就習慣啦。」捲起褲子讓小閒瞧。

小時候常常罰跪……小閒輕輕撫摸葉啟紅腫的膝蓋，淚水又不爭氣地往下掉。

葉啟捧起小閒的臉，親吻她的淚，喃喃道：「早知道妳會哭，就不讓妳看了。」

兩人在屋裡柔情密意，哪裡知道斜對面的廊下，站著一個梳婦人髮髻的十六、七歲少女，盯著起居室窗櫺透出的燈光，咬碎了銀牙。

錦香重回啟閒軒，原以為有了姨娘的名分，平日裡對她恭敬奉承的丫鬟們會上緊著討好拍馬屁。她有陳氏撐腰，什麼都不是的小閒在她面前，也只有被她指使得團團轉的分兒。

沒想到，丫鬟們對她避之唯恐不及，就算她命令她們站住，她們也跑得飛快。而僕婦們的風言風語和嘲弄的眼神，卻一次次刺痛她的心。她離開這段時間，到底發生了什麼？

小丫鬟把一件半舊的斗篷披在錦香肩頭，澀聲道：「夜寒露重，姊姊小心著涼。」

「郎君回來了！」錦香一個字一個字往外蹦。

往昔，每天晚上，她都會在院門口等候郎君回來，迎接郎君回來。現在，郎君回來了，她清清楚楚看著他懷抱那個賤婢，一臉關切地踏進門檻，在平時坐臥的起居室裡，與那婢賤卿卿我我。如萬箭穿心般，只這一眼，便把她的心扎得千瘡百孔，再無完好了。

小丫鬟不知說什麼好。

隔著寬闊的院落，聽不見對面廊下丫鬟們說些什麼，只見廚房的僕婦帶兩個丫鬟，提了兩個食盒掀簾進去。

錦香突然大步走去。

「姊姊。」小丫鬟大驚，低聲道：「妳要去哪裡？」

錦香充耳不聞，轉過廊廡，走過一間間耳房，已經能看清在起居室廊下燈籠的照耀下，丫鬟們的臉。她們都在，因為郎君在裡面，還有那個賤婢。

錦香右手按住心口，身子搖晃了一下。

「姊姊，妳這是做什麼？」小丫鬟忙扶住她。

錦香從角門繞到起居室後窗，捅破一點窗戶紙，張著眼睛往裡望，便見葉啟與小閒對坐用餐，食案上兩葷兩素，四個菜。

「賤婢，竟敢與郎君平起平坐！」錦香一拳重重擂在窗櫺上。

葉啟與小閒同時側頭望去。很快，剪秋帶了人，把錦香和小丫鬟拿住。

小閒站在臺階上，居高臨下看著被五花大綁，不停扭動身子想掙扎開繩子，恨不得撲過來咬她一口的錦香，臉沈如水，聲寒如冰，道：「郎君一向待妳們不薄，妳們怎麼能躲在暗處暗箭傷他？」

剪秋手拿兩具弓、幾枝箭，丟在兩人腳邊。

小丫鬟大驚，嘶聲道：「冤枉！我們冤枉，我們……」

僕婦手拿一塊破布，塞進她嘴裡去，她便嗚嗚咽咽什麼都說不出來了。

錦香激憤欲狂，不顧一切向小閒撲去，恨聲道：「妳敢！」

剪秋恨她拿刀追殺小閒，脫下鞋子，剝下襪子，團成一團，道：「拿住她。」

錦香疾聲大呼。「郎君、郎君，你忍心看賤人糟踐我嗎？」

起居室裡寂靜無聲，唯有風從樹梢颳過，沙沙作響。

錦香拚命掙扎，丫鬟們好幾次抓住她的胳膊，又被她掙開，直到一個粗壯的僕婦衝過來，幫忙把她的頭按住，剪秋才得以把髒襪子塞進她嘴裡。

雖說女孩子的襪子一天換洗一次，但從早上穿到現在，多少也有些味道，何況錦香曾是啟閒軒的大丫鬟，一直養尊處優，什麼時候受過這個，喉間咯咯作響，似是要嘔。

「把她們關到柴房，著人看守，明早回稟夫人，再做處置。」小閒道。

剪秋等人自然遵從，當下分派人手，把柴房守得死死的。

小閒回起居室，重新坐在葉啟對面。葉啟已經快吃完了，也不說話，只是看著她笑。

小閒摸摸臉頰，道：「看我做什麼，我臉上又沒繡花。」

葉啟放下筷子，笑道：「瞧不出來，妳還真殺伐決斷，讓人刮目相看。」

自小閒留下錦香，瞧出她太善良的，可不僅僅只有樂氏一人。

錦香執迷不悟，最不願意她留下的就是葉啟了。瓜田李下之嫌不說，她還有可能在他和小閒之間製造誤會。最讓葉啟無法接受的是，她隨時可能傷害小閒。

陳氏准她做姨娘，把她打發過來，目的就是借她的刀殺小閒。所以，汪嬤嬤送她來，葉啟堅決送她回去，沒想到小閒留下她，原來是為了侍候她的小丫鬟。

這個小丫鬟表面上循規蹈矩，卻是錦香的人，若不除掉她，到底留下後患。偏偏她從不犯錯，一時半會兒的，哪裡找得到機會呢？若是讓她跟錦香在一起，那就不同了。沒有機會，錦香會為小閒製造機會。一個已經失去理智的女子，什麼事做不出來呢？

小閒被葉啟說破，並不否認，笑道：「讓你擔心了。」

葉啟斂了笑，一副可憐巴巴的委屈模樣，道：「可不是，害得我飯也吃不下，覺也睡不好，無時無刻不在擔心她再次亮出刀子。」

聽他說得誇張，小閒起先還笑，慢慢又鄭重起來，道：「是我不對，我早該跟你分說明白的。你還記得素心和慧中被夫人責罰嗎？攤戲上有關我們的流言，就是她散布出去的。」

這件事，葉啟卻不知，訝然道：「原然如此啊。這麼說，我還該謝她才是。」

小閒白了他一眼，道：「她就在柴房，你要怎麼謝她呀？」

葉啟做沈思狀，道：「照她犯下的錯，自然應該活活杖斃。如今看在曾經立下大功的分上，饒她不死，找人牙子發賣出去吧。」

小閒失笑，橫了他一眼，道：「油嘴滑舌。」

自從小閒查出這個小丫鬟故意把無意中聽到的事傳揚出去，便有除掉她的心思了，只是活活打死這麼殘忍的事，她做不來。原先的打算就是找個由頭發賣了她，撥她去侍候錦香後，小閒便派了兩個心腹丫鬟暗中監視。要不然，錦香弄出聲響，哪能這麼快被拿住，又怎麼會這麼快就安了罪名呢？

一切都是有計劃的，出乎小閒意料的是，沒想到這麼快，連一天時間都不用，錦香便給了她這麼好的機會。

意圖射殺主子，擱在哪個府邸，都是不可能留下了。

危險解除，啟閒軒裡再沒有人能傷害小閒，讓葉啟很愉快。

移過氈墊坐到小閒身邊，葉啟給她布菜，道：「妳借用我的名頭，可要怎麼謝我？」

若是說意圖射殺小閒，最多也就訓斥一頓了事。以兩人目前的身分，錦香是姨娘，想處置一個丫鬟，無論是陳氏還是汪嬤嬤都不會阻攔。因此，真正讓錦香和丫鬟無法翻身的，是她們準備射死葉啟。

當然，所有人都知道，這是不可能的。錦香情願自己死，也不會傷害葉啟。

可是小閒一口咬定錦香和丫鬟這麼做，而葉啟默認，又是當場拿住。當然，剪秋等人都知道所謂的現場，不過是她們佈置的。

這又如何？只要有了藉口，能讓陳氏保不住錦香，事情就成了。

小閒一手策劃了這齣戲，自然明白葉啟在說什麼，笑道：「你要我怎麼謝你？」話一出口，便知道上當了，忙改口道：「不如我做兩個你愛吃的菜謝你，可好？」

葉啟湊到小閒耳邊，道：「這麼大的人情，兩個菜哪行。」

小閒坐開一些，道：「鼻息噴到我臉上啦，怪癢的。」

葉啟又貼上來，在小閒耳邊說了一句話。

她一怔，道：「不行。」

葉啟坐直身子，很無賴地道：「好吧，明天娘親問起，我就說沒有這回事。」

「你……」小閒橫了葉啟一眼，別過臉去。

葉啟嘻嘻地笑，央求道：「就這一次，下不為例，好不好？」

她沒吭聲。

葉啟道：「就這樣說定了。可不許反悔。」

她故意道：「一定反悔，你能拿我怎麼樣？」

他只是看著小閒笑。

第二天清晨，一覺醒來的葉德把帳房喚來，問：「夫人可曾說過什麼？」

帳房忍著笑，裝出垂頭喪氣的樣子，道：「夫人昨晚派人傳話，以後國公爺支一百兩銀子以上，須經夫人同意。」

葉德仰身往匡床上倒去，嘆道：「又是這招，就不能換點別的？」

每次惹陳氏不快，她就知會帳房，限制他支取銀子。男人沒有經濟大權，怎麼行呢？或許昨晚受兒子刺激了，這一次，他不想再低聲下氣去求老婆，吩咐小廝青松。「請三郎君過來。」

葉啟在練武場練箭，只應了一句。「知道了，你先回去吧。」

青松不敢催，一溜小跑回來稟報。

葉德等不及，梳洗了趕過來，站在場邊看兒子箭箭射中紅心，鼓掌道：「三郎箭術越發精進了。」

葉啟無奈，只好收箭行禮。「父親可要為兒子示範？」

勛貴人家的子弟，哪一個不是自小讀四書五經、練騎射？葉德年輕時候也是京城中一株名草，要家世有家世，要長相有長相，箭術雖然一般，那也是上得馬身能騎，拉開弓能射，只是十多年混跡歡場，現在已經拉不得弓，射不得箭了。

葉德上前，一把挽了葉啟的手臂，道：「且回書房，為父有話說。」

回到前院的書房，葉德殷勤煮水煎茶，道：「可用過早飯了沒有？若沒有，讓廚房備幾個菜，我們父子小酌兩杯。」

葉啟笑道：「父親有話請說，兒子還須練武呢。」

「這麼辛苦所為何來？」葉德嘆息，道：「可別苦了自己。」想自己十五歲時，妾侍已納了三個，通房丫鬟更是有了好幾個。十六歲成了親，自此便逍遙脂粉叢中，不知不覺人已到了中年，真是年華易逝哪。

葉啟應了一聲是，讓小廝們退出去。

葉德把門關了，壓低聲音道：「前些日子聽說，你在建州有一個船廠，造了好大船隻，可是真的？」

葉啟不知他為什麼突然說這個，謹慎道：「那是三皇子的，只是他不方便拋頭露面，所以借了兒子的名頭。」

葉德喔了一聲，道：「那商船出海，賺得好大的利錢，可有你一股？」

造船為了什麼，何況造的是巨船？目前四海昇平，並無戰事。此去東南，盡是小國，既野蠻又落後，武力征服的話，沒有價值，但是做生意，卻是一本萬利哪。

葉啟苦笑道：「父親有話請直說。」大清早的，這是抽的哪門子風？

葉德一張臉皺成了包子，道：「家有良田萬頃，商鋪無數，卻是你母親的人在打理。外人看著我們府，奢侈豪華，卻哪裡知道我的苦楚？唉，除了一個不值錢的爵位，為父是什麼都沒撈到啊。」

葉啟道：「父親可是缺銀子使？家裡一應銀錢，都是父親的。父親是一家之主，就是娘親也得聽從父親的吩咐才是。」缺錢花你就說，何必繞這麼大的圈子？

葉德長嘆一聲，道：「你母親如河東獅，我是樣樣不得自由哪。」父母間的事，身為兒子的葉啟不便插話。

葉德剛要大吐苦水，門外小廝道：「三郎君，夫人有請。」

葉德嚇了一跳，雙手亂搖，道：「千萬不能說為父找你過來。」

葉啟無語。

第四十七章

陳氏心情很不好。若是以往，天剛亮，葉德便趕了過來，又是哄又是討好，現在日頭已經升起來了，還不見人影。派人去找，妾侍們那裡都沒去呢。

她正要把帳房找來，吩咐即日起不許他支銀子，剪秋押了錦香兩人來了。

「拿弓箭射殺三郎？」陳氏愕然，怎麼可能？

剪秋道：「回夫人，確實如此。」

她一揮手，一起來的丫鬟把兩副弓和四、五枝箭呈上，倒退幾步站回剪秋身後。

兩副弓，都是再普通不過的。汪嬤嬤仔細看了，道：「夫人，沒有標誌。」沒有標誌，也就是說，不知主人是誰。

陳氏望向披頭散髮、五花大綁，被兩個僕婦押著才能站立的錦香，道：「妳為何要殺三郎？」

錦香自小在府裡長大，一向聽話溫順，怎麼可能做出如此大逆不道之事？

錦香扭動著身子，發出嗚嗚聲。

汪嬤嬤過去，從她嘴裡扯出臭襪子，她嚎了起來。「夫人，奴婢冤枉啊！」

陳氏沒心情處理這樁糟心事，吩咐汪嬤嬤押下去好好審問，便著人去找葉德了。

妾侍們過來請安，見陳氏面色不佳，一個個膽戰心驚，不知道這些天沒有侍奉湯藥，會不會被她找藉口賣去青樓？

汪嬤嬤的辦事效率很高，不過三炷香時間，便來回道：「老奴以為，此事還須問過三郎君，才能決斷。」

妾侍們互相看看，由葉德新納的小妾吳氏領頭，告了退。

陳氏道：「可問出什麼來？」

汪嬤嬤道：「錦香兩人死也不認，剪秋卻有人證物證。老奴猜測，此事或與小閒有關。是不是喚小閒過來問一問，再請三郎君示下，妥當些。」

陳氏便明白，汪嬤嬤懷疑小閒栽贓陷害，或者說，汪嬤嬤認為，陳氏若要除去小閒，可拿此事作筏子。

「喚那個賤人過來吧。」陳氏拉著臉道，想了想，又道：「再去請三郎。」

提到小閒，她心裡很不舒服。這個賤人害得她連著暈倒兩次，這口氣，她怎麼嚥得下！

小閒依然一身丫鬟裝扮，回道：「郎君吃飯時，錦香兩人躲在起居室後窗處，彎弓搭箭，隔窗對著郎君。幸好天可憐見，錦香不慎弄出輕微聲響，郎君才發現此事。」

與剪秋所說並無不同，應該是對好的了。

汪嬤嬤不為所動，道：「妳們且在此處，待問過三郎君再說。」又吩咐得力的手下。「好生看住她們。」

小閒和剪秋站在一起，對面鬆了綁的錦香與小丫鬟委頓在地，汪嬤嬤竟是把四人一同對待。

門很快鎖上，門口有人道：「好生看緊了，要是出一丁點差錯，小心我剝了妳們的皮。」

剪秋在小閒耳邊道：「有人看守。」

小閒微微頷首，陳氏站在錦香一邊，早在她的意料之中。若說錦香拿弓箭射殺她，怕是此時被關起的是她，而不是錦香了。

錦香坐在地上，突然脫下一隻鞋，朝小閒擲來。

小閒只見黑影一閃，連忙避開，鞋子擲到牆上，反彈回來，落在剪秋腳邊。

剪秋低聲喝道：「妳不想活了嗎？」

錦香連聲冷笑。

小丫鬟惡狠狠地瞪著小閒，道：「且看誰能活到最後。」

她也看出汪嬤嬤有心偏袒她們，心裡如同吃了一顆定心丸。只要陳氏站在她們一邊，倒楣的一定是小閒。

小閒笑了笑，道：「好，且看誰能活到最後。」

葉啟走到隔開前後院的那條巷弄，袖袖早等在那兒，哭喪著臉上前行禮，道：「小閒姊姊被夫人喚去上房了。」

夫人一定會想法子弄死她的……袖袖一顆心早提到嗓子眼。

葉啟道：「妳先回去吧。」

袖袖求道：「郎君快去救小閒姊姊，去遲了，就來不及啦。」

葉啟笑了，道：「放心，一切有我呢。」

袖袖在後頭跟著，葉啟揮揮手，道：「回去。」

她不敢不聽，怏怏而回。

「娘親找我？」葉啟進門便道：「兒子正要過來向娘親請安呢。」

陳氏板著臉坐在几案前，道：「一大早的，為著你的事，娘親很是不快。聽說，錦香昨晚想射殺你？可有此事？」

葉啟在下首坐了，嘆了口氣，道：「是啊。昨晚原想即刻押來交由娘親處置，又想兒子不孝，惹娘親生氣，讓娘親操心，二更天了，還不讓娘親歇著，於是吩咐她們今早才押過來。」

陳氏看他。葉啟坦然地迎視陳氏的目光，道：「如今娘親只信奴僕，不信兒子了嗎？」

陳氏心裡一軟，他到底是自己十月懷胎生下來，一手帶大的兒子。

「不是那個賤人設下的計，故意陷害錦香？」陳氏依然盯著葉啟，注意他的神色。

葉啟笑了，道：「在娘親眼裡，兒子的性命還不如一個奴婢？」

屋裡侍候的丫鬟們心下一悚，頭垂得低低的。

陳氏斂了笑，起身，走到葉啟身邊，把他的頭抱進懷裡，道：「娘親不是擔心你受那個賤人蒙蔽嗎？」

葉啟不動，沒說話。

陳氏輕輕嘆了口氣，道：「什麼時候我們母子生分到這個地步了？都是那賤人暗中挑唆，才讓我的三郎與我生疏了。」

葉啟合上雙眼，腰板挺得直直的，依然沒有說話。

陳氏嘆了口氣，輕輕放開葉啟的腦袋，道：「對我來說，三郎重於一切，一個丫鬟算得了什麼。」

兒子這樣堅決，是不能利用這件事打擊那個賤人了。與其讓兒子心裡不痛快，母子間生了罅隙，不如順了他的意，把錦香發賣了。

汪嬤嬤就在廊下候著，對陳氏的決定，她從來沒有質疑過，當即派人把人牙子找來。

錦香和小丫鬟驟聞噩耗，如同被雷劈了。連著幾天大悲大喜，昨晚又在柴房凍了一晚，到這時實在支撐不住，兩眼一翻，暈了過去。

汪嬤嬤吩咐僕婦道：「府裡一向善待下人，她們又在府裡侍候日久，准她們把細軟帶上吧。把她們弄醒，帶回去收拾。」

這些年，兩人積攢下不少金銀首飾，准她們帶去，便是給了她們一條生路了。

小丫鬟先醒過來，強忍悲痛，跪下給汪嬤嬤磕了三個頭。掐了錦香的人中，把她掐醒，兩人一同在門外給陳氏磕頭。

陳氏想想幾年來的主僕情分，嘆了口氣，讓明月傳話。「著賣到積善人家。」

聽說兩人是盧國公府郎君身邊的大丫鬟，人牙子哪敢輕慢，口稱「姑娘」，把她們帶了出去。

耳房門大開，小閒和剪秋一前一後走了出來。不過關在裡面不到一個時辰，剪秋卻恍若隔世，瞇縫著眼看灑落在院子裡的陽光，回過身來，緊緊抱住了小閒。

若不是小閒一直很鎮定，她早就崩潰了。

小閒輕拍她的後背，道：「沒事了。」

有葉啟在，她才能如此鎮定，陳氏斷然不會為了兩個丫鬟跟兒子鬧翻的。

明月不知什麼時候出現在兩人身邊，道：「夫人喚妳們過去。」

陳氏雙眼如刀，射在小閒身上，小閒只覺後背發冷，寒毛直豎。

「娘親吃茶。」葉啟把一碗晾得剛剛好的煎茶放在陳氏面前的几案上，道：「加了芝麻，特別香，娘親嚐嚐。」

陳氏狠狠瞪了葉啟一眼，道：「昨晚誰侍候？」

不用說，一定是賤人侍候。哼，想跟她玩這一手，還嫩了點。

葉啟笑道：「昨晚上兒子累了，想歇一會兒，把她們都打發出去，跟前沒人。」

陳氏氣得抓起手邊的大迎枕，兜頭向葉啟砸了過去。

葉啟笑吟吟受了，對跪在地上的小閒道：「天色不早，回去準備午膳吧。」

小閒馬上道：「婢子告退。」拉了剪秋，跑得飛快。

陳氏氣極，一把將面前几案上的茶掀翻，道：「想納她進門，休想！」

葉啟只是笑，並不說話。

「滾！」陳氏瞪眼道。

葉啟二話不說，站起來就走。

「回來。」陳氏喝道。

葉啟停步轉身，笑道：「娘親不是見了兒子心煩嗎？兒子這就躲得遠遠的，不惹娘親生氣。」

陳氏怒道：「有了狐狸精，不要娘親了？想都不用想。今兒不侍候娘親用完午膳，不許回去。」

她不過是想懲戒一下小閒，葉啟上緊著攔住，又把她支走，一點也沒讓她有發洩的空間，真是氣死她了。

葉啟返身坐回原位，丫鬟們已把茶汁收拾好，換了几案。

「兒子學了新的泡茶法，這會兒閒來無事，不如泡一碗給娘親嚐嚐。」葉啟道。

陳氏拉著臉不理他。葉啟吩咐擺上茶具，煮水泡茶。

看一碗沸水裡漂著幾片舒展開來的茶葉，如魚兒般上下浮動，陳氏驚訝道：「這是什麼？」

「娘親嚐嚐便知。」

陳氏呷了一口，只覺清香撲鼻，雖然沒有煎茶的濃香，卻別有一番滋味。

明月掀簾進來，對葉啟道：「四娘子和剪秋吵起來了，郎君快去看看。」

剪秋和小閒一起走的，葉啟飛也似的走了。

陳氏不解，道：「四娘怎麼會和剪秋吵起來？」

明月吞吞吐吐道：「小閒和剪秋在上房院外遇到四娘子，不知說了什麼，四娘子動手打了小閒，沒打著，自己趔趄了一下，要不是雅琴手快扶住，怕是得摔倒呢。為這個，這會兒大鬧起來了。」

「豈有此理，欺負到四娘頭上來了。」陳氏果斷地再次掀翻了几案。

百餘年來，盧國公府一直出資設了男女學堂，族裡的娘子們未出閣前，都可以在女學堂上學。到葉馨這一代，葉芸因為是庶出，不受陳氏待見，養成軟弱的性子；葉歡年齡還小，沒有上學，學堂裡只有十幾個族裡的女孩子，葉馨自認為高人一等，不屑於與族裡那些女孩子來往。

所以，她在學堂裡沒有朋友，也不願上學，每天找各種藉口不去。今天也是。賴過了上學，又覺得無聊，雅琴勸了半天，才到上房來。原想著在陳氏跟前盡盡孝，沒想到在上房門口遇到從裡面出來的小閒和剪秋。

陳氏暈倒，葉馨自然認為小閒是罪魁禍首，一直想打小閒一頓出氣，只是沒機會，這下好了，算是仇人見面，分外眼紅。

小閒行了禮還沒直起身，一巴掌便搧了下來，要不是葉馨站在背陽面，小閒見一片日影投下來，忙跳開，這一巴掌一定結結實實搧在臉上了。

看在葉啟面上，小閒沒和葉馨計較。

剪秋卻不答應，質問道：「四娘子為何一言不發，揮手便打？」

她們可不是葉馨的丫鬟，就算做錯事，也該由葉啟或汪嬤嬤處置，葉馨有什麼權力動手打人？

葉馨不理剪秋，踏上一步，揮手又向小閒搧去，竟是不達目的不甘休。

小閒從容避過。

剪秋怒道：「雅琴，把妳主子拉開。」

這話頗為無禮，葉馨並沒有細想，對剪秋喝道：「閃開！」

雅琴扯了扯葉馨的袖子，勸道：「什麼事有三郎君作主，娘子還是進上房去吧。」

門口這麼一鬧，早有丫鬟飛奔進去稟報明月，明月馬上入內稟報。陳氏不喜聽到小閒的名字，她不敢提，只說剪秋。

葉啟怎麼會不明白，一提袍袂，飛奔出來，喝道：「四娘，妳做什麼？」

葉馨板著小臉，氣呼呼道：「我要打死這狐狸精，為娘親出氣！」

「胡說八道！」葉啟道。「妳堂堂大家閨秀，在這裡無理取鬧，成何體統？」回頭關切地道：「可受了傷？」

小閒搖搖頭，道：「我們先回去。」不等葉啟答應，拉了剪秋就走。

「三哥院裡的丫鬟就這樣無禮？」葉馨尖聲道。

葉啟皺眉看著葉馨，半晌，道：「妳怎麼變成這副樣子？」

她比小閒還大兩歲，可小閒處事有理有據，又懂事又通情達理，她卻如此胡鬧，真是被寵壞了。

「我怎麼啦？你就是偏心，偏袒狐狸精。」葉馨倔強地瞪著葉啟，眼淚在眼眶裡滾來滾去。她真的很委屈，母親被狐狸精氣到暈倒，三哥還偏向狐狸精，這還是她的三哥嗎？

葉啟看她，臉上的表情又是痛心，又是可惜。

明月趕了出來，道：「三郎君、四娘子，夫人讓你們進去。」

其實陳氏讓她追出來，是想讓她看著些，別讓葉馨受委屈。自己這個兒子現在全副心思都在那個賤人身上，保不齊女兒會吃虧。

「娘親。」葉馨撲在陳氏懷裡放聲大哭。打人的是她，倒似她挨了打似的。

陳氏向葉啟怒目而視，這次，真的動怒了。

葉啟攤了攤手，道：「不讓她打人，她便不高興。剪秋有不是，讓汪嬤嬤管教也就是了，哪有娘子親自動手的道理？四娘也不小了，眼看著就要說親，傳出去可怎麼好？娘親勸勸她吧。」

「三哥讓那個狐狸精走。」葉馨不依地道：「他向著那個狐狸精，沒向我。」

這才是讓她傷心的原因，他們可是一母同胞的親兄妹，那狐狸精不過是一個低賤的丫鬟罷了。

陳氏嘆氣，覺得葉啟說得沒錯。

「妳一個姑娘家家的，別一口一個狐狸精。」陳氏道。「瞧瞧妳現在，多像潑婦。哪個丫鬟惹妳不高興，跟汪嬤嬤說一聲，由汪嬤嬤處置便是。」

她說的是「惹妳不高興」，可不是做錯事，只要葉馨看不順眼，想怎樣便怎樣。葉馨沒注意母親話裡的字眼，葉啟卻深深看了母親一眼，道：「娘親可還吃薄太醫開的藥？」

「嗯？」陳氏一時沒反應過來。

葉啟道：「這兩天可覺得身子不爽利？」

「你小子這是咒我早點死嗎？」陳氏笑罵道。

葉馨道：「三哥原不是這樣，都是讓那……讓那女人教唆的。」

「別胡說。」葉啟訓斥了妹妹，才笑對陳氏道：「我這是關心娘親呢。昨兒聽說嘉樹堂有一株兩百年的老參，兒子已經讓人淘弄了。拿回來，娘親吃了補一補。」

陳氏聽了，才開心起來，笑道：「不會是嘴上說說哄我的吧？」

「真的，兒子已經吩咐順發去淘弄了。」葉啟要母親補一補身子，為的是她身體強壯了，不再暈倒，省得府裡上下都在傳小閒氣暈了她。小閒以後可是長媳，有這個名聲，還怎麼管束下人？

一、兩百年的人參很難得，以盧國公府的手段也沒能淘弄到一枝，府裡珍藏的，還是兩枝五十年的。

陳氏笑得眼角的褶子都出來了，道：「我還以為你把娘親丟到腦後了呢。」

「哪裡會呢？只要有好東西，兒子第一個想到的人，便是娘親了。」葉啟笑嘻嘻道，帶著撒嬌的味道。

兩百年的人參，無論如何，小閒現在是用不著的。

葉馨靠在陳氏膝蓋上聽兩人說話，這時氣鼓鼓道：「我呢？三哥送什麼好東西給我？」

葉啟道：「過兩天帶妳去騎馬可好？」

葉馨文不成武不就，除了盧國公府嫡長女的身分，一無是處，葉啟真不知道她把時間花在哪兒了，天天混日子，還混得挺忙。

葉馨做思考狀，權衡得失一番，考慮是否有更好敲竹槓的方式，想了半天，道：「不許帶那個狐狸精。」

葉啟正色道：「開口狐狸精閉口狐狸精，不知道的人還以為妳沒教養。吃虧的是妳自己，她可有一絲損失？妳若是這樣，不去也罷。」

「娘親——」葉馨不依。

陳氏截口道：「妳三哥說得沒錯，女孩子家家的，怎能口不擇言？以後不許這樣。」

她不為小閒考慮，也得為葉馨考慮。若是傳揚出去，門戶相當的好人家，怎肯娶一個善妒的女子當大婦？勛貴人家的男子，哪個不是妻妾成群？不過是大婦身分地位超然罷了。

母親沒向著她，葉馨嘟了嘟嘴，沒敢再說。

葉啟又說了一會兒話，告辭出來。

第四十八章

小閒和剪秋回到啟閒軒，守門的僕婦道：「鄭國公府來人了，已經等妳小半天啦。」

小閒問明鄭國公來的人在起居室，加快腳步過去。

起居室裡，袖袖陪一個年約五十，一臉精明強幹的老嫗閒談。若是平時，她自然會著人向小閒稟報一聲，可今天有點特殊，不知陳氏會怎麼處置，又不願這些齷齪事落在這個姓史的嬤嬤眼裡，所以藉口夫人找小閒有事，沒敢告訴。

哪府沒有些上不得檯面的事，史嬤嬤老於世故，從袖袖的神情中早看出蛛絲馬跡了；何況她是鄭國公夫人的心腹，曉得陳氏不待見小閒，所以安心坐著吃茶，與袖袖說些閒話。

她原先沒見過小閒，袖袖一介紹，她馬上站起來行禮，道：「老奴史氏見過十四娘子。」

小閒還了半禮，道：「史嬤嬤好。不知義母有何吩咐？」

史嬤嬤指几案上十餘疋絹，笑道：「府裡要裁春裝，夫人讓我送幾樣花色請十四娘子挑選。」

這是把小閒與府裡的娘子一般看待了，又不知小閒喜好，所以特地帶了絹過來讓小閒挑。

小閒心裡暖暖的，道了謝，細細看了一回，挑了四個花色。

史嬤嬤只是微笑著看她，並不多話。

因史嬤嬤舉止氣度不像一般僕婦，倒有幾分管事嬤嬤的風采，小閒不敢怠慢，特地吩咐袖袖取了兩樣擺件，道：「嬤嬤辛苦，我也沒什麼好東西，這兩樣擺件，只造型奇巧，不值什麼錢，嬤嬤收著玩吧。」

史嬤嬤哪裡肯收，兩人推讓不下，還是袖袖道：「這是順發看著好玩，買了送小閒的，與盧國公府無關，嬤嬤放心收下就是。」

史嬤嬤這才道了謝收下。

小丫鬟挑簾進來，在小閒耳邊說了兩句什麼，她低聲道：「還是請郎君見他一見吧。」

史嬤嬤估摸著小閒有事，告辭道：「夫人很掛念娘子，若是方便，還請娘子過府住幾天。老奴這就回去了。」

小閒送到院門口，剛好遇見葉啟快步走來。她吩咐小丫鬟送史嬤嬤出府，凝視葉啟，道：「四娘子——」

葉啟牽了小閒的手進院子，道：「我替她給妳賠不是，看在我面子上，妳別跟她一般見識。」

小閒翻了翻白眼，道：「要不是瞧在你的面子上，我會只挨打不還手？」

「可打著哪裡？」葉啟吃驚道。先前小閒搖頭，他以為沒打著呢。

小閒再次搖頭，道：「當然沒有啦。」要是真打著哪裡，肯定要找補回來的。

葉啟鬆了口氣，道：「柳洵找過我幾次，我沒見他。這會兒又來找妳，妳真的對他一點印象也沒有嗎？」若真是兄妹，怎會沒有印象？

小閒苦笑，道：「我挨了梅姨娘三十大棍，受了驚嚇，以前很多事都不記得了。」

葉啟點點頭，道：「既如此，我們見上一見吧。」

柳洵手提一個食盒，含笑著走進來。

「這是妹妹愛吃的七返膏，妹妹快趁熱吃吧。」

打開食盒，裡面是一匣子略溫熱的、圓形花朵狀的蒸糕。原是用極軟的麵團層層抹上油膏，反覆摺疊翻轉七次，做成圓花狀蒸出來的，其實就是現代的花卷。據柳洵說，小閒小時候最愛吃這個，他天天往盧國公府給小閒送吃食，每次都少不了這個。

小閒道了謝收下。柳洵又道：「不知三郎君可訪查屬實？下月初二是個好日子，家父想接小閒回家團聚。」

這都大半個月了，怎麼還沒個結果呢？若不是父親柳慎攔著，他早上門理論了。

葉啟道：「若是訪查屬實，我會著人請大郎過來接小閒。」

柳洵是小閒的哥哥，家中排行第一，所以葉啟稱呼他大郎。

柳洵忍了又忍，才沒有發作，道：「還請三郎君大人大量，體諒家父與我想闔家團圓之心，准小閒回家。」

盧國公府有的是丫鬟，基本不在乎小閒一個，小閒對他們一家來說，卻是不同。小閒是他的親妹妹，骨肉之情，怎能輕易放棄？可是話又說回來，小閒是柳慎獲罪後，由官府發賣到盧國公府的，盧國公府就算不放人，也合情合理。

這幾個月他到處奔波尋找時，無數次午夜驚醒，只怕得到確信時，小閒已不在人世。當得知小閒在盧國公府時，他欣喜若狂。盧國公府是京城中數得上號的人家，自然不會刻薄下人。

見到小閒時，柳洵更是喜出望外，小閒不僅長高了，而且長開了，眉目如畫，身姿苗條，氣質嫻雅，活脫脫是一個淑女呢，難怪能在名滿京城的三郎君葉啟身邊當差。

可是一次次前來，又一次次的失望，耗盡了他的耐心。

葉啟淡淡笑道：「估計就在這兩天，會給大郎答覆。」

若不是看在小閒面上，以他的身分，葉啟怎麼可能見他？

柳洵欲言又止，頓了頓，長嘆一聲，道：「如此，有勞。」

也不知有勞什麼。葉啟笑笑，轉身出了起居室，給他們兄妹留下談話的空間。

只不過沒有訪查到實在不放心，生怕小閒過去後有什麼意外，一旦救助不及，他會悔恨終身。事實上，柳洵若是人販子，就算遁地三尺，他也有把握讓他死得慘不忍睹。

他在書房看了兩頁書，心總是靜不下來，剛要去後園子裡轉轉，看看槐樹上新發的芽。

順發悄沒聲息進來，道：「回郎君，柳家的事，訪查出來了。」

葉啟道：「說。」

順發道：「柳洵的父親柳慎還真是小閒的親生父親。兩年前，因上奏摺彈劾宰相湯有望奢侈，在老家嫁女大宴全城，因而得罪了湯閣老。過沒幾天，他家一個僕人告發他在給同年的信中議論陛下，因而獲罪。」

兩年前，葉啟忙著安排人手開拓海上生意，朝政上的事倒不大注意。不過，他與三皇子一向過從甚密，但凡朝裡的大事，沒有他不知道的。

對這件事，他竟沒有一點印象，估計是湯有望挾怨報私仇，一手操作，否則就算議論皇帝，也不至於家中女眷賣身為奴。在大周朝，上奏摺光明正大彈劾皇帝都沒事，在私信裡議論皇帝幾句，哪裡就會獲罪了？

葉啟點頭，道：「後來呢？」

順發道：「柳大人和兒子充軍，小閒發賣為奴。」

葉啟道：「沒有人為柳慎說情嗎？」

一般這時候，柳慎的同年故舊肯定會為他奔走，或是請有分量的中間人說合，或是勸柳慎低頭，照湯有望開出的條件認錯，哪裡會真的全家獲罪呢？

順發苦笑，道：「還真沒有。柳大人性子剛毅，是個眼裡揉不進沙子的人物。他是兩榜進士出身，當了十餘年的官，才做到工部郎中，正是到處得罪人的緣故。何況大家都知道他得罪的是湯閣老，哪裡敢亂開口呢？」

湯有望當了八年宰相，深得皇帝信任，一手遮天說不上，位高權重卻是事實；若不是去年他一病不起，恐怕現在還是當朝宰相，嚴春芳依然只能給他打下手。

「現在又是誰為柳慎說話？」葉啟十分好奇，柳慎是怎麼從充軍到官復原職的。

順發忍著笑，道：「吏部尚書陳大人與湯閣老不對盤……」

話沒說完，葉啟已經明白，定是吏部尚書陳行看在他是湯有望的死對頭上，為他說話，柳慎原沒什麼大罪，皇帝大筆一揮，便准了。看來，又將掀起一輪血雨腥風了，只是不知清洗湯有望的門生故舊是皇帝的意思，還是嚴春芳的主意？

葉啟揮了揮手，順發退下。

他再回到起居室，柳洵還在說話。「……妹妹小時候可乖巧了，大家都說妳模樣長得好，性子和順，像極了母親……」提起母親，柳洵神色黯然，又很快強笑道：「現在看來果然沒錯，這眉眼，可不是母親一個模子刻出來的。」

小閒自然不知道原主的母親孫氏，生前是並州第一美人。

柳洵展開一幅畫像，畫中是一個極美極柔、讓人一見便移不開眼的少婦。這少婦，自然就是孫氏，眉眼神態果然與小閒有六、七分相似。

小閒看著看著，突然鼻頭一酸，差點掉下淚。

葉啟大驚，瞪了柳洵一眼，勸道：「人死不能復生，以後好生侍奉令尊也就是了。」

小閒接過他遞來的帕子拭了拭眼角，嗯了一聲。

柳洵看看葉啟，又看看小閒，狐疑地道：「你們……」

小閒只是一個丫鬟，葉啟怎麼可能給她遞帕子？而妹妹居然泰然自若接過。更離奇的是，她用的是葉啟的帕子。

葉啟乾笑一聲，道：「我們名為主僕，實則跟兄妹差不多。你若對小閒不好，某可不依。」

主子與奴僕相處融洽，處出感情也不是沒有，那樣的奴僕便是忠僕，必要的時候可以替主子去死。柳洵半信半疑，道：「小閒是我一母同胞的親妹妹，我不對她好，對誰好？」

小閒道：「不知父親所居何職？他老人家身體可好？」

這些天她很心虛，瞧在柳洵眼中，以為因為父親獲罪才導致她從堂堂的娘子淪落為奴婢，所以記恨在心才疏離。現在小閒肯關心老父，不由讓他歡喜起來，道：「父親已官復原職，回京後便去工部上衙。只是一路上受了風霜，蒼老了許多。」

或許前世戲劇看多了，以為一般充軍便會受罪，小閒擔心地道：「腳腿沒事吧？」

柳洵不明白她為什麼特特問起柳慎的腿，想了想，才道：「沒有大礙，就是颳風下雨膝蓋會疼。」

沒被打殘就好。小閒鬆了口氣。她對這個家庭的情感，自從她看到孫氏的畫像時便被喚醒了，由此更聯想到自己的父母。

看小閒再沒問什麼，葉啟道：「你且回去，過兩天有了確信，我自然會遣人通知你。」

柳洵起身告辭，道：「我明天再過來。」

明天來，依然會送七返膏。

葉啟笑道：「小閒做得一手好點心，吃食上頭，你不用送。」

「是嗎？」柳洵先是兩眼一亮，接著想到妹妹這兩年一定吃了不少苦，又嘆了口氣。

小閒明白他的心思，也笑道：「郎君待我極好，府裡沒人欺負我，做點心是我嘴饞，與別人不相干。」

柳洵到底怏怏不樂。

待他走後，葉啟把訪查結果告訴了小閒。

在看到畫像時，小閒已經差點認下他了。

「他既然說下月初二是好日子，那便下月初二出府吧。」葉啟情緒低落，道：「以後要見妳一面，可就不容易了。」

小閒抿了嘴笑，道：「我是賣了死契的，你可以不同意。」

葉啟當然不願意，只是若想娶小閒為正妻，那是一定要讓她回家，以官宦千金的身分嫁過來。

「妳當我願意妳走嗎？」葉啟幽幽道。

今兒已是三十，離下月初二不過兩天。當晚，葉啟不讓小閒動手，吩咐廚房做了幾個她愛吃的菜，兩人對坐。

「妳父親的事，我會想辦法幫忙。」葉啟道。

小閒不解，睜大眼睛看他。父親不是官復原職嗎？還有什麼事？

葉啟伸長手臂，輕彈一下小閒的額頭，道：「小傻瓜，妳父親不過是一個從五品的郎中，以他的性子，想來一輩子也升不到三品大員的位置。」

她明白了，道：「你是說，我家的門楣配不上盧國公府？」

小閒是個丫鬟時，葉啟便動了娶她為妻的念頭，並為此而努力。此時說出這話，她並不覺得受辱，反而有一種他在想辦法的感覺。

葉啟點頭，道：「娘親一定不會同意的。若是妳哥哥沒有來接妳回去，還可以從鄭國公府出閣，現在卻不成了。」

若是她在鄭國公府出嫁，御史一定會彈劾葉啟勢利眼，瞧不起岳家。世人皆以孝道品評一個人的人品，如此作為，不要說葉啟失了帝心，就是小閒也會被世人唾棄。所以，葉啟話裡的意思是想幫柳慎升官。

「妳昨晚答應我的事，可還沒辦。」葉啟話鋒一轉，笑咪咪道。

小閒望風而逃。

自從剪秋得知小閒要出府後，小閒走到哪兒，她便跟到哪兒。

小閒哭笑不得，道：「我去茅廁，妳去嗎？」

剪秋眼眶一紅，道：「以後就是想跟妳一塊兒去茅廁，也不能了。」

小閒出府的日子已經定下，剪秋身為丫鬟，哪能隨時出府探她？這一別，不知何時才能見面。

小閒一向與剪秋交好，也捨不得她，不過是強自忍著不露出悲傷之意罷了。聽她這麼說，強笑道：「妳若想我，求郎君准妳過來探我也就是了。」

剪秋望了望上房的方向，低聲道：「妳還會回來嗎？」

回來不是問題，以什麼身分回來才是問題。小閒順著她的目光望去，只見到上房一角高高的飛簷。

陳氏自是不肯放的。小閒在府裡，有的是機會由她搓圓捏扁，出了府，便是魚游大海，她再也鞭長莫及了。

還是葉啟道：「人家已是良民身分，在我們府裡幫工，全屬自願，現在人家要走，娘親憑什麼留人家？」

什麼良民身分，還不是你這混帳小子幫人家辦的?!陳氏氣得把面前的煎茶摔了。

葉啟道：「小閒的父親已官復原職，是五品官，她憑什麼在我們府裡當丫鬟？就算兒子不為她辦脫籍文書，也留不得她。」

不是留不得，是傳揚出去，於盧國公府的名聲不好聽。陳氏氣得胸膛起伏不停，恨恨道：「她既出去，以後別想回來！」

一個五品官的女兒，想嫁入盧國公府當大婦，那是作夢！不，就是想嫁進來當小妾，也是作夢！

第四十九章

汪嬤嬤到啟閒軒，倨傲地道：「夫人有命，只許淨身出府，任何物事一概不許夾帶。」

剪秋等人都憤憤不平，小閒倒想得開，笑道：「家裡什麼都有，哥哥已經置辦好了。」既然只許淨身出府，剪秋等人所送的禮自然也不能帶。小閒把兩年來積下的體己都留給剪秋，衣裳頭面分給了丫鬟們。

眾人推辭不受，小閒笑道：「妳們替我保留著，我要用時，再讓順發問妳們要。」眾人這才含淚收下。

剪秋望著上房飛簷出神半晌，幽幽道：「夫人為什麼總跟妳過不去呢？」

小閒道：「我走後，妳就是一等大丫鬟了，郎君的事上點心。」

剪秋的淚就下來了，道：「妳放心，我們一定會好好服侍郎君的。」

有人紅著眼眶進來，道：「順發有事要見小閒。」

小閒走後，啟閒軒自是又有一番變故，以夫人的精明，規矩只有更嚴，怕是以後得小心翼翼、如履薄冰了。

順發凝視小閒好一會兒，才道：「妳只管放心。」話中之意，小閒明白，重重點了點頭。

一天就在惜別依依中度過。很快到晚上，書房氈簾低垂，門扉緊閉，葉啟和小閒緊緊相擁。

「我會去看妳的。」葉啟把頭埋在小閒脖頸，一想到以後再也不能隨時隨地見到她，便有了不讓她離開的衝動。可是，他要進宮輪值，終究不能時時陪在她身邊，為她的安全著想，還是回去的好。

小閒輕輕撫摸葉啟的髮，道：「我會好好的，你放心。」

穿越過來，是盧國公府給了她生存的空間，從梅氏到上房，再到啟閒軒，雖然驚險連連，好在她事事小心又有葉啟庇護，倒是有驚無險。如今要離開，還真捨不得。

葉啟把懷裡的小閒緊了緊，讓她坐在自己腿上。

小閒掙扎了一下，葉啟央求道：「明兒妳就要走了。」

那天，他提出的條件就是這個，小閒一直沒答應。

兩人沒有說話，不知過了多久，燭花爆了一下，發出輕微的聲響。小閒輕聲道：「夜深了。」

葉啟嗯了一聲，卻不鬆手。

三更鼓響時，巡夜的僕婦看到書房的燈光，過來問道：「郎君還沒安歇嗎？」

以前僕婦也會這樣問，小閒便拿一吊錢出來，道：「郎君還在讀書，嬤嬤們辛苦了，拿去吃酒吧。」

現在，僕婦連著問了幾聲，葉啟才不情不願鬆了手，嘴裡嘟囔著。「剪秋去哪兒偷懶了。」

剪秋哪裡偷懶了，不過是明天小閒要離開，今兒她們都避開，讓兩人說說知心話。

小閒取了一吊錢，開門掀簾出來，僕婦不好意思地笑，道：「姑娘明天就是娘子了，老奴怎能要姑娘的賞。」

小閒道：「以後還靠妳們看緊門戶呢。天忽冷還寒，妳們巡夜不容易，拿去吃酒吧。」

兩個僕婦連聲道謝，道：「我們也沒什麼好東西給姑娘留個念想，不過是看緊門房而已，姑娘還請放心。」

以前她們跟小閒說話，透著恭敬巴結，現在卻透著客氣。人還沒走，茶已開始涼了。

小閒沒說什麼，進了書房。

廚房僕婦打發小丫鬟過來問：「可要做消夜，灶上火還沒熄。」

小閒離開後，葉啟的飲食自然由姜嬤嬤負責，想來他會吃不慣。小閒把姜嬤嬤叫來，把葉啟愛吃的幾個菜的做法，哪一步做好才能做出好味道，細細囑咐了。姜嬤嬤連著記了兩遍，才勉強記住。

葉啟從書房出來，道：「做幾個菜，燙一壺酒吧。」這是要夜談，不打算歇下了。

兩人重新回書房，葉啟苦笑道：「以後見妳一面不容易，容我任性一回。」

小閒心裡一軟，沒有再勸，葉啟貼了上來，再次把她擁進懷裡。

小半個時辰後，姜嬤嬤帶了兩個丫鬟，送了酒菜過來，道：「照姑娘教的法子做的，姑娘嚐嚐合不合意。」她也客氣起來。

小閒每一樣嚐了，頷首道：「以後就照這樣做吧。」

把食盒提進書房，取出來放在几案上。小閒道：「明天要早起，可不能多吃。」說到底，她還是警惕了些，生怕葉啟藉著酒勁做出什麼荒唐事。

葉啟笑道：「放心。我若不是妳信得過的人，妳還信得過誰呢？」竟把她的心思瞧得一清二楚。

這樣磨磨蹭蹭到五更，天色漸漸亮了起來。葉啟嘆道：「這就要走了啊……」

他一晚沒睡，為的是多點時間和自己在一起。小閒心裡感動，握著他的手，道：「不用如此。」

他悄聲道：「放心，我會說服娘親，到妳家提親的。」

小閒嗯了一聲，道：「我們還小，不急。」生怕他為此和陳氏鬧翻，到時候傳揚開，孝道上不好看。

葉啟笑道：「妳忘了陛下只給我兩年時間？再說，娘親一直中意丹陽公主，不緊著下手怎麼成。」

如果娶了公主，於葉啟的仕途會更進一步吧？若是自小在大周朝長大，小閒一定會勸葉啟放棄自己，與皇家結親。可是她來自現代，斷然沒有放棄到手的幸福，把愛人讓給別人的道理。

葉啟道：「妳放心，我會處理好的。」

小閒道：「你做事，我很放心。」再沒有比他更妥當的人了。

剪秋等人一早過來侍候，只是沒在廊下候著，而是站在臺階下。

小閒看看時辰不早，喊了袖袖幫她重新梳頭，又侍候葉啟吃了早飯，才去換衣裳。辰時正，柳洵來了，在門房候著。

小閒帶了袖袖、青柳，在葉啟陪伴下出來。邁出高高的門檻，回頭望，百感交集。

柳洵一身新衣，含笑迎了上來，道：「妹妹，我們走吧。」身後一個十三、四歲的丫鬟上前行禮，口稱「娘子」，道：「我是郎君買來侍候娘子的丫鬟翠玉。」

連丫鬟都帶來。葉啟翻了個白眼。

柳洵向葉啟拱手，道：「多謝三郎君照顧舍妹。」

葉啟拉著臉沒理他。

一晚沒睡，小閒和葉啟揮手告別。

上了柳洵雇來的馬車，她一直掀簾往後望，站在臺階上的葉啟慢慢變小，成了黑點，最後再也看不見。

小閒的淚不爭氣地流下來。原來，不知不覺中，對葉啟的依賴是如此的大。

崇義坊與盧國公府所在的太平坊相距四個坊，馬車走半個時辰也就到了。只是柳家是五品官，不能臨街開府門，馬車進了坊，走到一條巷弄口停下。

小閒和袖袖、翠玉下了車，青柳下了馬，靜靜站在小閒身後。

這是一片民居，每家的院落都不大。左邊第一家的大門開著，一個老嫗坐在門口，看著柳洵笑，道：「洵哥兒回來啦？」

柳洵恭恭敬敬道：「是，接了妹妹回家。」又對小閒道：「這是鄰居錢大娘。」

錢大娘打量了小閒幾眼，笑道：「好漂亮的小姑娘，以後若有什麼事，言語一聲，大娘能幫的一定幫。」

小閒道了謝，和柳洵走進巷弄。柳家的院子在第二家，是兩進的院落，原先柳慎獲罪，已被官府沒收，此次柳慎官復原職，又發回給柳慎。

前院中堂，一個身材高大的中年男子搓著手不停走來走去，直到小閒一行人進來，才停住腳步，站在中堂門檻邊，看著小閒沒說話。

柳洵快走兩步，稟道：「父親，兒子把妹妹接回來了。」

這位就是小閒的父親，以剛毅聞名同僚的柳慎了。

小閒上前拜見，抬頭間，眼眶便紅了。

她總算有了父親、哥哥，在這世上，不再是孤零零一個人了。

柳慎定定看了小閒一會兒，連著說了三個「好」，然後吩咐柳洵。「帶你妹妹去後院安置。」

小閒愕然。不是應該敘一敘父女之情嗎？

柳洵顯然十分歡喜，笑得眼睛沒了縫，道：「妹妹請隨我來。父親不善言辭，妳以後就知道了。」

院子分兩進，中間砌了堵半人高的牆，隔開前後院。後院三間廂房，四間耳房，東廂房被褥齊整，都是新的。小閒的臥室就在這裡。

「是翠玉挑的花色，妹妹看看可合意。」柳洵指著匡床上一床桃紅色的錦被道。紅彤彤的，倒像新房。小閒不知為何有這樣的感覺。

翠玉很緊張，道：「奴婢胡亂挑的，娘子若是不合意，奴婢拿去換了就是。」

「不用，這樣挺好的。」小閒笑道，總不好拂了哥哥的好意。

袖袖已放下自己帶來的小包袱，打了水，開始擦拭放衣裳的樟木箱子。

青柳自去離東廂房近的耳房安置。她的任務是保護小閒，雜活不用她管。

翠玉看青柳一直冷著臉，不知她什麼來頭，有點怯，不敢和她說話。

小閒笑道：「青柳是義母送我的，平時沈默寡言，妳不用在意。」

翠玉連連點頭，既是娘子的義母送的，自是比她這個從人牙子手裡買來的丫鬟有臉面。她心裡打定主意，以後千萬不要惹她。

柳洵為了勾起小閒對兒時的回憶，把家裡的事說了個底。柳慎是並州人氏，原是寒門子弟，為了讓他進私塾讀書，母親莊氏，也就是小閒的祖母，賣掉了陪嫁的一副赤金手鐲，才湊夠一年的束脩。

好在柳慎讀書刻苦，人又聰明，很得先生喜歡，不僅第二年起免了他的束脩，還在他十八歲那年，把獨生女兒，也就是小閒的母親孫氏嫁給他。

柳慎於二十二歲中了秀才，之後一發不可收拾，三十一歲便成了兩榜進士。孫老先生很為自己有識人之明而得意，本想靠著女婿榮養，過幾年好日子。沒承想，好日子過沒幾年，柳慎一封奏摺得罪了當朝宰相湯有望，落得個男子充軍、女子賣身為奴的下場。

孫氏接到噩耗，當天便懸梁自盡。孫老先生遭受連番打擊，加上年事已高，再也支撐不住，一命歸西；莊氏卻於出事前兩年病故，免受了驚嚇。

柳家原沒什麼老僕，柳慎高中之後，雇了幾個奴僕丫鬟，都在出事後作鳥獸散，此時雖雇了幾個奴僕一個丫鬟，後院卻只有小閒一個主人。

陪著小閒逐間房看過，柳洵道：「以後家裡妹妹拿主意就好。我還要讀書，準備明年的院試。」充軍兩年，書丟了不少，把妹妹找回來後，他便要奮發圖強了。

小閒道：「哥哥上進是好的，還請注意身體。」

柳洵答應了，道：「有勞妹妹費心。」又取出銀子帳本，交給小閒。

她接了，家裡只有父子兄妹三人，人口簡單；後院只有翠玉一個丫鬟、兩個僕婦，都是新雇的，前院只有一個書僮、兩個老僕，都是極簡單的。

奴僕僕婦見過小閒，小閒安撫兩句，各自散了。

看看近午，小閒問翠玉。「家裡可有廚子？」人都見過了，獨獨沒有廚子，難道他們不吃飯？

翠玉苦笑道：「奴婢來後，一日三餐都是奴婢做的。」

說話間，隔開前後院的角門被人推開，錢大娘手抱一個牛皮紙袋走進來，道：「小娘子，家裡冷鍋冷灶的不是辦法，還是讓人牙子找一個得用的廚子吧。」

小閒應了一聲，道：「大娘請坐。」吩咐翠玉。「把家裡的茶餅拿來，煎一碗茶給大娘嚐嚐。」

翠玉茫然道：「家裡哪有什麼茶餅？」

小閒傻了眼，倒是錢大娘「噗哧」笑出聲，道：「小娘子想必從高門大戶人家來的。小門小戶人家，哪有茶吃？」

小閒赧然。

袖袖捲著袖子進來，道：「娘子，房間收拾好了。奴婢去買菜吧。」

錢大娘把牛皮紙袋遞過去，道：「家裡新做的幾個蒸餅，小娘子不要嫌棄。」

不用看，不是饅頭就是包子。小閒道了謝，吩咐翠玉收下，取了錢，讓袖袖去買柴米油鹽肉菜。

錢大娘笑咪咪看著，道：「小娘子這兩年，在哪裡過生活？」

柳家的事，街坊鄰居都一清二楚，本以為這一家子再也翻不了身了，沒想到不過兩年工夫，又官復原職。小閒身披狐狸皮斗篷，一身毛織料，看著更像富貴人家的女子，來時又帶了三個丫鬟。這三個丫鬟，一個比一個出色，身上的衣料也不是普通人家能置辦得起的，不要說錢大娘，剛才在巷口瞧見的人，心裡都嘀咕。

小閒前世領教過三姑六婆的厲害，哪裡敢多話，只是靦覥地笑。

又漂亮又溫柔的小姑娘，微低著頭，就那麼睇著她，把錢大娘的心軟得一塌糊塗。

「家裡沒個娘就是不行，妳要有什麼事，買個東西什麼的，在門口喊一聲，讓我家小三兒給妳跑腿。」錢大娘和藹可親道。

從耳房出來，靜靜站在小閒身後的青柳強忍著才沒有笑出聲。

錢大娘自然沒發覺，還在絮絮叨叨地說著，家裡幾口人，做些什麼營生，青柳幾次差點要打斷她的話。又沒有託她作媒，說這些做什麼。

翠玉慌慌張張跑進來，道：「娘子，外面來了兩輛車，一個管家說是鄭……鄭國公府的人，給妳送東西的。」

她說話都不索利了。鄭國公府，那是天上的人物，哪是他們這種人家交往得起的，不會是她作夢或是聽錯了吧？

錢大娘的下巴都要掉了。

第五十章

小閒回頭對青柳道：「請管家進來吧。」

很快，老廖和青柳說著話走進來，進門便向小閒行禮，神態恭敬，道：「老奴奉夫人之命，來給十四娘子送些日常用的物事。夫人說，十四娘子剛到這兒，想必一切不稱手，先送些日用的來，若夫人有什麼思慮不周的，十四娘子派青柳過去說一聲。」

這是表明祖護的態度了，若是柳家對她苛刻，鄭國公府自然會為小閒出頭。

小閒還了半禮，道：「老人家辛苦，請坐下歇息。」又讓青柳取了一錠紋銀出來。「老人家留著吃碗茶。」

老廖推辭不接，道：「十四娘子無須如此，夫人再三叮囑，請十四娘子安置好後，過府住幾天。」

幾次接觸，小閒的舉止樂氏都看在眼裡，從最初奉承葉啟，到現在真心把小閒當義女，其中的變化只有她最清楚了。如今，是真當成自家女兒，才會送日常用品過來。

錢大娘只覺腦子嗡嗡地響，一顆心怦怦跳得厲害，這些國公家的人，只存在於平時裡嘴上的談論，現在卻活生生地站在眼前，雖然只是一個老管家，那也是了不起的人物。

她想出去喊左鄰右舍過來圍觀，看一看神仙似的人物，一雙腳卻挪不動。

翠玉呆呆看著小閒。這位娘子，不是說在哪兒當丫鬟嗎？難道是在鄭國公府？怎麼鄭國公府說是他們家的十四娘子？

青柳麻利地指揮著府裡兩個老僕把車上的東西抬下來，大的如几案食案、匡床、榻，小的如碗筷湯杓，更有兩大匣子裁好的衣裳，攢珠盒子裡裝的是頭面首飾，還有十疋絹。至於日常家用的，應用盡有。

柳慎和柳洵聞聲趕了過來，柳慎把老廖請去敘談，柳洵卻瞪大了眼，驚愕得半天不知說什麼好。

門邊圍了好些人，一個個交頭接耳，驚嘆聲此起彼伏。一個中年婦人指著馬車對另一個二十幾歲的婦人道：「說是鄭國公府送來的，鄭國公府喔——」拖長的聲調，透著一股子與有榮焉的榮耀。

另一個年輕婦人道：「這是什麼人家？連鄭國公府都要送禮過來。」

袖袖從集上回來，見門前被圍了個水洩不通，大驚，生怕陳氏派人過來生事，抱著一籃子肉菜飛奔過來，待看清兩個老僕從車裡抬出一架屏風，才放了心。

那中年婦人眼尖，認出這是從柳府出來買菜的丫鬟，一把拉住袖袖的衣袖，道：「妳家什麼來頭？」

袖袖翻了個白眼，甩開她的手，撣了撣被她碰過的衣袖，傲慢地道：「與妳何干？」

再怎麼說，小閒姊姊也不會與這些平頭百姓來往的吧？

中年婦人被噎得半天說不出話，還是二十幾歲的婦人道：「妳這丫鬟怎麼說話的？杜三娘好心問妳，妳不好好回話，是什麼道理？」

柳家的大郎柳洵見了她們這些街坊，還一副笑臉呢，不過是一個丫鬟，神氣什麼？

袖袖又翻了個白眼，掉頭進府去了。

氣得那婦人破口大罵。「妳個有娘生沒娘養的小蹄子，柳家後院沒個主事的人，才會買了妳這小蹄子來！」

婦人的罵聲引來更多人圍觀。小門小戶的人家，沒有大門不出二門不邁的規矩，女子也要做些活計貼補家用。堵在巷口的，不僅有年齡不等的婦人女子，更有那些閒漢，也跟著起鬨。

隔著一進院落，婦人的罵聲，小閒聽得清清楚楚。

「寧得罪君子不得罪小人的古訓，妳不知道嗎？」小閒說了袖袖兩句，帶了青柳往外走。

錢大娘這才回過神，道：「花九娘有口無心，小娘子不要見怪。」

若是讓這位大有來頭的小娘子記恨上，只怕花九娘一家有滅門之禍。錢大娘感到莫名恐懼，急急為花九娘分辯。

小閒道：「街坊鄰居之間，自應一團和氣才是。我們初來乍到，我年紀又小，身邊的丫鬟不懂事，還請大娘周旋，讓那位花九娘不要再罵了吧。」

多少年沒見人這麼罵大街了，如果罵的不是袖袖，她實在不介意聽上一聽，圍觀一下。

幾人來到府門口，哪裡出得去，兩個老僕也被人堵在門口，真是人山人海，比廟會還熱鬧。

青柳返身從後院耳房取來馬鞭，分開人群，擠了出去，一鞭子抽在門前的黃土路上，只見塵土飛揚，路面上一條清晰的鞭痕，深入半尺，見者無不寒心。

「我家娘子有話要說，閒雜人等讓開。」青柳板著小臉，冷凜的聲音比寒冬十月的天氣更冷。

門前很快空出一大片地。

錢大娘膽戰心驚，搶了出來，訓斥花九娘道：「妳也不看看這是什麼地，就這樣潑辣起來。」

花九娘卻是死鴨子嘴硬，心裡怕得要死，偏偏嘴上不肯服輸，道：「柳家不過是獲罪人家，他家的丫鬟就敢目無街坊，住在我們這一片的令狐御史，不要說他府裡的姊姊們，就是令狐御史自己，進進出出的，不也禮貌有加嗎？那可是見得著皇帝老爺的人物。」

令狐御史住在東巷，離這兒三條巷弄。無論多大的官，都不會輕易得罪街坊鄰居，這是有礙官聲的事，若是在街坊鄰居面前落個仗勢欺人的口碑，傳揚出去，以後要升遷便難了。再說，平頭百姓在路上遇見當官的，哪個不是恭恭敬敬、笑臉相迎？不過是應一句吃飯了沒，去哪兒之類的話。又可以和氣生財，又可以博個和睦鄉鄰的名聲，哪個腦袋讓驢踢了，會推了這樣的好事？

圍觀的就有令狐御史的家丁，聽花九娘提到他們家，不由把胸膛挺了挺，很是榮耀。

錢大娘急得額頭冒汗，一把將花九娘扯到一邊，在她耳邊道：「妳知道來的是什麼人家？那是鄭國公府。鄭國公府啊！」

鄭國公府！花九娘腿肚子打顫，道：「妳可別嚇我。」

錢大娘急得跺腳，道：「我嚇妳做什麼？我在他們家聽得真真的，那個老管家自報家門，說是鄭國公府的。」

這時，一個看熱鬧的閒漢大聲笑道：「錢大娘，有什麼笑話說來大家聽聽，這樣和花九娘咬耳朵，可不是妳的本性。」

錢大娘仗著上了年紀，每天坐在門前，東家長西家短的，以談論別家的閒話混日子，街坊鄰居若有什麼事，定然瞞不過她。

若是平時，錢大娘少不得端端架子，把聽到的消息拿出來顯擺，博個消息靈通的美名，此時卻唬得臉無人色，道：「我哪裡有什麼新消息？時候不早了，你們各自回家去吧！」

小閒看時候差不多了，走出來道：「這位是花九娘吧？我的丫鬟年小不懂事，我這裡跟妳賠個不是，妳就別跟她一般見識了。」

閒漢們起鬨得正得勁，突然見一個眉眼彎彎，比天仙還美貌的小姑娘含笑跟花九娘說話。那小姑娘彷彿一陣風便吹走了似的，他們不由自主把呼吸都放輕了。

花九娘看看眼前的小姑娘，再看看身邊用力掐了她一把的錢大娘，不敢置信道：「她是鄭國公府的？」

「正是。」管家胡海不知什麼時候站在門邊，坦然道：「這位是鄭國公府的十四娘子，暫時住在這裡，還請街坊鄰居們多多照應些。」

不少人都瞪大了眼。

一同出來的還有柳慎、柳洵父子。柳慎已知道鄭國公夫人認小閒當義女的事，想到自己一世清高，到最後卻因為女兒的緣故與勛貴攀上了親，不由十分沮喪。

柳洵卻十分機靈，站到小閒身邊，解釋道：「是結的乾親。」妹妹可是父親親生的，跟那鄭國公府不過是認的乾親，作不得數。

許多人望向小閒的目光中，有羨慕，也有好奇，更多的是膜拜。如果是鄭國公府裡親生的娘子，人家胎投得好，自是沒話說。可結的是乾親，自是這位小娘子長相做事十分惹人疼愛，鄭國公府才會結了這門乾親。鄭國公府那是什麼人家，他們可是連人家的大門朝南開朝北開都不清楚。

錢大娘在屋裡本來就懷疑，只是不敢相信，此時得到證實，不免有些飄飄然。她的消息還是比別人靈通，早知道了那麼一刻鐘。

花九娘又被錢大娘掐了兩下，才省過神，結結巴巴道：「小娘子不用多禮。我……我……」認錯的話到底說不出口。

小閒向街坊鄰居們行了個福禮，帶青柳回後院。

門口卻依然熱鬧，議論了很久，說什麼的都有。到了中午，有人回家吃完飯再興致勃勃參加議論；有人乾脆端了碗，邊談論邊唏哩呼嚕吃著麵，又填飽肚子，又湊了熱鬧，兩不相誤。

天色將晚時，人還沒散去，卻有一輛古樸厚重的馬車緩緩駛來。

有人眼尖，早就瞧見，猜測道：「不會又是鄭國公府的人送東西來吧？」

他們不識字，自然沒注意到馬車上的標識，就算注意到了，也不懂。

馬車在眾目睽睽中停下，一個十四、五歲，長相清秀的小廝從車轅上下來，道：「請大娘讓一讓。」

錢大娘就坐在柳家門口的臺階上。

眾人有的露出訝異的神色，道：「還真是鄭國公府啊？」

也有人露出了然的神色，道：「除了鄭國公府，還有誰？」

來的是順發，聞言只是笑了笑，推門進去了。

柳家並沒有門房，大門虛掩著，門口眾人豎了耳朵聽，一人道：「好像說的是什麼國公府……」不過是聽到了「國公」兩個字，想顯擺一下而已。

小閒不過離開盧國公府一天，感覺倒像離開一年似的，見了順發，有種恍若隔世之感。

順發道：「郎君好生想念妳，安排好後便來瞧妳，妳不要急。」

小閒嗔道：「我哪有急了？」把她當什麼人了嘛。

順發低著頭笑，道：「是郎君急了。九娘子也急，聽說妳走了，纏了郎君一整天，非要過來看妳。」

小閒嚇了一跳，道：「可別。她還小呢，怎麼能亂跑？」

葉歡還小，怎麼能隨便出府？若是讓陳氏知道葉啟跟小閒還有來往，更是不得了。

順發道：「缺什麼妳就說，明兒我給妳帶來。」

這兒他訪查的時候來過幾次，連屋角都查看過了，熟門熟路的。

小閒把上午鄭國公夫人派人送兩大車東西來的事說了，道：「你告訴郎君，代我謝一聲。」

順發感慨。「周夫人可真好，這是真當親戚行走了。」只怕不只當成親戚。

兩人說了半天話，直到天色全黑下來，門外呼兒喚女回家吃飯的聲音一陣高過一陣，順發才道：「著兩個人把車裡的東西搬下來吧。」他也是來送東西的。

跟鄭國公夫人送的不同，這次抬下來的，都是小閒平時用慣的東西，有她用了一半的胭脂水粉，臨過的帖等等，一樣樣包好了，整整齊齊擺在屋裡。

「郎君撥了我在書房侍候。」順發低聲道。

小閒明白他的意思，點了點頭。

「今年新摘的春茶還沒送來，這是去年十月的。」順發打開一個匣子，裡面是兩塊茶餅，道：「妳將就著吃吧。」

匣子裡墊著明黃綢布，可不是皇帝賞給葉啟的？這批貢品一共才二十塊，葉啟總共就得了這兩塊，一直捨不得吃。

小閒取出一塊，道：「你帶一塊回去。」

順發笑道：「郎君說，放在妳這兒，他要吃時，過來吃也是一樣的。」

第五十一章

三個丫鬟做了分工，青柳不用幹活，袖袖負責小閒的衣裳首飾胭脂水粉，一切擦洗跑腿的粗活歸翠玉。翠玉很憤憤不平，覺得小閒偏心眼，可是青柳和袖袖是小閒帶來的，她一個外人勢孤力單，不敢多話，只是嘴嘟得老高。

小閒挽了袖子進廚房，很快，香氣便飄了出來，不到小半個時辰，袖袖便端出四個菜。青菜翠綠，紅燒肉油汪汪，一條兩斤重的魚刻了刀花，放了蔥段清蒸，還有一大碗香噴噴的蘑菇燉雞，那香氣，讓人垂涎三尺。

翠玉吃驚道：「這是娘子做的？」

袖袖哼了一聲，支使她道：「請阿郎、大郎君過來用膳吧。」

柳慎坐在食案前，半晌不語。小閒不了解他的脾性，見他陰沈著臉，朝柳洵望了望。柳洵發現，回望過來，她便努了努嘴。

柳洵勸道：「妹妹以前受了許多苦，幸好菩薩保佑，吉人天相，從今以後再也不用在外面受苦，父親應該高興才是。」

敢情是因為自己會做菜，所以內疚？這個時代的女子不是得出得廳堂，入得廚房嗎？難道會做菜還不好？

她卻不知，柳慎雖然為人剛正，常常得罪同僚，卻是個慈父。兩年前獲罪時，他被五花大綁，還理直氣壯，可是看到兒子跟著遭罪便心如刀割，接到女兒被賣為奴的消息時，更是捶破了手。

這兩年，他再苦再難，甚至幾次性命不保，從沒放在心上，日夜只擔心小閒，擔心她被賣入青樓，擔心她貞烈，擔心她受苦，擔心她受欺負。當柳洵親眼見到小閒，回來告訴他小閒長高了，出落成了大姑娘，他少有地喝得大醉。

現在，看著面前香氣噴鼻的菜餚，他彷彿看到小閒過得艱難的日日夜夜，心痛如絞的感覺再次襲來。

「吃吧。」柳慎強自克制，滿腔父愛，最終化成了兩個字。

飯後，柳慎不想在兒女面前暴露身為父親的軟弱，一言不發地回了前院的書房。

小閒道：「累了一天，早點歇了吧。」

袖袖要在外間值夜，被她阻止了。「在這裡，不用講這些規矩。」

袖袖道：「娘子夜裡若想要個茶要個水的，也好叫奴婢。」

在翠玉跟前，她稱呼小閒娘子，翠玉若是不在跟前，她稱呼小閒姊姊，小閒由得她去。

「不用。」小閒堅持。

袖袖拗不過她，只好作罷。

小閒躺在床上，摸著身下硬硬的床板，只是想，自己有了哥哥、父親，家的感覺讓她倍感溫暖。

「娘子可歇了嗎？」翠玉在門外小聲道。

小閒躺下，並沒有熄燈，翠玉估摸著她還沒睡，所以摸了過來。

小閒不知她有什麼事，道：「歇了，有事明天再說吧。」

翠玉嘟著嘴，悄悄走開了。

這一晚，小閒又是興奮，又是不習慣，竟直到天矇矇亮才朦朧睡去。一覺醒來，滿室亮晶晶，她也沒多想，打開門，嚇了一跳。

院子裡坐了十幾個婦人，一個個眼巴巴盯著她看。

小閒怔了怔，喊袖袖。「進來。」把門關了。

家裡來了這麼多身著粗布窄袖、短襟襦裙的婦人居然不稟報？只不過出了盧國公府一天，反了她了不成？

袖袖哭喪著臉，對婦人們道：「大娘們可真是害苦我了。」這才小跑著推門進了小閒的臥室。

婦人們是昨天圍觀的街坊鄰居。本朝實行宵禁，時辰一到，坊門落鎖，坊與坊之間的大路，武夫那是要來回不停巡視的，一旦發現有人行走，先抓起來再說。但是坊內卻不設防，可以自由走動，或是串門子，或是走親戚，武夫們一概不管。

昨晚，錢大娘回家吃過飯，花九娘便來了；接著，像約好了似的，平時談得來的婦人們都陸陸續續過來，大家談論這位新來的柳家小娘子到半宿，還意猶未盡，相約明天一早過來串門子。她們實在好奇，為什麼高高在上的鄭國公府的娘子，會住在這兒？好歹有一個了不起的鄰居，斷然沒有不親近的道理嘛。

哪知道，她們辰時過來，卻被告知娘子還未起身。她們好奇，想知道富貴人家的娘子都是怎麼過日子的，所以堅持留下來等。

這一等，就等到午時初，柳家小娘子一頭墨髮披在肩上，一身小衣，打開了門。

敢情富貴人家的女子，可以睡到自然醒啊！她們咋舌，來不及搭話，小閒已把門關上了。

屋裡，小閒戳著袖袖的額頭好一通訓。

袖袖委屈地道：「我勸了半天，她們死活不走，我有什麼辦法？」

「妳不會叫我起床嗎？」小閒白了她一眼。

袖袖快哭了，道：「我剛走到妳門口，她們全都跟了過來，一看就是要湧進來的樣子，我哪敢進來啊！」沒見過這麼沒素質的人好不好啊，姊姊怎麼能怪她呢？

小閒無語，讓袖袖幫她梳頭，然後打水侍候洗漱。

外面早議論開了，只是大家懾於鄭國公府的威名，說話都極力壓低聲音。

小閒再次打開門，看到十幾個腦袋湊在一起不知說什麼，只覺得不舒服。

「不知大娘們過來，怠慢了，真是不好意思。」小閒乾笑道：「袖袖，怎麼不上茶？」

袖袖應了一聲，招呼翠玉去取茶具茶爐。

婦人們瞪大了眼。茶啊，那麼金貴的東西，這是要請她們吃茶嗎？

小閒也不請她們進堂屋坐，就在廊下坐了，道：「錢大娘，妳真是有心，這麼早就來看我。」

要是以後天天往這裡跑，那就麻煩了。小閒掐死她的心思都有了。

錢大娘呵呵地笑，小閒和她打招呼，讓她覺得很有面子，婦人們也露出羨慕的神色。果然能者無所不能，錢大娘居然能讓貴人記住呢。

「我這不是過來看看嘛，妳一個小娘子……」錢大娘笑了一陣，覺得應該說兩句什麼，可一句話沒說完，十幾道箭一樣的目光就射過來，她不知道哪裡說錯，只好打住話頭。

小泥爐加了燒得通紅的銀霜炭，上面放著紫砂壺，擺在托盤裡端了來；一套茶碗擺在另一個紅漆托盤，外加四色點心。

婦人們咋舌，富貴人家的娘子可真是不知柴米貴哪。

袖袖煎茶的手藝實在不怎麼樣，可就這樣，婦人們還是吃得不停咂舌，就差沒把舌頭吞下去了。

「大家鄉里鄉親的，還須互相照顧，」小閒道。「柳家若有什麼事需要鄉鄰們幫忙，還請大娘們伸出援手。」

要不是為著父親、哥哥的名聲，她哪裡耐煩跟這些三姑六婆打交道。

「這個自然。」以錢大娘為首的婦人們紛紛拍胸脯保證會好好看顧柳家。

花九娘更道：「若有人敢對小娘子言三語四，我第一個容不得他。」

婦人們都笑起來，道：「九娘吵架可是一把好手。」

說話間，茶也吃完了，日頭明晃晃掛在頭頂，婦人們依依不捨地告辭。「還得回去給爺們做飯，以後再來打擾娘子。」

小閒吩咐袖袖送她們出去。

青柳冒了出來，道：「這些人若是再來，要如何處置，請娘子示下。」

不過是一群婦人，對小閒又無惡意，她倒不好打出去了。這半天，鬱悶得不行。

小閒道：「以後守緊門戶，不相干的人不要亂放進來。」

青柳明白小閒的意思，應諾。

袖袖剛把茶具收拾，錢大娘又來了。因柳家大門虛掩，也沒有通報一說，她推開門便進來。

這裡的習俗，路不拾遺說不上，但是家家戶戶不關門，卻是普遍的存在。

「我家大郎從市上買了半隻豬腿一條魚，我想著，街坊鄰居的，一人送一點。」錢大娘說著有些不好意思。「也不是什麼金貴東西，就當嚐個鮮吧。」

小門小戶人家，可不是人人吃得起肉，能天天吃肉的。

小閒估摸著，錢大娘為表親近，大出血讓兒子買了魚肉，分一半過來。她讓翠玉把一片豬肉接了，道：「早上袖袖買了一條魚，我們家裡人少，還吃不完呢。這半條魚，大娘拿回去，給小孫子燉點魚湯吃。」

錢大娘笑著收下，並不和小閒客氣。

小閒吩咐取兩匣子點心，道：「這個給小孩子吃著玩吧。」

錢大娘打開一看，低呼一聲，道：「哎喲，跟花兒一樣，怎麼下得了嘴？」

袖袖哭笑不得，道：「這個就是做來吃的。」

錢大娘喔喔幾聲，剛才人多還不覺得，現在只覺在小閒跟前站也不是，坐也不是。

青柳似笑非笑道：「大娘也該回去用膳了吧？」

錢大娘不知「用膳」是什麼意思，「回去」兩個字卻是懂的，喔了一聲，才要告辭，花九娘也手捧一個粗瓷碗來了。

「也不是什麼好東西，煮了角豆，新上市，香著呢，盛一點娘子嚐嚐。」她滿臉討好的笑。

小閒幾人齊齊撫額，吩咐收下，送兩匣子點心回禮。

花九娘驚嘆良久，道：「比畫上畫的還好看，我一定留到過年招待親戚。」

袖袖沒好氣道：「這東西不經放，還是吃了吧，沒地放壞了。」

待兩人走後，小閒馬上去找柳洵，讓他雇兩個人當門子。

下午，人牙子帶了一個胖胖白白的中年漢子過來，說是請的廚子。

袖袖收拾了兩天，總算把鄭國公夫人和葉啟送來的禮物歸置好。

小閒坐在几案前看書。這是新出的話本，她離開盧國公府時看了一小半，葉啟心細，連著一些她感興趣、還來不及看的書一起打包送了過來。

袖袖泡了杯清茶，放在小閒右手邊，嘀咕道：「三天了，郎君也不說來瞧瞧姊姊。」

小閒抬頭要說什麼，眼角瞥見窗櫺閃過一個黑影。

她的臥室在東廂房，西廂房被袖袖收拾出來做了書房，東西廂房中間的堂屋用來待客，房子沒有敞開軒寬大，不過，並不是什麼地方都能和盧國公府比。

袖袖見小閒側過臉看窗櫺，便走了出去。這時，那黑影又很快閃過去，這次看清是一個人影。

「鬼鬼祟祟的，妳在這裡做什麼？」袖袖很不高興地道。

接著是翠玉的聲音，道：「我找娘子。」

小閒眉頭微蹙。有事找她，大大方方進來就是了，這樣在窗外跑來跑去算怎麼回事？這丫頭，真的得好好調教才成。

「進來吧。」

翠玉光著一雙腳，手裡提了兩隻鞋，神情不善地瞟了袖袖一眼，道：「娘子，奴婢有話跟妳說。」

並沒有行禮。小閒睃了袖袖一眼，袖袖出去。

小閒示意翠玉把鞋放下，道：「找我有什麼事？」

翠玉把鞋子放在腳邊，並不穿上，很隨意地坐在小閒對面，看得小閒暗暗搖頭。她道：「青柳姊姊和袖袖都是娘子帶過來的，我卻是窮苦人家的孩子，因父親賭博，家裡實在揭不開鍋了，只好把我賣了。我自小在家，也是父親疼母親愛的……」話沒說完，眼眶一紅，那眼淚，跟不要錢似的，直往下掉。

小閒放下手裡的書，斜倚在大迎枕上，道：「她們欺負妳了嗎？」

翠玉連連點頭。

翠玉今年十三歲，比青柳小一歲，比袖袖大三歲，可是舉止做事連盧國公府裡五、六歲的小丫鬟都不如。她這樣，青柳只會鄙視她，絕不會說她什麼；只有袖袖為她著想，會指點她，沒想到她卻覺得受了莫大的委屈。

小閒看了她半晌，語氣溫和，道：「妳是好孩子，可是身為一個丫鬟，有些事一定要懂。這樣吧，我讓袖袖教妳。」

翠玉大驚，她就是擔心小閒把她交到袖袖手裡，才猶豫了兩天，還是決定來找小閒的。

小閒只好耐心道：「我們從盧國公府來，妳若是知道盧國公府的規矩有多嚴，就不會有這樣的想法了。袖袖在盧國公府只不過是一個小丫鬟，可妳看，她行事比妳有章法得多，以後我去鄭國公府，可是要帶妳們一起去的。妳這樣子，我怎麼帶得出去？」又問她。「妳想不想去鄭國公府逛逛？」

又是盧國公府又是鄭國公府，翠玉徹底暈了，但小閒最後一句話她卻聽懂了，不免雀躍起來，道：「我能去嗎？」

小閒道：「只要妳跟袖袖把規矩學好，就能。」

翠玉一張臉成了苦瓜臉。

小閒喊：「袖袖。」

袖袖一直在門外候著，聽到呼喚，走了進來。

她道：「把盧國公府的規矩教了翠玉。」

袖袖應了，又皺眉道：「她不聽呢，以為我看她不順眼。」

想必兩人相處兩、三天，已鬥過嘴了。小閒道：「妳現在是我身邊的大丫鬟，以後這些丫鬟們可都歸妳管。妳要是連翠玉都管教不好，我憑什麼用妳？」

袖袖脹紅了臉，道：「是。」

她是小閒出府時，葉啟送給小閒的，賣身契也在小閒手裡。小閒若是不用她，只會把她賣了；以兩人的交情，小閒斷然不會這麼做，可小閒當著翠玉的面這麼說，她還是覺得難堪。

小閒繼續看書，室內一時靜謐，院子裡卻響起「咚咚咚」的敲牆聲。

第五十二章

袖袖出去看是誰，翠玉如蒙大赦般爬起來跟著跑出去。

她這一出去，頓時呆若木雞，只見後牆牆頭上探出一個腦袋來，前兒來過的那個清秀小廝站在梯上，露出一張臉，朝著袖袖笑呢。

「快拿梯子來，郎君來了。」順發道。

袖袖低低一聲喊，跌跌撞撞跑進來，道：「姊姊、姊姊……郎君來了！」

後院安靜，順發的話，小閒也聽見了，早丟下書出來了。

「去拿梯子。」小閒推了靈魂出竅的翠玉一把。

翠玉如夢初醒，結結巴巴問：「他……他怎麼會在那邊？」

「關妳什麼事，快抬梯子。」袖袖搶白道，已奔向作為雜物間的耳房。

青柳聽到動靜出來，幫著袖袖抬了梯子出來。

順發下去，很快，一臉燦爛笑容的葉啟便從牆頭上冒出來。

然後小閒三人聽到翠玉喉嚨「咕」地響了一聲，口水流個不停，袖袖氣得狠狠踩了她一腳。

葉啟順著梯子下來，目不斜視走到小閒面前，端詳她半天，道：「好像瘦了？」

「哪有。」小閒笑著，有許多話要說，卻不知說什麼好。

兩人就這樣在庭院中默默對視，眼中愛意滿溢，直到袖袖道：「郎君快請屋裡坐，我去取茶具。」小閒這才想到應該帶他看看自己的新居。

葉啟邊看邊點頭，道：「不錯，這樣挺好。」

只要小閒覺得好，就是好。

最後兩人在書房坐下，袖袖早把茶具擺好，小泥爐上的水咕嚕咕嚕響著。

葉啟道：「妳們都退出去吧。」

袖袖應是，把口水流了一地的翠玉扯了出去，青柳走在最後，帶上了門。

「你怎麼從那兒冒出來？」小閒不解。

柳家的院子位於這條巷弄的第二家，第一家是錢大娘家，第三家不知是誰，她沒了解的興趣，卻沒想到葉啟會從那邊爬牆進來。

葉啟笑，道：「妳回家，我自然是要來探妳的。順發說這裡走動的人多，不方便，我讓他把妳家隔壁的院子買下來。在妳出府前一天，這戶人家拿了銀子，高高興興回鄉下去了。」

想來，葉啟是高價買下的院子。

小閒道：「你要來，只管光明正大地來，何必破費？」崇義坊在市中心，雖是巷弄裡的院子，價格不菲。

葉啟動手沏茶，道：「妳一個姑娘家，我一個男子，來來往往，人多嘴雜，於妳清名有虧，多不好。」

這一點，小閒卻沒想到。

葉啟道：「以後我只要不進宮輪值，便過來。」

小閒關切地道：「夫人那裡……」

葉啟撇了撇嘴，道：「娘親這兩天看著心情不錯。」

其實打發走小閒，陳氏還是不甘心，覺得這樣放過小閒太便宜了她。還是汪嬤嬤道：「那柳郎中為人剛正，最不喜的便是權貴，絕不會答應讓小閒嫁到盧國公府，夫人去一強敵，有何不好？」

陳氏著人細細打聽，柳慎果然是個與誰都合不來的。她放了心，這兩天不僅心情大好，覺得空氣清新、景色宜人，更是忙著遞帖子進宮求見，打算趕這個機會把葉啟和丹陽公主的婚事定下來。

她的帖子還沒遞到翁貴妃手裡，葉啟便得到消息，去了三皇子府。兩人一通合計，三皇子進宮見太后，說要為丹陽公主作媒，用以試探翁貴妃在這件事上的態度。

沒想到太后不僅沒告訴翁貴妃，反而訓斥起三皇子來。「你不好好跟著師傅讀書，學人作什麼媒？真是白費了你父皇和我的一片心。」

待三皇子走後，又對身邊的宮女道：「三郎年齡也不小了，去請皇帝過來，我有事和他商議。」竟是起了為三皇子說一門親事的想法。

這是三皇子和葉啟始料未及的。

葉啟接到消息，這才放了心，所以直到今兒才來。只是這話不能對小閒說，免得她擔心。

小閒哪裡知道這些，聞言，一顆心落了地，道：「只要她不為難你就好。」想起他在院子裡跪著，青石板硌得膝蓋一片紅腫，心疼得不行，道：「膝蓋好了吧？」

葉啟笑道：「早好了。」

提了褲子讓小閒看了，只餘一片淡淡的紅色。

小閒這才放心，又問起他的日常起居。

葉啟眼中的笑意便從眼角一直蔓延開來，道：「剪秋幾人都小心侍候，沒出什麼錯。書房我指了順發侍候，只是晚上他不方便留在內院，有時候免不了自己倒茶倒水，這也沒辦法，慢慢就習慣了。」

他自小錦衣玉食，吃茶有人送到嘴邊，更衣有人穿到身上，什麼時候自己動過手了，小閒道：「你撥剪秋在書房侍候吧。」

葉啟只是搖頭，道：「我們兩家打通，砌一個小角門吧？」總不能每次過來都爬牆。

小閒自然沒有二話，道：「你下次帶剪秋過來，充作隔壁鄰居的女兒，我才好和父親、哥哥提。」

葉啟應了，嘆道：「我們不知什麼時候才能自由自在在一起。」

小閒何曾不想。

葉啟晚上在這裡吃飯，因要多一點時間和小閒待在一起，便沒讓小閒下廚。新來的廚子抖擻精神，做了八個菜，又做了蓮子羹。

葉啟每一樣都嚐了，道：「手藝普通得很。」

袖袖在旁邊侍候，笑道：「郎君是這會兒來了，要是前兒來，冷鍋冷灶的，連水都沒得喝呢。」

葉啟凝視小閒，道：「妳受苦了。」早就知道柳家不比盧國公府。

小閒還沒說什麼，青柳飛快閃身進來，道：「娘子，大郎君來了。」

柳慎剛開始上衙，幾個月積下來的文案堆積如山，他又是做事認真的人，一早說好晚上不回來吃飯；柳洵卻是去拜師，並沒有說什麼時候回來，想來先生沒留他吃晚飯，所以這會兒到家。

青柳不免慌亂，奔出去阻攔。

葉啟淡定地起身，對小閒說一聲。「我走了。」幾個起落，直接越過牆頭去了。

原來他身手敏捷，根本不用爬牆。

小閒微微出神，青柳的聲音傳了過來。「大郎君可吃飯了沒有？要不要讓廚房加兩個菜？」

柳洵不疑有他，道：「妹妹還沒吃飯嗎？」

袖袖奔過去把梯子斜放在牆角，小跑著來到小閒身後，虛扶她往外走。

「哥哥回來了？」小閒笑靨如花道。

柳洵見了小閒，那笑便從眼底止不住地蔓延開來，揚了揚手裡一個牛紙包，寵溺地道：

「我為妹妹帶了單籠金乳酥，妹妹快趁熱吃吧。」

小閒道了謝，把柳洵讓進堂屋坐下，道：「哥哥去拜訪洪老先生可順利？」

洪老先生洪鋒，少年得志，二十五歲中了舉人，把一輩子的好運氣都用完了，從此屢試不第，考了二十年也沒考中進士，只好開了家私塾謀生，十餘年下來，倒也略有名聲。

他教學嚴謹，又因曾中過舉，有豐富的考試經驗，寒門出身的童生大多以拜他為師為榮。十餘年來，他的私塾確也出過幾個秀才，不免名聲漸響。

只是他擇生十分嚴格，首重人品，柳洵很擔心他嫌棄柳慎曾經罷官充軍，不肯收留，所以輾轉託了朋友杜大海說項，今天一同前去。

其實看到他的笑容，小閒便知道洪鋒肯定收下他這個學生了。

果然，柳洵笑道：「洪老先生考校了我的功課，讓我作一篇時文，然後便答應我明天去上學了。」

小閒聽了自然歡喜，笑道：「恭喜哥哥。讓廚房添兩個菜，一壺酒，為哥哥慶賀。」想了想，又道：「派個人去跟父親說一聲，請父親早一點回家。」

回家幾天，小閒除了每天早晚的晨昏定省之外，從沒見到柳慎。早晚請安時，柳慎說是女兒大了，男女大防要緊，沒讓她進屋，就在門外行個福禮，然後回後院。

至於吃飯，除了第一餐的團圓飯之外，一直是各吃各的，每人兩個菜，飯管夠，生活十分儉樸。

柳洵喊了新來的門子福哥兒去請柳慎，和小閒說起洪老先生。「為人十分端正，授課也嚴……」

小閒微笑地聽著，想像接下來他所要經歷的頭懸梁、錐刺股的生活，便有些心疼，柳洵興致卻很高。

天暗下來時，福哥兒回來了，道：「阿郎說，大郎既已拜洪老先生為師，還是早點歇了，明天第一天進學，早點上私塾。他老人家公務沒有辦完，你們先吃飯吧，別等了。」

柳洵眼中閃過一絲失望，強笑道：「父親說得是。」

小閒很不以為然，一味讀書只能讀死書，有什麼好的。她側頭問袖袖。「晚飯可備好了？」

袖袖去看了，回道：「早備好了。娘子，現在端上來嗎？」

柳洵知道小閒在盧國公府過慣了奢侈的生活，不由羞愧地道：「妹妹受委屈了。」

在這裡起碼性命有保障，不用天天提心弔膽，擔心小命不保，已比在陳氏跟前好多了。小閒笑道：「有什麼委屈的？」

兄妹倆吃過飯，柳洵因有父親的囑咐，不敢多待，馬上回房，關燈睡覺。小閒只是搖頭，父親實在是太過迂腐了，帶得哥哥也呆板起來。

回到房裡，袖袖悄聲道：「翠玉要怎麼處置？」

她一想起翠玉像沒有見過男人似的，看著葉啟流口水就覺得噁心，也不看看自己是什麼東西，三郎君是她能覬覦的嗎？

小閒道：「發賣出去吧。」

倒不是她沒有容人之量，也不是吃醋，這樣一個連自己什麼身分都擺不正的丫鬟，沒有必要留在身邊，就是調教她，也是浪費時間而已。

袖袖應了，道：「今兒天晚，明早叫了人牙子來。」

柳慎靠俸祿養活一家人，除了必須拿的炭敬（注）之外，別的一分不拿。柳家又沒有別的進益，日子自然過得緊。現在小閒回來，添了好幾口人，更是捉襟見肘，以柳慎的性子，自然不肯接受女兒的體己貼補。

小閒想了半晌，輕輕嘆了口氣，道：「不必添人了，妳們辛苦些，我們好好過日子吧。」

袖袖應了聲，握了小閒的手，道：「柳家人口簡單，我和青柳都很喜歡，姊姊不用擔心。」

小閒點了點頭。

快二更了，小閒已經朦朧睡去，卻彷彿聽到前後院相隔的門響了一聲，她嚇了一跳，半點睡意也無。

她起身披衣，準備去耳房叫青柳一併去看，青柳已在門外道：「娘子可歇了？」

小閒忙開門讓她進來。

青柳半邊臉隱在黑暗中，眼中卻露出戾氣，道：「翠玉跑出去了。」

半夜三更的，跑出去做什麼？

小閒忙往身上套衣服，青柳幫著綰了頭髮，護著她提了燈籠出來查看。

好在有青柳在，要不然身邊沒個有武功的人，又不清楚此時什麼情況，她和袖袖一定嚇壞了。小閒對鄭國公夫人很是感激。

角門大開，前院東廂房窗櫺上透出燈光，映出一個男子的側影。

父親回來了？小閒正要吩咐青柳到處查看，她去給父親請安，東廂房突然傳出柳慎的聲音。「妳說，有陌生男子翻牆進來？」

這一句，猶如一桶冷水自小閒頭上澆下，她半晌動彈不得。

青柳柳眉倒豎，就要闖進屋去，發現身邊的小閒神色有異，忙扶緊她。

屋裡，一個女子聲音道：「是。那男子從後院牆上爬梯進來，與娘子相談甚歡。奴婢想著既是從牆外爬進來的，定然不是什麼好東西，所以特來稟阿郎一聲。」

這女子，不是翠玉又是誰？

她腦袋讓驢踢了嗎，這樣告黑狀能落得什麼好？

屋子裡，柳慎半天沒有吭聲，好像什麼事很難決斷。

翠玉跪在門邊，屏風後一燈如豆，柳慎的身影模模糊糊，看不清楚。她一見從牆上走下來一個丰神俊朗，如神仙般的男子，便一見傾心，一顆心像飛在半空，腦中只是想，這人好俊。

可是葉啟從頭到尾都沒看她一眼，卻與小閒相談甚歡。在她想來，小閒是犯官之女，又當過丫鬟，就算長得好看，到底出身不好，哪裡比得上她？她是清清白白人家的女兒，這不是不得已才賣到柳家當丫鬟嘛，而且她賣的還是活契，要走隨時可以贖的。

注：炭敬，舊時外官在冬季餽送銀兩給京官。

葉啟走後，袖袖又把她訓了一頓，罰她晚上不許吃飯。這下子，憤懣和不平瞬間爆發，她想來想去，只有把小閒私會男子的事捅了出去，才能藉柳慎的手收拾了袖袖。

小閒到底是柳慎的女兒，就算怎麼處置，大不了餓幾頓，袖袖就不同了，搞不好會被賣入青樓，永世不得翻身。

主意拿定，她便躲在角門邊側目細聽，待聽到外院傳來腳步聲，馬上開了角門跑出去，向柳慎告狀。

「這件事，妳不要跟任何人說，現在夜已深，先回房去吧。」柳慎的聲音透出深深的疲倦。

屋裡的翠玉和屋外的小閒、青柳都怔住了。

柳慎又溫言說了一次，翠玉才回過神，答應一聲，慢慢退了出來。

「娘子？」忐忑不安地步出房門，瞧見小閒，把她嚇得不輕，心跳如擂鼓，道：「妳怎麼在這兒？」

小閒沒理她，邁步向前，走向柳慎的房間。

青柳冷冷道：「只許妳在這兒，不許我們在這兒，天底下哪有這個道理。」

翠玉呆呆看著小閒主僕進屋，卻是無論如何也不肯回房了。

「父親回來了？」小閒在屏風外行禮。

與以往不同，柳慎從內室走出來，他一身官袍，還來不及換下，一臉的疲倦。

「父親可曾吃過飯？灶上的火還沒有熄，若沒有吃飯，讓青柳去端飯食過來。」起初的心虛之後，小閒開始鎮定下來。這時的風氣，男女大防並不十分嚴，親戚之間的兄弟姊妹結伴出遊，是常有的事。

雖然如翠玉所說，有男子翻牆確實是一大醜聞，但來自現代的小閒還真不覺得是什麼大事，只不過秘密被人說破，乍聽還是有些心虛。

柳慎批閱公文到此時，早飢腸轆轆，道：「好。」

青柳起身出去，順手把在外面偷聽的翠玉拎回耳房，捆了。

柳慎坐了，示意小閒在下首也坐下，一張臉皺成包子，道：「妳可是有了意中人，若有意中人，告訴為父，為父一定延媒上門提親。」

真是丟死人了，哪有女方上門提親的？小閒都為他臉紅，難怪葉啟說他不通俗務呢。

「沒有。」小閒斷然否認，道：「翠玉做錯事被袖袖訓斥了一頓，受了打擊，精神錯亂，才胡言亂語，父親不可聽信。」

柳慎臉色好看了些，道：「這個丫鬟確實大有問題，半夜三更跑到家主屋裡，像什麼樣子？我想明天打發出去，妳看如何？」

小閒自然應諾。

第五十三章

一大早，柳慎讓老僕去叫了人牙子，把翠玉發賣了。翠玉走時，面無人色，簌簌發抖，想必柳慎告誡過她了。

鄭國公夫人派人請小閒過去，這次來的是史嬤嬤。史嬤嬤身披狐狸毛斗篷，走動間露出一角厚重的深灰色毛織料裙袂，看著比大戶人家的當家主婦還氣派，哪裡像一個僕婦了？

「夫人掛念十四娘子，想請十四娘子過去小住幾天。」史嬤嬤道。「也沒請外人，就是姊妹們聚一聚。」

小閒明白鄭國公夫人的意思，道：「待我回過父親，派個小廝過去說一聲。」

史嬤嬤笑咪咪地點頭，一臉慈愛，道：「夫人一定高興壞了。」

柳慎依然起更才回來，得知小閒要去鄭國公府小住，半天沒吭聲，末了，道：「妳與權貴人家多有交好？」

這些權貴，俱是些社會的寄生蟲，每天吃飽穿暖、走馬章臺不管百姓死活。來自社會底層的柳慎，對這一群體的印象，要多惡劣有多惡劣，偏偏女兒曾待過盧國公府，又與鄭國公府來往甚密。

這兩天，他也曾打聽鄭國公府的情況，不僅什麼都沒問出來，同僚反而很奇怪，笑話他。「你什麼時候也關心這些勛貴起來？」

如果不是為了女兒，誰有工夫關心這些人渣啊！柳慎一頭黑線。

小閒斟酌道：「女兒蒙鄭國公夫人青眼，認為義女。」

這事，柳慎已知道了，所以心裡才存了疑問。這些權貴，可是常常狗眼看人低的，若是有事，只差一個管事到衙門，主官便把事情辦得妥妥貼貼，要是都像他們這樣行事，豈不亂套了？

「沒有別的？」他儘量讓語氣溫和些，別嚇著女兒。

這還不夠？小閒搖頭，道：「沒有。」

柳慎皺了半天眉，道：「妳想去便去吧。」義母也是母，總不好讓女兒不盡孝道。

小閒應了，派了福哥兒去鄭國公府說一聲。第二天一早，老廖帶了隨從親自來接，前呼後擁，坐在巷口閒談的街坊們眼睛都看不過來了。

錢大娘仗著與小閒見過兩次面，遠遠地揚手朝踏在腳踏上準備上車的小閒招呼。「小閒，這是要去哪兒啊？」

小閒笑著揚了揚手，算是回應，袖袖撩起車簾子，她彎腰進去了。

一路上，小閒心情輕鬆，掀了簾子一角看外面的景致。袖袖卻有些緊張，道：「不知郎君有沒有在鄭國公府，若是……」

若是郎君不在，鄭國公府裡有人看菜下碟，覺得以她們現在的身分，不配過來走動，可怎麼好？

青柳睨了她一眼，道：「夫人人極好，妳不用擔心。」

對喔，她可是從鄭國公府出來的。袖袖便笑挽了青柳的肩膀，道：「好姊姊，妳說些夫人的事給我聽聽唄。」

她一副嬌憨可愛的模樣，倒把青柳逗樂了，道：「夫人最是心善不過，見不得人受委屈，身邊的姊姊嬤嬤都團結友愛。」

小閒笑了。主持一府中饋的樂氏，怎麼可能只有一副菩薩心腸，而沒有霹靂手段？她是河東樂氏的嫡女，家裡也是詩書傳家的大族，本人氣質高貴中透著書卷氣，這樣的人，絕不是善茬。

說話間，來到鄭國公府門口，門子開了角門，車夫駕車進去。

老廖直送到前後院相隔的垂花門，目送小閒進去才轉身。

八娘和十一娘迎出來，十一娘還嗔道：「怎麼這時候才來？」

八娘便解釋道：「十一妹比平時早了三刻鐘起身，早飯也沒顧得上吃，就是等妳。」

小閒沒想到十一娘如此有心，帶著歉意地道：「因要待父親上衙才過來，是我疏忽了，該著人過來說一聲的。」

十一娘已牽了小閒的手朝前走，道：「妳的房間我著人收拾好了，在這裡住兩個月，我便不生氣。」

真是個孩子，哪裡能一住便兩個月？八娘只是抿嘴笑。

樂氏屋裡外間堆了好些布料，幾個手拿軟尺的裁縫站在一旁等待吩咐。

這是在忙嗎？小閒有些遲疑，腳下一滯。

樂氏已瞧見她們，笑吟吟朝她招手。「快進來。」

小閒進屋，行禮，道：「義母這是……」不會是明知她要來，才叫了裁縫在這裡候著吧？

樂氏拉著她的手仔仔細細打量了好一會兒，道：「瘦了些。」柳家的日子過得節儉，卻也吃得飽，日常吃什麼買什麼，又是小閒說了算，哪裡就瘦了。她笑道：「大概長高了些。」

「是長高了。」樂氏點頭。

兩人說了一會兒話，丫鬟擺上茶具，樂氏吩咐裁縫。「給我們十四娘子量一量身量。」

「前些天義母才讓胡管家送了衣料，還沒裁呢。」小閒笑道：「不用了。」

「妳姊妹都做了。」樂氏笑道：「妳要不做幾件，十一娘會說我偏心。」

十一娘便道：「可不是，十四妹新來，應該多做幾件才是。」

這個還論新來不新來嗎？小閒拗不過，只好讓裁縫量了，又被十一娘拉著挑衣料。這時候是做春裝，小閒選了一疋葡萄枝纏紋的細布，一疋素面杭綢，道：「這就夠了。」

然後才坐下說話，樂氏身邊的大丫鬟春陽把茶煎好，分了碗。

十一娘吃了一口，嫌棄地道：「今年的新茶還沒送來嗎？真難吃。」

現在吃的是十月的秋茶，哪裡比得上今春的新茶。這個時候，正是摘春茶的時節，要製成茶餅送到京城，怕還得過些時候。

「妳這孩子，真是麻煩。」樂氏訓道，眉梢眼角盡是寵溺，道：「新茶還得過一個月呢，現在哪裡就有？」

八娘便和小閒咬耳朵。「十一妹最不喜歡吃茶了，每次吃茶都挑事。」

原來是沒事找事。現在小閒也勉強吃一點這種大雜燴般的茶，聽八娘這麼說，道：「若是新茶來了，最好是清明前摘的茶，不用製成茶餅，就那麼沏了，香味撲鼻，味道極好。」

「真的？」十一娘歡喜道：「待新茶來了，我們沏來吃吃看。」看小閒的目光，更是引為知己了，竟研究出新的吃法，肯定不喜歡煎茶。

八娘和樂氏相視而笑。樂氏道：「妳瞧瞧妳，比小閒還大一歲，怎麼這麼孩子氣。」

小閒忙道：「十一姊率性耿直，哪裡是孩子氣了？」

十一娘便向母親扮個大大的鬼臉。

窗外有人道：「哪裡來的猴子，這麼難看。」

隨著話聲，氈簾挑起，周川和葉啟一前一後走了進來。

「三郎來了。」十一娘笑對葉啟道：「哥哥嘲笑我呢，你幫我教訓一下我哥哥。」

一屋子的人都笑了，樂氏更是邊笑邊搖頭，道：「她可真讓我不放心，以後出了閣，可怎麼好。」

十一娘的臉便紅了起來，拉著小閒說別的去了。

葉啟和周川向樂氏行禮，在左手邊坐下。兩家因是通家之好，小閒又曾是葉啟的婢女，樂氏便沒讓她們避開，笑著吩咐春陽道：「妳去看看廚房準備了什麼點心。」

滿屋子只聽到十一娘嘰嘰喳喳的聲音。「小閒前兒沒過來，好可惜，我原想著給妳下帖子的，又想我們是姊妹，哪裡用得著下帖子？讓秋菊給妳說一聲就是，偏生妳不在府裡。」這藉口找的，小閒實在服氣，還是八娘道：「妳要秋菊去找小閒，恐怕不僅是遞個口信吧？」

十一娘便訕訕地笑。

八娘道：「她還讓秋菊捎了她兩件新做的衣裳，可惜妳那裡沒有立牌匾，秋菊找來找去沒找到。」

柳府在坊內，又因新近剛官復原職，也是柳慎一向不在意小節，倒沒想到掛牌匾上去。那一帶大多是民居，秋菊轉了快一天，問來問去，沒人知道也就罷了，還有人以為她是私奔的小媳婦，更有閒漢調戲她，她回來還哭了一鼻子。

小閒心裡感動，握著十一娘的手，道：「不用如此。」

葉啟只是微微地笑，手裡摩挲吃茶的碗。周川碰了碰他的肘子，道：「如何？住在我家，你可放心？」

老廖從柳家回去，說起柳家的情況，樂氏便起了把小閒接過來的念頭，道：「那麼偪促的地方如何住得了人？」

還是周信攔住了她，道：「妳總得讓人父女兄妹團聚幾天吧？」

周川和葉啟一說，葉啟只道：「這事還得問小閒自己。」

所以，周信以為他不同意，生怕小閒在鄭國公府受委屈。

這時，周川如此說，葉啟道：「我如何不放心？只是小閒難得清閒幾天，不如放任她在柳家也好。」

周川瞪眼，道：「怎麼說來說去，你就是不相信我娘親呢？」有娘親撐腰，就在這裡住一輩子又怎麼了？

小閒三人說得熱鬧，陡然聽到周川拔高聲音，都望了過來，見周川臉紅脖子粗的，十一娘便拍手道：「哥哥在三郎那兒受氣了吧？好極，瞧你還笑話我不？」

周川氣得倒仰，道：「我怎麼有妳這樣的妹妹？」

小閒唇邊含笑，看周川兄妹拌嘴。柳洵和她說話，哪裡像周家兄妹那樣無拘無束，想說什麼就說什麼？

樂氏笑吟吟聽著，並不阻止。

八娘悄聲對小閒道：「十四哥一直喜歡逗十一娘，偏生十一娘小心眼……」

「誰小心眼呢？」

八娘本想向小閒解釋一下，沒想到十一娘耳尖。八娘窘得滿臉通紅，道：「沒。」

十一娘大聲指責。「妳怎麼能背後嚼舌根呢？」

說這話時，她眼眶紅了，眼淚在眼眶中滾來滾去。她難得有個朋友，姊姊怎麼可以在她的朋友面前說她的壞話呢？

小閒忙攬過十一娘的肩頭，道：「我們十一娘人最好了，這些天我一直念叨著，想約了十一娘去玩呢。」

十一娘道：「真的？」

小閒點頭，道：「過些天天氣暖和了，我們去曲池泛舟，可好？」

早就聽過曲池的大名了，曲池位於京城東南方，一半在城內，一半在城外，景色迷人，空氣清新，是春日踏春的好去處。小閒在盧國公府聽葉歡說起過，小妮子吵著要葉啟帶她去玩呢。

果然，一聽說去曲池玩，十一娘馬上高興起來，轉頭對葉啟道：「三郎可聽到了，小閒要去曲池泛舟呢。」

樂氏母女都笑了起來，尤以周川的笑聲最大。小閒臉一紅，推了推十一娘，道：「妳怎麼能這樣？」

十一娘得意洋洋道：「這事三郎答應，便成了。要是十四哥答應，還不一定成呢。」

周川的笑聲戛然而止，黑了臉道：「怎麼我答應了就不一定成？我什麼時候說話不算數？」

眼看兩人又要吵起來，葉啟向小閒使個眼色，裝作解手的樣子，踱出門去。

大概過了五息，小閒笑問八娘。「外面翠綠翠綠的是什麼啊，好像開花了？」

這時節，開花還早呢。八娘順著小閒指的方向一看，道：「是榆樹，發了芽。」

小閒笑道：「是嗎？我看看去。」

八娘好生疑惑，誰沒見過榆樹？看小閒款款走出去，起身想跟去，樂氏向她使了個眼色，她便停住腳步。樂氏眼睛看向她坐的氈毯，她只好一頭霧水地回氈毯上坐下。

繞過廂房，院子裡有幾株高大的榆樹，葉啟站在榆樹下，對走過來的小閒微笑。

「你特地約我在這裡見面？」小閒問。

葉啟笑著搖搖頭，道：「不是，周十四昨晚給我送信，說妳今兒會來。」

想必樂氏認為兩人見面不容易，特地給他們製造機會吧。這也是為什麼葉啟約她出來，會在榆樹下說話的緣故了。從吃茶的起居室望出去，剛好瞧見這幾株榆樹，既是樂氏牽線搭橋，自然應該光明磊落，於小閒閨名無損才好。

葉啟從袖子裡掏了兩張摺得四四方方的紙遞過去。小閒奇道：「這是什麼？」

「東市兩間鋪面的地契，掌櫃夥計都是熟手，妳不用管，每個月只管查帳收錢就是了。」葉啟笑道：「給妳零花的。」

小閒接過地契，心裡暖暖的，父親俸祿微薄，他應該知道吧？這是生怕她缺錢使嗎？

「本來想過兩天去妳家，再拿給妳。」葉啟見小閒臉色微凝，以為她不高興，解釋道：「我想，手裡寬裕些總是好的。」

小閒點點頭，道：「謝謝你。」

葉啟笑著打趣道：「要謝的話，以身相許便是。」

小閒橫了他一眼，也笑起來，榆樹透過來的陽光照在她的臉上，肌膚透明似的，葉啟看呆了。

樂氏端坐上首，看似在看眼前兒女拌嘴，眼角餘光卻一直在榆樹下兩人身上梭巡。她讓周川把葉啟約來，可不想小閒吃虧。好在，葉啟舉止落落大方，並沒有不雅行為。

小閒似乎感覺到了樂氏的目光，回頭望，樂氏朝她笑了笑。

「回屋去吧，義母不放心呢。」小閒道。

葉啟哼了一聲，道：「虧她想得出來。」

要做點什麼，也不會在她眼皮子底下啊。再說，他對小閒那麼敬重，又怎會做出格的事？把他看成什麼人了！

話雖如此說，還是隨小閒進屋。

第五十四章

八娘鋪了紙，在擬邀請去曲池泛舟的人，難得出去玩一趟，自然要把幾個談得來的朋友邀上。

十一娘大口吃茶，和周川拌嘴，沒贏不說，說得她口乾，這會兒嗓子眼快冒火了。

「他就會欺負我，以後我一定欺負他兒子。」十一娘對小閒道。

小閒問：「十四哥開始議親了嗎？」

周川咳了兩聲，乾笑道：「別聽她胡說。」又嚇唬十一娘道：「妳若胡說八道，我讓娘親把妳嫁得遠遠的，一年也回不了京城一次，看妳還作怪不。」

十一娘又怒又急，撲過去抱住樂氏的胳膊不放，道：「娘親，妳看十四哥，總是欺負我，妳不罰他在庭院跪兩個時辰，我可不依。」

周川賭氣別過臉去。小閒和八娘看了，都笑得不行。

樂氏撫摸她的頭，笑道：「傻孩子，妳十四哥說把妳遠嫁，娘親就會把妳遠嫁嗎？」

一句話，一屋子的人都笑了，有丫鬟實在忍不住，背過身子，肩頭抖動，想是笑得不輕。十一娘更不好意思了，把臉埋在樂氏懷裡，只是不依。

說說笑笑間，用了午飯。樂氏去歇午覺，葉啟去了周川的書房。

十一娘非要拉小閒去她的院子。「我給妳準備好房間了。」

小閒今天來，只是過來拜訪，並沒有小住的意思。

八娘看出小閒尷尬，道：「小閒剛回家，怎麼能這麼快到我們家小住？妳這人，一點情理也不懂。」

十一娘今天飽受打擊，這下子再也受不了了，氣呼呼衝八娘嚷。「我再也不理妳了。」甩手就走。

小閒忙追出去，把她拉住，道：「八娘故意氣妳呢，妳怎麼一下子就上當。」

十一娘臉色稍霽，道：「她和十四哥一樣是壞人。」

「可不是。」小閒挽著她的胳膊往回走，道：「妳別跟他們一般見識。」

八娘吩咐丫鬟。「把我早上備下的點心端來。」拉著小閒坐了，跟小閒商量。「娘親還是看在妳的面子上才准我們去曲池。我想邀幾個談得來的朋友一起去，妳有什麼朋友也一併邀來，可好？」

妳連名單都擬出來了，才跟我說？小閒腹誹，臉上笑吟吟的，道：「好啊。」

她的朋友是剪秋等等丫鬟，怎可能跟八娘、十一娘這些貴小姐一同泛舟湖上，共賞曲池秀美風光？

八娘便拿出名單給小閒看，道：「我談得來的就是秀王府家的麗蓉郡主、梁國公家的兩位娘子。這幾人，都是平素相熟的。娘親說，妳第一次在外行走，還是別請太多人的好，過段時間，待妳習慣了，再多請幾人也不遲。」

不過是擔心人家嫌棄她曾是丫鬟的身分，若是能得到麗蓉郡主和名滿京城的梁國公小女兒宋十七娘的肯定，別的人自然沒二話。小閒明白她的意思，但笑不語。

十一娘吃著點心，道：「別讓十四哥去。」

家裡女孩子出門，肯定會讓兄弟們一路護送，只不過他們在另一艘船上吃酒聽曲、吟詩作對罷了。不讓周川一同前往，顯然不可能，八娘直接無視，又與小閒商量細節。

葉啟請的只有周川、岳關、三皇子等幾人，再說女孩子的聚會與男孩子們自然不同，小閒只是傾聽，時不時附和一、兩句。

八娘十分精明能幹，是個有想法的，並不是真的要徵求小閒的意見，此時有條有理說出來，又拿了紙筆一樣一樣寫下來，忙到樂氏歇完午覺都還沒忙完。

向樂氏行禮之後，樂氏道：「我剛才看了，十六是吉日，妳們姊妹一起去玩吧。」

十一娘便有些不樂意，道：「還有七、八天呢，不如明後天便去。」

「妳懂什麼，」八娘搶白道。「時間長點，我們也好做新衣裳，再說，又要下帖子，又要準備酒席，哪裡不用時間？」

十一娘被搶白了一頓，懨懨的，坐到小閒身邊，道：「不如明天我去妳家作客？」姊姊太要強，還是小閒好說話。她願意跟小閒一塊兒待著。

小閒向樂氏望去，樂氏笑問：「可方便？」

小閒道：「沒什麼不方便。父親要上衙，哥哥去學堂讀書，平時家裡也只有我一人。」

「那就好。我馬上收拾衣裳，去妳那裡住兩天。」十一娘一聲歡呼，大聲喊身邊的丫鬟。「秋菊，把我那件鵝紅色蔥綠柿蒂紋的襦裙帶上。」又轉頭對小閒道：「我最愛這件了。」

樂氏直搖頭，道：「這孩子，怎麼老長不大呢。」

小閒笑道：「十一娘生性率直，天真活潑，豈不更好？」

「唉。」樂氏嘆氣。「也到了說親的年紀，這樣子怎麼行呢？」以十一娘的身分，自然是要嫁到門戶相當的人家當大婦的，現在她只為兩個女兒的婚事憂心，周川倒好說。

「娘親，十六日妳也去吧？」十一娘沒頭沒腦的，來了這麼一句。

她也正想去呢，周川也到了說親的年紀，去相看相看也好。

「好，娘親邀幾家來往的夫人一同前往。」

十一娘長嘆一聲，像洩了氣的皮球。小閒不明所以，望向八娘。這一次，八娘臉色微紅，不肯再和她咬耳朵了。

小閒直到酉初才回家，沒想到的是，柳慎已在家裡候著她了。

「怎麼這麼晚才回來？」柳慎溫聲道，眉眼間滿滿的盡是憂色。

小閒把十六日要去曲池泛舟的事說了，道：「因是八娘子作的東，不好推辭，過兩天她會派人過來下帖子。」

柳慎的眉皺成川字形，半晌，才勉強道：「既已應承了那位八娘子，不好改口。以後若是她再約妳，妳不要去，與這些勛貴人家過往甚密也不是什麼好事。」

小閒身後的袖袖嘴角扯了扯，低下頭。

小閒應了聲是。

柳慎又道：「妳若想遊覽曲池，讓妳哥哥向先生請一天假陪妳去便是。」

一踏進後院，袖袖笑翻了，道：「我看阿郎那樣子，是不是想扯鬍子啊？為什麼不能跟八娘子一起去玩呢？」

青柳冷冷道：「迂腐。」她就是看不慣柳慎那副防備的樣子，鄭國公府又不會吃人，防備什麼呢？

小閒面露倦色，道：「燒熱水，我要沐浴。」

還是乍暖還寒的時節，洗澡還得燒熱水，袖袖自去廚房傳話，青柳走到小閒身後，幫小閒按捏肩膀。

周氏姊妹看在葉啟面上，自不會給她臉色看，但是別人呢？特別是麗蓉郡主，那可是天之驕女，以前她到盧國公府，自己可是以婢女的身分與她應答過的，她能接受與一個婢女出身的人一同泛舟湖上嗎？

小閒越想心裡越是沒底，不禁後悔不該答應周八娘一同出遊。

半夜裡卻下起雨來，敲在窗櫺，叮叮咚咚地響。小閒披衣起身，要去關窗，風捲著雨絲撲在臉上，帶著絲絲涼意。

袖袖撐了傘過來，道：「好冷。」

小閒見她只穿小衣，忙把自己的披風給她披上，道：「凍著可怎麼好？」

袖袖嘻嘻笑。在柳府，她感到前所未有的輕鬆，人也開朗不少，跟小閒相處，也越來越沒大沒小了。
小閒留她一塊兒睡了。天明，青柳進來，看到抱著小閒一隻胳膊睡得香的袖袖，一把將她推開，待她迷迷糊糊起床，又是好一通訓。
小閒勸道：「這裡只有我們三人，就不要講那些規矩了。」
青柳道：「娘子，規矩怎麼能亂呢？我們是主婢，就該有主婢的樣子。她這樣沒規沒矩的，傳出去人家只會笑話妳持家無方。」
盧國公府規矩森嚴，但小閒來自現代，在柳家後院當家作主，跟袖袖一樣，簡直是如魚得水，巴不得一覺睡到自然醒，想幹什麼就幹什麼，哪裡肯重拾那些規矩？可是若放任下去，習慣成自然，只怕傳出去真的會被人笑話，老爹好歹也是五品官呢。
小閒只好道：「以後妳們倆輪流在外間值夜吧。」晚上也有個人說說話。
青柳這才作罷。
待她去打洗臉水，袖袖便朝她的背影扮個鬼臉，道：「比汪嬤嬤規矩還大。」
小閒梳洗完畢，到前院向柳慎請安，見柳慎身著青色圓領缺骻袍，不禁奇怪地道：「父親今天不上衙嗎？」
柳慎是工作狂，一年三百六十五日離不開辦公室的那種，休沐也在衙門裡處理公務。
「為父今天休沐，在家陪陪妳。」柳慎像是作了重大決定似的，慢慢道。
小閒抿嘴笑，道：「那敢情好。」
既然父親有的是時間，她自然要露一手，表表孝心。親自去廚房看了，見只蒸了兩屜包子，加一鍋稀粥，便挽袖子動手，和麵拌餡料，做了兩樣點心。

柳慎看著面前黃澄澄的老婆餅，眼睛瞪得老圓，道：「這是妳做的？」不是說女兒是盧國公府三郎君身邊的大丫鬟嗎，怎麼會烹飪？

小閒笑咪咪道：「女兒在盧國公府時常做這個，上上下下都說好吃。父親快趁熱嚐嚐，香著呢。」

柳慎拿一個放嘴裡咬一口，心中一酸，若不強自忍耐，淚水就要掉下來了。

那些勛貴人家都是吃人不吐骨頭的，女兒在盧國公府，不知受了怎樣的苦楚呢……他想著，這一口老婆餅就怎麼也嚥不下了。

小閒還以為他節儉慣了，不吃這個，勸道：「這個其實用不了幾個錢的。」

柳慎更覺心酸。

福哥兒噔噔噔地跑進來，道：「阿郎，門外有個小娘子，說是新搬來的，要與鄰居們見面，認個門。您看見是不見？」

自從設了門房，錢大娘、花九娘等鄰居再沒來過，倒不是柳家的門檻陡然提高了，而是她們不習慣等人通報；都是鄰居，串個門像進自家的菜園子，還要通報？所以，她們乾脆不來了。

柳慎認真問了，是隔壁新搬來的人家的女兒，說是剛從鄉下來，帶了些土儀來認鄰居，以後也好走動。不是說嗎，遠親不如近鄰。

柳慎想了想，對小閒道：「妳去見見吧。」人家來的是女眷，他自然是不方便見的。

小閒應了，帶了袖袖、青柳到門口迎接。

只見來的是個十五、六歲的姑娘，一雙眼睛澄清明亮，顧盼之間頗有神采，不施脂粉卻粉光致致，青布包頭，一身細布襦裙，手臂間挎了個竹籃子，用白布蓋著。

幾人一見面，都笑了起來。這姑娘，正是剪秋。

錢大娘一早在巷口坐，已經打量了剪秋一刻鐘，心裡暗暗納罕，怎麼又來一個漂亮姑娘？見小閒出來，便招手大聲道：「小閒來了，妳昨天去哪兒呀？」不待小閒回答，又道：「這是哪裡來的小娘子呢？長得可真俊，跟小閒一樣呢。」

小閒年紀還小，要不然這姑娘再美，也沒小閒好看。錢大娘自認人老成精，這話自然是不會說的，只在心裡打個轉也就是了。

剪秋向小閒挑挑眉，難怪順發說這裡的人都是奇葩呢。

小閒笑著大聲道：「大娘可吃了早飯？」

錢大娘已兩三步趕過來，同時，隨著兩人的對話，巷裡探出很多腦袋。

「前些天聽說老劉家把院子賣了，這是賣給妳家吧？妳家裡有什麼人，怎麼這幾天沒瞧見妳出來走動？」錢大娘圍著剪秋轉了兩圈，又拉起小閒的手，道：「大娘想去妳家坐坐，偏生妳家門口站了兩個人。唉呀呀，大娘膽子小，可不敢進去。」

小閒藉著抿鬢角甩脫她的手，笑道：「大娘想來就來，哪裡用得著計較這些？不過是父兄不在家，家裡劈柴挑水的重活沒人幹，才雇了兩個人。」

福哥兒早翻個白眼，和同伴說笑去了。

小閒對剪秋道：「姊姊有心，請家裡坐吧。」

剪秋應好，兩人並肩而行，袖袖和青柳跟隨在後，沒料到錢大娘也跟她們進了門，福哥兒倒不好攔了。

剪秋要求拜見柳慎。「特地給伯父帶些土儀來。」

柳慎隔著窗，道：「小娘子客氣，男女有別，拜見就不用了。小閒，妳贈些回禮。」

剪秋在小閒耳邊悄聲道：「這樣一個老古董，妳怎麼受得了？」

袖袖咯咯笑，樂不可支。

錢大娘急道：「妳們說什麼呢？快說來我聽聽，我也樂一樂。」

小閒瞪了袖袖一眼，道：「大娘請後院坐。」

剪秋看了看小閒，再看看柳慎所在東廂房的房門，高聲道：「謝伯父。」反正只是打個馬虎眼，他見不見的，也沒什麼相干。

幾人到後院坐下，剪秋掃了一眼，道：「現在正是春天，妹妹為何不種些花樹？」後院光禿禿的，可真不習慣。此時的啟閒軒早就綠蔭滿地，過些時節，月季、茉莉、薔薇等花兒也該開了。

小閒正有這樣的打算，道：「已經讓小廝去買花苗了，只是沒淘到好的品種，只能慢慢選了。」

「我倒有幾盆好茶花，才分盆不久，不如分兩盆給妹妹。」剪秋用手指了指前院廂房前面的空地，道：「再在這兒種兩棵槐樹，可不是好。」

錢大娘忙道：「我那裡也缺兩盆花兒，小娘子，妳若是有好的花兒，分我兩盆。」連人家叫什麼名字都沒問清楚，便急急要花兒。袖袖狠狠白了她一眼，錢大娘只作不知。

剪秋作沈思狀，道：「我種的花兒也不多，若是有剩的，給妳挑兩盆也沒什麼，到時候再說吧。」

挑兩盆普通品種的花兒送她倒沒什麼，就是自來熟實在太討厭了，她們要說體己話也沒辦法。

錢大娘滿心歡喜，連連道謝。

小閒吩咐袖袖取了點心來，袖袖藉機出了門，到隔壁錢大娘家門口，給她小孫子兩個銅板，小孫子便嚷著要奶奶帶他買糖吃。錢大娘這才不情不願地告辭，又約定明天再來。

「可算走了。」剪秋笑對小閒道：「難為妳受得了。」

這都是些什麼人啊，怎麼沒聲沒息自己貼上來？小閒回家，難道過得就是這樣的日子？

小閒道：「妳以為我為什麼會買兩個小廝充當門子？」又問她。「怎麼這麼早就來了？郎君呢？」

若沒有葉啟帶出來，汪嬤嬤一定不肯讓她獨自出門的。

剪秋笑著指了指後院牆，道：「郎君一早說要和周十四郎君遊玩，出了府門派順發送我過來，郎君不知到哪裡去了。」

小閒莞爾。

第五十五章

順著剪秋的手，順發從牆頭露出腦袋，整齊的大白牙在陽光下閃著光。

「郎君讓我送剪秋姊姊過來。」順發說完，拿起老婆餅，大口大口吃著。

剪秋便跟小閒說起這些天發生的事。「……夫人著了誥命服進宮去，回來後心情很不好，一連發賣了兩個小丫鬟，連明月也有了不是，被搧了一巴掌，七、八年的臉面都沒了。現在上房侍候的人都小心翼翼的，不敢有絲毫大意。」

小閒道：「郎君可曾與夫人爭執？」她出府，陳氏應該不會再找葉啟的麻煩了吧？

果然，剪秋笑道：「郎君早晚晨昏定省，母子倆坐下吃一碗茶，說幾句話，可不知多母慈子愛。」

小閒和袖袖也笑了。小閒心裡又有些失落，以前他們母子不和，難道真是因為她？

「九娘子幾次要過來找妳，十郎君打發人在路上堵我，問妳住在哪裡？我沒敢告訴他，只說不知道。」剪秋想起什麼，又道。

葉歡一定很想她，她何曾不想葉歡？不知她這些天做什麼？誰陪她玩？

「妳沒告訴十郎君很對。」小閒道。「千萬別讓他知道。」不管他想幹什麼，反正自己不想和他摻和到一起。

剪秋道：「我想著他口口聲聲說妳只不過是一個丫鬟，想著他找妳一定不是好事。」

小閒明白她的意思，道：「謝謝妳。」

順發吃了四、五塊老婆餅和一碗茶，拍拍肚皮，很滿足地吁了口氣，道：「郎君讓我告訴妳，他安排了十個護衛，就住在隔壁院子。妳有什麼事，讓袖袖喊一聲，他們會過來。」

小閒很意外，眼眶也濕潤了，道：「我在這裡好好的，要護衛幹什麼？」這裡都是些手無縛雞之力的百姓，哪裡會傷害她了。

順發笑道：「郎君說，沒事最好，若是有事，也有人使喚。」說著，走到牆邊敲了敲，不到五息，牆頭上便出現一張枯瘦的臉，大約三十歲的樣子，頭髮綰成個四方髻，很快順梯進來，向小閒行禮。「周大見過娘子。」

這便是護衛首領了。小閒道：「你們辛苦了。」讓袖袖拿十兩銀子賞他。「拿著喝酒吧。」

周大道謝收下。

葉啟如此細緻，小閒心裡很踏實。

青柳嘀咕道：「不是有我嗎？娘子怎麼會有事。」

她可是樂氏送來的，樂氏有話在先，若是小閒出事，第一個不放過的人就是她了，她怎麼可能不盡心嘛。

小閒安撫青柳道：「三郎君擔心若是發生意外，妳一個人應付不來。」

「是啊，妳要保護小閒，又要打跑敵人，哪裡顧得過來？」剪秋笑道。

青柳不再說什麼。

說說笑笑，半天就過去了，小閒乾脆留剪秋在這裡吃午飯。

剪秋直到未時才告辭。小閒送她出門時，錢大娘在大門口轉來轉去，小閒直接無視。

柳慎一直在東廂房看書。前院的格局和後院是一樣的，柳慎住東廂房，柳洵住西廂房，剩下四間耳房住了兩個老僕、一個書僮、兩個當門子兼跑腿的小廝、一個廚子，地方就侷促得很了，沒能給他騰出書房來。所以，他的臥室兼書房。

「父親，」小閒進屋，行禮後在氈上坐下，一副長談的樣子，道：「女兒與剪秋很談得來，想在後院牆上打一個角門，門鎖在我家這邊，不知父親能同意否？」

柳慎手握書卷，哪裡看得進去，派了小書僮去前後院相通的角門探聽，只說裡面笑聲不斷。哪有人第一次來訪便留下吃飯的？他總覺得來的這個小娘子不是好人，起碼不是正經人家的女兒。

可是女兒獨自在家，連個說話的人都沒有，她難得有個談得來的朋友。

「若是妳與她談得來，不妨時常請她來家裡作客。嗯，待為父休沐時請她來家即可。」柳慎想了又想，婉轉道。

小閒笑，道：「錢大娘天天東家長西家短的，女兒若是與剪秋姑娘來往過密，誰知道她會說些什麼？」

柳慎兩條濃眉絞在一起。確實是，這個錢大娘沒事還要說三道四呢。

「若是兩家打通角門，我們來往也方便，錢大娘又不會知曉，豈不是好？」小閒道。

柳慎像是拿不定主意似的，想了半天，道：「待為父再想想。」

過了兩天，她晚上去請安時，柳慎道：「妳想打個角門，若是葉家同意，那就打吧。」

剪秋來時，假託姓葉。小閒歡喜應諾。

看著女兒燦若夏花般的笑靨，柳慎嘆了口氣。女兒正是多動多思的年紀，一個人拘在家，確實不是辦法，他僅有的一點顧慮也打消了。

打通角門，自然需要運些廢土出去，錢大娘得知後，馬上跑來找小閒，道：「妳有這麼好的法子，怎麼不早點說？我們也打通一個角門，豈不是好？」

她後院的牆正好對柳家的前院，這樣一來，她到柳家，就能避開門口的福哥兒了。

小閒哪裡肯，道：「我家前院盡是些雜役男子，大娘後院卻是嫂子住的地方，不方便。」

過了兩天，錢大娘又跑來告訴小閒。「那葉家，家裡好多男子，怪嚇人的。」

她故意裝作路過，在葉家院門口張望了好幾次，除了砌牆的工匠，還有好幾個身著圓領袍的男子。這麼多男子，又開角門，怕不是好事。

「不會吧？」小閒很驚訝的樣子，道：「那葉家娘子不是說，家裡只有她和一個哥哥嗎？怎麼可能有很多男子？」

錢大娘急了，道：「不信，妳自己去看。」

小閒義正詞嚴，斷然拒絕，道：「大娘說哪裡話，我一個好人家的娘子，哪有去窺視別人院子的道理？」

錢大娘想想自己的行徑，確實不是正經人作為，不由老臉一紅，訕訕道：「我也只是路過。」

袖袖笑道：「一定是大娘看錯了。」

「可是，她家那個老蒼頭，每天買好些魚肉米麵，家裡只有兩人，哪裡吃得了這麼多？」

小閒笑道：「人家有錢，想怎麼花我們哪裡管得著，或者吃剩的扔掉呢。」

錢大娘便心疼地唸了幾句「阿彌陀佛」，從此每天吃飽沒事，總在葉啟買的院子大門口晃蕩。

角門打好，柳慎親自去看了，見確實把鎖安在自己後院這邊，才放下心來。

袖袖待他離開去前院，拍著小胸脯對小閒道：「阿郎好遲鈍，怎麼不問問梯子怎麼一直放在這兒？害得我一顆心怦怦跳。」

剛才柳慎碰到梯子了，袖袖那副又驚又怕的樣子，把小閒、青柳笑翻了。

笑了一陣，青柳道：「這位柳大人可真是個書呆子。」

小閒嗔道：「不許這樣說我父親。」

雖然他確實是書呆子，但也不能說得這樣直白嘛。

葉啟扮成秀才，坐車來到坊門口，車夫把車趕到別處去，他和扮成書僮的順發進了葉家的院子。

錢大娘跟到大門外伸長脖子往裡張望，可惜院門很快地關了。

「大白天的關什麼門哪？」錢大娘嘀咕道，轉身離開。

葉啟從打開的角門走進來，笑吟吟地打量小閒。「可想我？」

小閒嬌俏地白了他一眼，道：「我忙都忙死了，哪有時間想你？」

葉啟忙問：「妳忙什麼？」

兩人在西廂房坐了，小泥爐上的紫砂壺水還未沸，几案上放了兩碟子點心。

小閒拿一塊綠豆糕給他，道：「明天就十六日了，八娘給我下帖子，我正為與麗蓉身分不稱而煩惱呢。」

閨閣中相交，也是要講究門楣的，父親官居何職、是幾品官，在通報介紹時，第一個會被人提及。

麗蓉郡主的父親，可是皇帝的胞弟秀王，與自己這個五品官的女兒，可真是一個天上，一個地下。

葉啟接過綠豆糕，笑道：「那有什麼，我等會兒讓順發去打個招呼也就是了。」

小閒搖頭，道：「我總不能樣樣靠你。」再說，這樣利用麗蓉對葉啟的愛慕，對她不公平。

葉啟笑道：「明天三皇子也去，只要三皇子對妳和藹，別人看在他面子上，自是不會說什麼。」

原來是跟三皇子打招呼，小閒這才放心。麗蓉對葉啟一片情深，小閒實在是不想利用她。

兩人沒說幾句話，福哥兒在隔開前後院的角門門口喊。「娘子，錢大娘來了。」

話音未落，錢大娘的聲音已響起。「我家大郎買了幾個蒸餅，我拿兩個給小閒嚐嚐。」隨著話聲，已不請自進。

袖袖迎了上去，道：「大娘前院坐會兒，娘子在沐浴呢。」硬是拉著錢大娘往前院去了。

小閒苦笑道：「她就是這性子。」

葉啟蹙眉，道：「要不，我把她們家的院子一併買下來？」

「算了吧，她就是好奇，總覺得我們吃穿與她不同。」小閒無意驅趕錢大娘一家離開，又不是惡人，只不過是三八而已。

葉啟道：「明天去曲池，可備下穿的衣裳、戴的首飾？」若是沒有現成的，他著人送來還來得及。

小閒點頭，調侃道：「我是五品郎中的女兒，可不能穿金戴銀，與郡主爭出風頭。」

葉啟笑了笑，沒說什麼。五品官的爹又怎樣，一切有他呢。

第二天清早，馬車出了崇義坊，駛向京城東南方。

小閒掀了簾，朝外張望。

寬闊的黃土路兩旁植著高大的槐樹，嫩綠的芽兒在陽光下越發青翠。挑擔的、騎馬的，來來往往，一幢幢院落像是一眼望不到邊。

越往東南走，房屋越少，綠色越多，突然一片波光粼粼的水面跳入眼簾，曲池到了。

極目遠眺，好大一個湖泊，南北長而東西短，西岸彎曲，所以有了曲池之名。先帝在位時，曾經人工改造過，引來更多水流。這片水域蔚為大觀，據說有一千兩百畝呢。

這是葉啟前些日子告訴小閒的，兩人曾嚮往泛舟曲池，效那鴛鴦，戲一戲水。

小閒在袖袖虛扶下，下了馬車，抬眼四望，一座座恢弘的庭院點綴在綠樹如蔭、繁花似錦的曲池江畔，卻不知是哪些富貴人家的私家庭院？

前面一條三岔路，遊人三五成群結伴而行，卻是每條路都有人行走。

周大稟道：「娘子，我們這邊走。」引著小閒往右邊的路上行，護衛們緊緊跟隨。

曲池是公共的遊覽區，平頭百姓也可以來遊玩，來這兒的貴人多，皇帝更是每年都會來，遊人見小閒一行人倒沒有大驚小怪。

走了大約一箭之地，一個臉圓圓的十七、八歲丫鬟急急走來，一見小閒身邊的青柳，便露出笑容，道：「可找到了。」隨即上前行禮，道：「見過十四娘子。八娘子讓奴婢過來接十四娘子。」

這丫鬟，自是鄭國公府的人了，想來在周八娘身邊服侍。

小閒道：「八娘和十一娘都到了嗎？」

距離約定的時間還有一刻鐘呢，難道客人都來得差不多了？小閒不禁抬頭望望天色，一輪紅日掛在樹梢。

那丫鬟道：「梁國公府的三位娘子都來了，麗蓉郡主還未到。十一娘子念叨十四娘子，八娘子便讓丫鬟過來接了。」

大概是梁國公府的娘子到了，周八娘便派人過來看看小閒到了沒有。

丫鬟在前帶路，很快地來到一處庭院，牌匾上三個隸書大字「浮雲閣」，繞過照壁，廣闊的院子上，嫩綠豆綠油綠……深深淺淺各種綠，除了綠沒有別的顏色，一眼望去，讓人胸襟為之一寬。

「十四娘子這邊請。」丫鬟依然在前引路，七彎八拐的，走進一處白牆飛簷的院子。

小閒早迷失在綠色的海洋中，也不認路，只跟著她走。

突然，眼前一簇紅，粉紅玫紅大紅……各種各樣的紅，卻是一片開闊地上，種著各種顏色的薔薇，花開正豔，花香隨風飄送，讓人如同置身花海之中。

小閒忍不住停下腳步，彎下腰，嗅一嗅那花香。

「我這院子，可還看得？」一個清朗帶笑的聲音在耳邊響起。

「郎君！」袖袖驚喜叫道：「姊姊，是郎君呢。」

小閒抬頭，葉啟一身青色祥雲杭綢圓領缺骻袍，腰繫絛帶，絛帶上一個五彩絲線荷包，一塊羊脂玉珮。那笑意，從眉梢眼色一直蔓延出來，一雙眼睛比天上的太陽還要明亮。

「你怎麼在這兒？」小閒知道他會來，卻沒想到他會此時在這裡出現。

葉啟笑咪咪道：「這是我們的院子，我怎麼不能在這兒？」

我們的院子！小閒驚愕道：「我們的院子……」這麼一幢豪宅，是他的產業？

袖袖、青柳以及護衛們，都悄無聲息地退了下去。

葉啟彎腰採了一朵開得正好的玫瑰花，插在小閒鬢邊，慢條斯理道：「是啊。曲池江畔的宅院，都是勛貴高官們的別產，我恰巧在這兒也有一幢。妳不是要遊曲池嗎，我便把我們的院子拿出來啦。」

小閒嗔道：「難道你弄座院子在這裡，只是為了當擺設？」

葉啟只是笑。

「妳可來了。」身後一個聲音喊道，人也跟著撲過來，道：「怎麼這麼晚呢？」

一團紅影把小閒摟住，葉啟臉上便有些不好看。

十一娘接著道：「我早就說到妳家去住，今兒一起出來，都是八娘不聽我的，害得我一早上左等妳也不來，右等妳也不來，真是太過分了。」

誰過分啊？小閒無語。

周八娘安安靜靜站在兩人身邊，淡定從容道：「她從昨晚一直聒噪到現在，吵得我頭暈。」

這是要出遊，興奮過度了吧？小閒推開周十一娘，道：「我這不是來了嗎？」又問周八娘。「人可齊了？」

因為小閒名義上是周信的義女，這次周信夫婦也有藉此把她推出去的意思，所以倒不方便以她的名義下帖子，勛貴圈中還不知道有她這一號人呢，這次是以周八娘的名義下的帖子。

周八娘強忍不滿道：「麗蓉郡主還沒到呢。」說著又吩咐引小閒進來的丫鬟。「妳去看看，可來了沒有。」

周十一娘可不管這些，拉著小閒說個不停。「娘親好偏心，讓八娘裁了新衣，不讓我裁。」

小閒朝葉啟望去，葉啟朝她眨眨眼睛，小閒看看把丫鬟指使得團團轉的周八娘，再想想葉啟促狹的眼神，明白了，一定是鄭國公夫人想藉機把周八娘帶到某些人面前。

當年，葉德與陳氏不就是在曲池相看嗎？

小閒便勸周十一娘。「妳也不小了，等會兒在夫人們面前，別毛毛躁躁的。」

周十一娘嘟了嘟嘴，老大不高興。「妳怎麼也這麼說？」

第五十六章

一行人在周八娘邀請下進了起居室。好寬敞的一間房，並沒有用屏風隔開，只在靠東的牆邊擺了一架齊牆高的多寶槅，放些西洋來的玩意兒，倒顯得活潑又明亮。

周川不知從哪兒冒出來，拉了葉啟便走，道：「你快去看看吧，岳十八快把你的屋子拆了。」

葉啟隨周川走了，周十一娘卻好奇起來，拉著小閒道：「我們瞧瞧去。」

小閒不去，道：「義母快來了，小心到時候訓妳。」

周十一娘便垮了肩，在氈毯上不停扭著身子，沒半刻安靜。

樂氏約齊了梁國公夫人齊氏、魏國公夫人張氏、文信侯夫人趙氏，見面時自有一番契闊。三位夫人見了小閒，都覺驚豔，張氏拉著小閒的手，嘖嘖稱讚，道：「小姑娘長得可真漂亮。」

樂氏笑道：「我可是認了女兒的，妳不能跟我搶。」一句話，把眾人都逗樂了。

趙氏便道：「也就是妳，要是我見了，馬上定下來。小姑娘可說親了沒有？」

女兒是要嫁到別人家的，兒媳婦是一輩子留在家裡的，這麼漂亮的小姑娘，自然是聘為兒媳婦合算。

張氏和齊氏很快反應過來，都道：「正是，可說了婆家沒有？」

小閒佯裝含羞低頭，和八娘、十一娘、以及梁國公府三個娘子一起告罪，到廂房說悄悄話去了。

樂氏便道：「還小呢，想再留幾年。」

趙氏道：「卻不知生身父母是誰？」這是極有誠意才會細問。

齊氏卻估摸著，小閒的出身不怎麼樣，要不然也不會一開始便說是義女，沒有說是哪家的姑娘。

她向趙氏使了個眼色，趙氏是極機伶的一個人，忙道：「她能拜你們為義父母，也是她的福氣。」一把這茬兒揭了過去。

樂氏抿嘴笑了，道：「她也是正經官宦人家的女兒，父親是工部郎中，就是有名的鐵漢，柳慎柳大人的幼女。」

三人都怔住了，還是張氏反應快，先笑道：「沒想到柳大人是出了名的鐵面無私，卻養了這麼一個如花似玉的女兒。」

柳慎彈劾湯有望，震驚朝野，同時也給自己博得鐵面無私的名聲。連權傾天下的湯閣老都敢彈劾，可不是鐵面無私？要不然，他充軍時也不會沒受什麼苦了。

趙氏和齊氏齊聲稱是，樂氏才真正鬆了口氣。她真心希望小閒能融入這個圈子，以後與葉啟議親，阻力也會小些。

接下來，幾人不免說起各自兒女的婚事。小丫鬟進來稟道：「麗蓉郡主來了。」

樂氏一邊吩咐人去喚小閒等人，一邊和趙氏三人迎出來。

麗蓉身著大紅色織金襦裙，粉紅色半臂，頭插丹鳳朝陽金步搖，那鳳嘴含的珠子，足足有拇指大。

眾人行禮，麗蓉受了禮，待瞧清小閒的面容時，不禁愕然，道：「妳……」

這人，很像三郎院裡的丫鬟，只是怎麼會在這兒？她猶豫著要不要問一下，如果只是長相肖似，這麼貿然問出口，可就太失禮了。

小閒挺了挺胸，踏上一步，道：「小閒見過郡主，好些天不見，郡主一切安好？」

這麼說，便承認她曾是葉啟丫鬟的身分了。

麗蓉眼中猶有困惑，卻笑容滿面道：「真沒想到在這裡遇見妳。」

左右打量，哪裡有葉啟的影子？想起從宮裡傳出的消息，胸口又像被一塊大石堵住了似的。

欒氏向周八娘使了個眼色，周八娘便笑道：「時候不早了，不如我們上畫舫，再細談。」

畫舫還是葉三郎的呢，先前讓哥哥淘弄一艘，他偏偏不聽，回去一定要再念叨，非讓他買一艘不可。周八娘思忖著，當先在前引路。

一行人出了浮雲閣。麗蓉藉故與小閒走在後面，再三打量小閒，見她不僅長高了，眉眼也長開了，梳著雙螺髻，身著嫩黃色纏枝窄袖半臂，白色鑲芽邊襦裙，行走間若隱若現露出半截繡鞋，鞋頭一顆蓮子米大小的珠子。

任誰一見，都會以為這是哪家世家大族的娘子，哪有當初小丫鬟的模樣？

小閒感覺到她探究的目光，朝她微微一笑。

「妳怎麼會認了鄭國公夫人為義母？」麗蓉溫聲道，特意在「鄭國公夫人」五個字上加重語氣。

見面到現在不到三刻鐘，小閒卻覺得她與以前大大不同。以前，她每次出現，或多或少都有咄咄逼人之感，更有捨我其誰的囂張，哪怕在啟閒軒受錦香冷眼，她依然不改囂張本色。像現在這樣好聲好氣說話，放在以前的麗蓉身上，那是不可想像的。

「蒙鄭國公夫人青眼，」小閒含糊其詞道：「想必是看在家父錚錚鐵骨的分上，又與我投緣吧。」

麗蓉狐疑，道：「是嗎？」

樂氏出身河東大族，百餘年來，族中出了一個狀元，二、三十個兩榜進士，聲名顯赫，樂氏眼界何其高，一個小小郎中怎麼入得了她的眼？

小閒心虛地道：「家父彈劾湯閣老，無故獲罪……」

河東樂氏門生故舊遍布朝野，可是湯有望當權時，並沒有人站出來指責他奢靡。

麗蓉若有所思，過了一會兒才道：「妳離開三郎院子，現在他身邊是誰服侍？」

小閒估摸著她好些天沒去盧國公府了，起碼沒去啟閒軒，這個倒不用瞞她，便道：「是剪秋。」

麗蓉想了半天，才想起是那個鵝蛋臉細長眼睛的姑娘，道：「她看著倒還穩重。」

「是。」小閒應道。

那邊，衝在前面的周十一娘猛然回頭，發現小閒不在身邊，四處張望了一會兒，才瞧見她跟麗蓉走在最後。

麗蓉與她素來不和，她自然不用顧慮什麼，自顧自地跑過來，扯起小閒的胳膊就跑，道：「快點，我們上畫舫去。」

從浮雲閣到碼頭不過三箭之地，一行人並沒有上車，護衛們隔開遊人，把女眷們圍在中間，大家有說有笑地向前走著。

周十一娘這麼一扯，小閒跌跌撞撞地被她扯得往前跑不說，遊人也紛紛側目，有人還踮起腳尖，又有登徒子打趣道：「美人跑起來，果然別有一番韻味，當浮一大白呀。」

小閒大窘，道：「妳先放手。」

周十一娘只顧著搶先上畫舫，占個好一點的觀景位置，樂氏皺眉，正要叫身邊的大丫鬟果兒去訓斥，身後卻傳來威嚴的呼喝聲，以及遊人的抗議聲。

幾十個護衛急步而來，一個個對窺視她們的遊人怒目而視，手中長長的馬鞭像是要隨時揮出去，把那些不懷好意的登徒子打得傷痕累累似的。

樂氏不禁鬆了口氣。她就說嘛，怎麼兒子和葉啟還不過來。

本來，說好男女各坐一艘畫舫，也就不用非得一起走了，想必看到小閒被人圍觀，葉啟才會出手。難道這幾步路，他也派人暗中保護？她向小閒望去，只見小閒好不容易掙脫十一娘的手，甩著手腕不知說了句什麼，看樣子是在埋怨，可就算是在埋怨，卻也是神態溫婉，身形纖細，惹人憐愛。

「妳這孩子，怎麼總是這樣莽莽撞撞？」她快走幾步，來到兩人面前，蹙眉訓著女兒，道：「這是在外面呢。」

周十一娘大笑著朝母親扮個鬼臉，只覺十分暢快。

依次上了畫舫，周十一娘更是歡喜得直蹦躂，把樂氏氣得只是道：「下次不帶她出來了。」

兩世為人，小閒第一次上畫舫，只覺雕梁畫棟，十分華麗，看那擺設，也處處透著富貴，卻不知這畫舫是誰家的？

麗蓉不知什麼時候站在小閒身後，拉著她走到舷邊，裝作看風景，低聲道：「三郎心意如何？妳在他身邊侍候日久，可曾聽說？」

小閒一時不明白她說什麼，睜著黑白分明的大眼睛睇她。

麗蓉見她一副懵懂無知的樣子，嘆了口氣，道：「妳還小，或許不懂。」

小閒想了想，總算福至心靈，明白她話中所指，不由臉頰潮紅。自己這算不算橫刀奪愛？

麗蓉暗自神傷中，突然瞥見小閒害羞的神色，還以為她猜到自己的心事，不由再次起了打聽的慾望，道：「外間都在傳三郎好男風，難道是真的？」若果真如此，她可真是無話可說了。

小閒卻是第一次聽說，聞言大吃一驚，道：「誰說的？」

麗蓉見小閒一雙大大的眼睛望著自己，從她漆黑的眸子裡還能看見自己的剪影，長長的眼睫毛一閃一閃的，不由失笑道：「難道不是？」一言既出，心裡便歡喜起來。

「當然不是。」事關葉啟的名聲，小閒當然要澄清一番，道：「誰這麼亂說呀？」若是被葉啟查出來，怕是會死得很難看吧。

麗蓉突然抱住小閒，在她臉頰上親了一下。

小閒怔住了。難道麗蓉才是好女風？

「妳還不知道呢，葉夫人前些日子進宮為三郎求娶丹陽公主了。」麗蓉幽幽道。

小閒整個人傻掉了。難怪剪秋說陳氏身著誥命服進宮，可是為什麼回來卻大發雷霆呢？在她的印象裡，公主是高不可攀的存在，不過配葉啟的話……啊呸，她突然回過神來，若是他娶公主，那自己算什麼？

小閒一副呆頭呆腦的樣子，倒讓麗蓉心裡好受了些，嘆了口氣道：「妳也沒想到吧？我娘一直說我是天之驕女，等閒人家配不上我，若不是三郎乃人中龍鳳，盧國公府就是抬了兩百四十抬的聘禮也休想娶我。沒想到，葉夫人還認為我配不上她家呢。妳說，盧國公是個沒用的，她又厲害得緊，盧國公府憑什麼配得上丹陽公主？」

小閒心裡酸酸的，語氣也變得幽怨起來，聽在麗蓉耳中，更引為知己。她道：「妳聽誰說的？消息可屬實？」

怎麼沒聽葉啟說呢？這混蛋，真是欠收拾。

麗蓉露出譏諷的笑容，道：「翁貴妃與我娘親交好，丹陽公主是我堂妹，妳說，消息能假得了嗎？」

原來是翁貴妃傳出來的。小閒道：「貴妃娘娘可准了？」

麗蓉傷心，在於自己乃是嫡出，再高貴也及不上庶出的堂妹，更何況母親與陳氏早有口頭婚約，此時陳氏卻毀了婚約，親自進宮求親。

小閒關心的是，翁貴妃答應了沒有，若是答應了，自己又該怎麼辦？一想到與公主爭夫婿，她就一個頭兩個大。

麗蓉嘴角微張，才要說話，周八娘走了過來，笑道：「怎麼妳們兩個在這裡說悄悄話？」

她與麗蓉自小交好，一向是無話不談的閨中密友，卻沒想到麗蓉一見小閒便拋下了她。她起先還擔心麗蓉嫌棄小閒曾是丫鬟的身分，沒想到這兩人倒是一見如故，倒大大出乎她的意料，她不免為小閒高興。

麗蓉到了嘴邊的話嚥回肚子裡，瞬間笑靨如花，上前一步拉了周八娘的手，道：「今兒妳是主人，自然需要面面俱到，哪裡有我們悠閒？我因與小閒曾經見過，不免敘敘舊。」

「是啊，」小閒也笑道：「承蒙郡主不棄，把我引為知己。」

這麼一說，麗蓉一個折節下交、平易近人的名聲是少不了的，而小閒也能藉此踏進京城名媛圈。勛貴公卿的娘子們再尊貴，哪能越過身為皇室貴女的麗蓉郡主？

梁國公宋居家的三個女兒也走了過來，剛好聽到小閒的話，那位豔冠京城的宋十七娘走在最前，未語先笑，道：「既一同遊玩，哪有棄與不棄之說？小閒是鄭國公府義女，又比我們差到哪裡了？」

她聲如黃鶯、肌膚賽雪，長長的黛眉，一雙丹鳳眼，身姿妖嬈，舉手投足間無處不媚。好一個天生尤物，所謂的傾城傾國也不過如此。

可麗蓉對她好像很感冒，微微別過頭去，眼望別處。

就在此時，岸邊的景致輕輕移動，畫舫開了。

小閒只好迎上前，和宋十七娘寒暄道：「姊姊長得好美。」

宋十七娘見小閒語出真誠，笑了笑，道：「妹妹年齡雖小，也是美人胚子。」

跟著宋十七娘來的，是一個庶出的姊姊宋十五娘，一個堂妹宋十八娘，幾人互相見了禮，小閒才發覺周十一娘不在。

「十一娘在艙中挨訓呢。」周八娘在小閒耳邊悄聲道：「娘親很是生氣。」

一同前來的，還有幾位夫人，卻不知這幾位夫人家中可有適婚的嫡子？難怪樂氏生氣，無法忍到回府再懲戒周十一娘。小閒輕笑。

宋十七娘問小閒。「妹妹琴藝如何？」

她名動京城，可不僅僅靠美貌，還有畫作，每次名媛們聚會，壓軸戲都是她，只有她現場作畫一幀，聚會才不會讓人遺憾。她的畫和岳二十二娘的琴，並稱為京城雙絕。

小閒汗顏，老老實實道：「這個……還在啟蒙。」

宋十七娘神色間閃過一絲不屑，轉過頭和麗蓉說起了話。

周八娘很尷尬，好在丫鬟們見娘子們站在舷邊說話，索性抬了食案、矮榻，把瓜果點心酒漿擺上。

周八娘藉機請眾人入座，遮掩了過去。

小閒也是個有脾氣的，既然宋十七娘不值得交往，那就沒必要坐在一起了。她看似隨意，實則有心，挑了離船舷近的位子坐下。

因是出來玩，長輩們又上了三樓，因而周八娘吩咐不用講規矩，只隨意把食案擺成兩排，大家不拘束，隨意坐著聊天。

麗蓉被宋十七娘拉著，分坐左邊第一、二張食案旁，宋十五娘和宋十八娘坐在她們下首。小閒坐在右邊最末一張食案旁，算是離她們最遠，神色淡淡的，放眼遠眺曲池兩岸的美景。

第五十七章

青柳抱了個三、四尺長、兩足寬，白底繡牡丹花的大迎枕，笑道：「夫人吩咐奴婢送來給十四娘子靠一靠。」

眾人不免側目。曲池湖面平穩，畫舫又駛得慢，哪裡就顛簸了呢，還怕小閒坐不穩，要拿個大迎枕讓她靠著？

望向周八娘的神色不免有些古怪，周夫人對義女如此細心，身為親生女兒的周八娘不會妒忌嗎？

周八娘在眾人注視下落落大方，笑道：「是我疏忽了，十四妹快靠一靠吧。」又向眾人解釋。「十四妹有些暈船。」

小閒在眾目睽睽之下，微笑著懶懶倚在大迎枕上。

她肌膚白裡透紅，哪裡像是暈船的樣子？宋十七娘姊妹腹誹著，口不由心地稱讚周夫人想得周到，心裡卻想，這位十四娘果然很得鄭國公府看重，要不然也不會特地如此抬舉她，生怕別人不知道樂夫人看重她，特地派丫鬟抱了超級大迎枕出來。

宋十七娘三姊妹交換了一下眼神，宋十八娘便笑道：「妹妹今年多大了？若是暈船，該補一補。」

這是說她身體虛弱嗎？小閒身形纖細，前兩年曾經被笑話瘦得像竹竿似的，這兩年不只長個子，該長的地方也跟著長，倒出落得婷婷玉立。

小閒含笑瞟了宋十八娘一眼，笑道：「是藥三分毒，並不是吃多了補藥就好。義母常說，吃再多的補藥也不如平時多走路來得強身健體。」並沒解釋為什麼會暈船。

周八娘笑著接話道：「可不是，娘親常叮囑我們姊妹，要多多走路，可別整天待在閨房中做針線活，久而久之把身體坐壞了。」

麗蓉身處皇室，自小這些勾心鬥角早就看得熟了，怎麼可能瞧不出宋家三姊妹瞧不上小閒？

她對小閒印象本來不錯，加上看在葉啟面子上，更是不可能投井下石。

「我們雖然是閨閣弱質，卻也不能天天像個病美人似的，走動間得人攙著扶著。」麗蓉拈起一塊蜜餞，笑吟吟道。

宋十八娘翻白眼。誰說吃補藥就是病美人了？

宋十七娘卻頗有心機，見麗蓉以郡主之尊卻出面維護小閒，便留上了心，用手肘輕輕碰了碰宋十八娘。

宋十八娘也是冰雪聰明的人，遂轉了話題，道：「我們只顧著說話，可別錯過了景致。」說著，側頭望向湖中。

在座幾人自然打住了話頭，欣賞起景色風光。

正是春日時光，湖中既有如她們這樣的畫舫，也有官船、小舟，更有甚者，還有幾隻竹排，竹排上或站幾個身著短褐的男人，或站幾個老翁。

曲池，無論春夏秋冬都很熱鬧，猶以春天遊人最多。

突然，一艘跟她們所乘畫舫差不多大的畫舫犁開平靜的湖面，向她們直衝過來。

宋家姊妹嚇得花容失色，宋十八娘更是差點失聲驚叫，雙手緊緊捂住心口。

小閒喊青柳。「去瞧瞧是誰家的畫舫。」

這樣橫衝直撞過來，考慮過後果嗎？想到自己畫舫上除了底艙的水手護衛，畫舫上全是女子，小閒氣往上衝。

青柳躬身應是，還沒直起身，那畫舫卻硬生生停住了，離她們不過兩箭之地。

小閒驚訝得張大了檀口，就見對面畫舫上，有人朝她們揚手。

「是十四郎君和葉三郎君以及岳十八郎君。」青柳眼尖，轉身稟道。

原來是他們三人。小閒沒好氣地吩咐青柳道：「妳去，問問他們，可是要嚇死人。」

青柳應聲，手在船舷上拍了一下，整個人如燕子般飛了出去。

剛回過神來的眾人齊聲驚呼。

小閒也很意外，沒想到青柳身手這麼好。

周八娘也沒料到周川如此不靠譜，此時很不好意思，對小閒抱怨道：「十四哥也真是的，那麼大的人了，還這麼頑皮。」

小閒笑道：「想來沒料到我們膽子這麼小。」

「是啊，娘親也在畫舫中呢，看他回府怎麼受責罰。」

兩人這一唱一和的，把這茬兒揭過去了。

麗蓉伸長脖子，直勾勾望著緩緩駛近的畫舫，道：「沒想到三郎也來了。」

陽光照在斜倚在船舷的少年身上，那張美得炫目的臉，高高的鼻、薄薄的嘴唇，不是葉啟是誰？

小閒心裡一動，麗蓉人還是不錯的，只是一縷情絲錯繫在葉啟身上，注定是無言的結局，不如幫她留意可有合適的大好少年。轉念一想，以她的身分，多好的人家找不到，還得幫她牽線搭橋，找一個有情郎？

說話間，兩艘畫舫中間搭起跳板，當先兩個少年一前一後走來，小閒等人紛紛站起來。

「三皇兄？」麗蓉驚呼出聲，已經近一年沒有出過親王府的三皇子，怎麼會在這裡現身？

宋十七娘臉色劇變，順著麗蓉的目光望去，走在葉啟前頭的，是一個十七、八歲的少年，膚色有種不健康的蒼白，略顯瘦弱些，眼睛澄澈，含笑向小閒點點頭，和麗蓉打招呼。

「十二娘也在這兒？」麗蓉在皇室中排行十二。

宋十七娘無比震驚，怎麼堂堂三皇子會認識小閒這個五品官的女兒？難道鄭國公府地位有所提高，以致周夫人認的義女也與皇室來往密切？不對啊，三皇子對根正苗紅的周八娘並沒有什麼表示。

她疑惑不已，轉頭朝宋十八娘看去。宋十八娘也一臉震驚，口張得大大的。

小閒行禮道：「見過殿下。」

因周八娘沒有引薦，三皇子又身著圓領缺骻袍，雖然衣料高貴，腰繫玉帶，不認識的人也只會以為是個世家公子，哪裡料到竟是皇子？所以眾人都沒有行禮。

隨著小閒行禮，周八娘才記起自己這個主人還沒有介紹，不由拍了拍額頭，趕緊行禮，道：「拜見殿下，奴家思慮不周，沒有及時為殿下引見，還請殿下勿怪。」

三皇子一向以賢名播於四海，哪裡會見怪，笑道：「不知者不怪。」轉頭對葉啟及身後的周川、岳關道：「我們去三樓吧。」

周川在前引路，一行人上三樓去了。

小閒估摸著三皇子看在葉啟面子上，故意來晃這麼一下，特地和她打招呼，給足了她臉面。

旁邊有人扯了扯她的袖子，小閒望過去，卻是宋十八娘，低聲道：「妳跟三皇子很熟嗎？」

這說的是什麼話！小閒佛然不悅，道：「跟三皇子很熟的是那位。」下巴朝站在前面的麗蓉郡主努了努。

人家是堂兄妹，自小一塊兒玩到大，能不熟嗎？宋十八娘無語。

周八娘邀眾人重新坐下，宋十七娘不知是有意還是無意，腳步錯動間，坐在小閒身邊。小閒心裡冷笑，只當沒有發現。

丫鬟們重新換了茶和點心，周八娘笑道：「娘親和幾位伯母為了我們能玩得痛快，沒打算下來，幾位不妨自在些。」

畫舫已蕩到湖心，清風徐徐吹來，碧波蕩漾，讓人心曠神怡。岸邊綠樹映得湖邊一片綠油油的，湖心處卻清澈見底，陽光映照下，依稀可見一尾尾大大的鯉魚在水中騰挪。

麗蓉笑道：「難得出來一趟，可得好好玩一回才是。」

小閒總覺得她的笑容有些勉強，眼角餘光不時瞟向通往三樓的樓梯，偏生葉啟幾人上去後便沒有下來，也不知是從三樓過到那邊畫舫，還是一直與樂氏幾人說話。

小閒想著，剛才的話還沒有說完，不妨找機會與她再談談，正想找個由頭約她去舷邊看鯉魚，衣袖又是一緊。

宋十七娘滿臉堆笑，與剛才聽說小閒琴藝不行別過臉去的不屑完全不同，熱情地道：「妹妹平時在家都做些什麼？」

小閒笑了笑，道：「也沒什麼，我年紀還小，不過是學學針線、練練字罷了。」說話間，幾不可察地挪了挪，離她遠點。

對面，宋十八娘又笑道：「妹妹喜歡吃什麼？我這邊有新上市的李子呢。」把面前的琉璃果盤朝小閒這邊挪了挪。

李子剛上市，又青又澀，小閒是不吃的。她道了謝，一根手指也沒有動，氣氛便有些微妙。

周八娘打著圓場，笑道：「妳們嚐嚐這些點心，又好看又好吃，都是小閒做的。」

宋家姊妹齊聲道：「妹妹會烹飪？」那眼色，亮得嚇人。

小閒淡淡道：「不過貪吃，學著做幾樣罷了，哪裡就會了。」

直到正午，葉啟等人都沒有再出現，不僅麗蓉頻頻望向鋪著繡祥雲圖案氈毯的樓梯，宋十七娘也頻頻抬頭。

小閒讓青柳去看看周十一娘什麼時候過來。為了這次能出來遊玩，怕是高興得昨晚睡不著，一上午被拘在母親身邊，以她的性子，怎麼受得了？

麗蓉裝作漫不經心的樣子，對小閒道：「不知三皇兄回去了沒有？」

小閒望了望那艘跟在她們後面的畫舫，心想：妳是想問葉啟吧？

麗蓉在她耳邊再次道：「妳能幫我打聽三郎的心意嗎？」

小閒微微蹙眉，睃了在座幾人一眼，道：「我去一下官廳，郡主可要一起去？」

麗蓉一下子明白過來，這裡自然不是說話的場所，忙道：「我也正想去呢。」

宋氏姊妹又交換了一下眼神。周八娘吩咐小丫鬟在前引路，道：「待妳們回來再擺午膳。」

茅廁官話叫官廳，在畫舫末尾。兩人一前一後轉過艙房，小閒讓丫鬟們站遠些，倚在船舷上，笑道：「郡主想讓我打聽什麼？」

麗蓉俏臉微微一紅，和小閒並肩站著，道：「不知妳出府後，與盧國公府的丫鬟們可還有來往？我想請妳幫我問一下三郎的心意。妳也知道，我現在去盧國公府不方便。」

「怎麼會不方便？」小閒睜著一雙黑白分明的大眼睛問。

麗蓉苦笑，道：「今時不同往日，葉夫人想攀高枝，我豈會再去討嫌？」

小閒道：「不知翁貴妃可答應葉夫人的求親？」

問出這句話時，小閒心跳莫名加速。陳氏進宮求親，葉啟知不知道？為什麼葉啟一直沒有告訴她？

麗蓉眼望波光粼粼的湖面，並沒有察覺到小閒神色間的變化，顯然陳氏此舉對她打擊很大，過了約半刻鐘，才低聲道：「沒有。宮裡一直是太后說了算，貴妃又算得什麼？葉夫人進宮前一天，三皇兄向太后請安時，曾提起丹陽的婚事，太后派了得力的姑姑去紫宸宮傳話，說她老人家要留丹陽幾年。這麼一來，葉夫人求親，貴妃哪敢答應？」

三皇子？小閒不知怎的，便想起他剛才向自己微笑的樣子，好像有點調侃、有點頑皮。他堂堂皇子，為什麼要開自己玩笑，難道是葉啟曾向他說過什麼？

小閒狐疑。

麗蓉道：「妳在三郎身邊，可曾留意到他平素喜歡什麼樣的女子？」

小閒心裡很不舒服，道：「妳可想過，若是他喜歡妳，自然會有所表示。這幾年，他可曾承諾過什麼？」

她想藉此勸勸麗蓉，別再在葉啟身上浪費時間了。

麗蓉神色黯然，搖了搖頭，道：「他說當我是妹妹。」

別以為哥哥妹妹好作親，像他們這樣的人家，當妳是妹妹，那就是對妳沒意思了。

小閒輕輕攬了她的肩，道：「為什麼不試試放手呢？別的少年，也不比三郎差呀。」以她的家世容貌，怎麼嫁，也不會太差。

麗蓉垂頭不語，小閒不好再勸，兩人一時無話。

青柳回來稟道：「十一娘子被夫人拘在艙裡練大字呢，她託奴婢捎了紙條來。」

青柳怎麼忍，那笑容也繃不住。估計周十一娘的處境實在不妙。

小閒展開紙條一看，裡面只有一句話：「妳再不來救我，我就要死了。」完全是一副無賴的口氣。

小閒也忍俊不禁，笑對麗蓉道：「我去看看。」

麗蓉正想上樓，就是找不到藉口，就著她手中看了紙條，道：「我跟妳一起去吧，我還有幾分薄面。」

春光正好，樂氏和齊氏幾人也在艙頭賞景，可憐周十一娘被禁在船艙中，要抄十遍《女誡》才能出來。畫舫再平穩，也是在湖上，她筆都拿不穩，一顆心又飛到二樓，抄了一個多時辰，還抄不到一遍。

守在門口的丫鬟見是深受夫人寵愛的十四娘子來了，悄悄退到一邊。

周十一娘一見小閒丟下筆便撲了過來，道：「快救我出去！」

小閒點點她的額頭，道：「妳也真是的，明知義母最重臉面，偏還讓她沒臉，最後還不是自個兒吃苦？」

周十一娘嘟著嘴道：「我就是不想讓她們相看嘛。」

倒也不傻嘛，知道來的幾位夫人是來相看她們姊妹的。

小閒道：「等著啊。」一想來，樂氏不過做做樣子，哪裡是真的要懲罰她呢。

樂氏見小閒與麗蓉一同走來，笑著招手，道：「快過來坐。」

小閒坐下，笑著求情道：「難得出來玩一趟，把十一娘拘在艙裡，豈不是把她悶壞了？

不如讓她先玩半天，回府再抄《女誡》。」

麗蓉也道：「少了十一娘，無趣得很。」

樂氏作沈思狀，齊氏便笑道：「孩子哪有不調皮的，妳關得她也夠了，還不快讓她出來透透氣？」

趙氏乾脆道：「十四娘，快去把十一娘放出來。」

張氏不停點頭，道：「快去快去。」

小閒答應一聲，拉了麗蓉到了艙裡。十一娘站在艙門口，眼巴巴望著，一聽說可以出來，一聲歡呼，搶先出艙，回過身抱著小閒不停地跳，道：「還是小閒待我最好。」

三郎沒在呢……麗蓉很失望，落寞地站在一邊，與周十一娘的歡喜形成鮮明對比。

小閒問守在艙口的丫鬟。「郎君們去哪裡了？」

那丫鬟回道：「見過夫人們後便離開了。」

從二樓來，從三樓走，有什麼深意嗎？

麗蓉已走向後艙，那裡可以望見後面的畫舫。小閒讓周十一娘先去二樓。

後面畫舫甲板上，靜悄悄的，只有四周侍立的護衛，並沒有葉啟幾人的蹤影。不要說麗蓉，連小閒都詫異了，人到哪裡去了呢？

突然，有人慢慢走過來，那人一襲青衫隨風飛揚，露出雪白的紈褲，卻不是葉啟是誰？

他朝小閒揮手，眼睛比太陽還亮。

麗蓉順著他的目光落在小閒身上，臉色驟變，整個人搖搖欲墜。在不遠處侍候的丫鬟忙搶上扶住她，道：「郡主怎麼了？」

小閒看到葉啟出來，一顆心歡喜得如要炸開一般。本來以為他不知跑哪裡去了，沒想到他不僅在畫舫中，還很快發現了她，意外之喜讓她眉梢眼角都飛揚起來，哪裡注意麗蓉是什麼心情，有什麼表情？

第五十八章

葉啟幾人過來拜見樂氏等人後，便直接從三樓越過船舷，回後面的畫舫去了。幾人在船艙中吃酒說笑，拿葉啟打趣。葉啟心不在焉，一直往這邊望，哪裡顧得上理會他們說些什麼。

脖子快望斷的時候，小閒終於出現了，見到她纖細如楊柳般的身姿，葉啟哪裡還移得開眼睛，不要說旁邊站的是郡主，就是皇帝，也直接被無視了。

他對小閒做各種鬼臉，把小閒逗得咯咯直笑。

麗蓉如遭雷擊，對面眉眼溫潤，渾身上下洋溢著說不盡愛戀的那個人，是她認識的三郎嗎？可是他的眼裡，卻只有小閒。

小閒招手吩咐青柳。「送些點心過去。」

青柳應了，道：「郡主臉色蒼白，在丫鬟的攙扶下走了。」

小閒心裡咯噔一下，回頭朝葉啟笑著揮手。

葉啟擠眉弄眼的，也揮手。

麗蓉不在甲板上，也不在船艙中。宋氏姊妹奇道：「妳們不是一同去官廳嗎？」一去大半天，早知有鬼啦。

小閒哪裡顧得上她們心裡怎麼想，越發著急，道：「不過一眨眼工夫就不見了。」

回想適才與葉啟眉來眼去，麗蓉又不是傻子，怎麼瞧不出兩人之間有事？何況她滿腹相思無處傾訴，正合了剛才的劇情，這一番打擊，可怎麼受得了？她不會想不開吧？

畫舫再大，也不過這麼點地方，一個大活人哪能憑空消失？周八娘要叫了丫鬟們過來問，小閒瞥眼見宋十七娘臉上閃過幸災樂禍的神情，心裡打了個突。

周十一娘卻沒想那麼多，自告奮勇道：「我上樓去瞧瞧，興許郡主和娘親聊天呢。」

這說的是什麼話，她們剛從三樓下來。小閒一把拉住她，道：「別讓義母知道。」

若是傳揚出去，她與葉啟的戀情是否也會公開？雖然這時代相對開明，但也只是相對，還沒有誰高調宣佈自由戀愛結婚的。這件事，於葉啟不過是風流韻事，於她呢？

周十一娘道：「反正她不見了，娘親遲早總會知道的。」

小閒問青柳。「可有人瞧見她們往哪裡去？」

青柳遲疑一下，道：「是往艙頭的方向走，可是……」可是艙頭上並沒有。

宋十七娘笑道：「到底發生什麼事，麗蓉郡主要不告而別呢？」

宋氏姊妹瞧著小閒，誓要問出個答案的樣子。

小閒道：「大概郡主與我們捉迷藏吧。」

「捉迷藏？」宋十七娘嗤笑一聲，道：「郡主與妳很熟嗎？」

兩人一見面便竊竊私語，現在又玩失蹤，要說沒有內情，鬼才信。她也是在京城名媛圈中混得風生水起的人物，與麗蓉郡主在各種賞花會見過數十次，麗蓉郡主什麼時候曾與她說悄悄話了？

小閒卻不想與她糾纏，咬牙道：「當務之急，還是把人找到再說。」

這是在湖上呢，萬一出了人命，可怎麼辦？

「那邊有動靜，奴婢去看看。」青柳不知發現了什麼，丟下小閒跑了。

小閒緊隨其後，大步向艙尾走去，一隻小舟剛好划到後面畫舫旁邊，有人架了踏板，讓小舟上的主婢上畫舫。

小閒呆住了。走在前面，臉色蒼白、身著大紅半臂窄袖衫的少女，不是麗蓉是誰？

「奇怪，郡主怎麼去了三皇子的畫舫？」宋十八娘自言自語道。

宋十七娘對隨後趕來的周八娘道：「不知畫舫上還有沒有小舟？」不如大家一起聚算了，分什麼男女不同舫呢。

周八娘搖搖頭，道：「沒有了。」

那邊有三皇子，沒有得到三皇子的准許，給她十個膽，也不敢送宋氏姊妹過去。麗蓉可是自己跑去的，她是三皇子的堂妹，自然與眾不同。

宋氏姊妹很失望。宋十七娘眼珠一轉，道：「十四娘可有什麼好辦法？」

誰不想給三皇子留個好印象呢？宋十七娘剛轉過這個念頭，想起三皇子向小閒微笑的樣子，心中一滯。人家只怕不僅僅是認識那麼簡單吧？哪裡用得著藉此機會讓三皇子留個好印象呢。

果然，小閒蹙眉道：「沒有。」

從這邊望過去，可以看見麗蓉和三皇子、周川幾人見了禮，然後和葉啟一前一後出艙，兩人不知在船舷邊說些什麼。

「郡主好激動啊。」宋十八娘道：「她跟葉三郎很熟嗎？」

小閒暗嘆口氣，道：「我們別在這裡站了，若是讓郡主發現就不好啦。」

「正是。我們還是去坐席吧。」周八娘附和道。

不遠處，一艘畫舫傳出絲竹之色，一個女伎咿咿呀呀唱著曲。小閒笑道：「這樣乾坐著好無趣，不如請了戲班子來唱戲。」

宋十八娘捂著嘴笑道：「戲有什麼好看？」

若不是今日走這一趟，哪裡曉得傳言不是空穴來風，麗蓉郡主與葉三郎的關係果然非比尋常呢。只是不知一向深居簡出的三皇子，是否也有意中人？

梁國公府嫡出庶出姊妹眾多，宋十七娘在眾多姊妹們長相出挑，自小好強，刻苦用功，幾乎除了吃飯睡覺，所有的時間都用來畫畫，為的便是有朝一日名聲得顯，能嫁個如意郎君。

這兩年，只要有人邀請，她必定赴約，次次不落空，才得了個京城才女的美譽，上門求親的人家自也不少，但在她看來，並沒有合意的人家出現。

她想嫁的可不是達官顯貴，再得寵的勛貴也得仰皇帝的鼻息過活。可惜一直無緣與皇子們相遇，其實不要說皇子，便是養在深宮的公主們，也從沒有參加過勛貴們舉辦的賞花會。

她焦急不已，卻苦無良策，沒想到踏破鐵鞋無覓處，得來全不費功夫，今天竟能有緣得遇三皇子。

昨天娘親得到消息，太后有意為三皇子議親，沒想到今天就遇上，真是天意啊！只是三皇子可知她是誰家的女兒，族中排行第幾？

宋十七娘暗暗著急，細細回想，三皇子好像只跟麗蓉郡主說過一句話，以及向小閒微笑，並沒瞧她。她心中的無名火騰地一下燒了起來，若不是小閒突然冒出來，三皇子怎麼可能不注意到她，又怎麼可能不被她的美貌所迷呢？

她臉色變得很不好看。

小閒只想儘快把麗蓉叫回來，低聲吩咐青柳幾句。

青柳點點頭，道：「奴婢試試。」

她又吩咐一直默默跟在身邊的袖袖。「……就說我說的，不用拋錨，先停下畫舫。夫人要問起來，有我呢。」

袖袖應了，自去傳令。

畫舫在湖心游蕩，速度本來就不快，暫時停止划槳，讓畫舫處於靜止狀態，三樓的樂氏等人並沒有察覺。

周八娘緊張地拉住小閒的衣袖，道：「妳想幹什麼？」

出了這樣的事，不是應該請大人們出面嗎？憑她們怎麼可能處理妥貼？

一直沒有開口的宋十五娘突然蹙眉埋怨道：「郡主也真是的，有什麼話要稟三皇子也該上岸後再說呀，這樣私自見面，算怎麼回事嘛。」

小閒看都沒看她，反而深深看了周八娘一眼。她怎麼和這樣的人交往？還特地作為最好的朋友，首先介紹給她認識？

周八娘臉龐微紅，低下頭去。宋十七娘名滿京城，她不過想著小閒若能得到她的肯定，以後在名媛圈中站穩腳跟容易些，哪裡知道宋氏姊妹為人這樣不堪呢。

後面的畫舫還像剛才一樣不緊不慢跟隨在後，這邊一停，兩邊的距離就拉近了。

青柳再次施展身輕如燕的功夫，飛了過去。這邊幾人都瞪大眼緊張地看著。

麗蓉在丫鬟攙扶下，本想裝作若無其事回艙頭去，走了幾步，到底沒能壓住心頭那一口氣。可是見到葉啟那一刻，滿腹的話，卻不知怎麼說。

而當葉啟依然冷淡，打個招呼後轉身繼續欣賞美景時，她的怒火又瞬間爆發了。

「為什麼你不求皇伯父賜婚？為什麼皇伯父要留我兩年，你不為我說話？為什麼……」

麗蓉淚流滿面，很多個為什麼傾瀉而出。

葉啟先是愕然，接著狼狽，被問得啞口無言。

三皇子、岳關一干損友捂臉不敢看，周川卻捂嘴偷笑，對岳關道：「他也有這一天。」

麗蓉越說越生氣，手差點戳到葉啟額頭，他只是溫言安慰。不好聲好氣也就罷了，他越溫和，麗蓉越傷心。平時，他對別的女人是不是也是這樣一副嘴臉？再一想到他剛才向小閒扮鬼臉，怒火又大熾。

就在麗蓉一發不可收拾時，青柳過來了。

「郡主怎麼在這兒？快請回去吧。」青柳說著，二話不說上前扶起麗蓉。

麗蓉大怒，什麼時候輪到一個丫鬟來指使她了？剛要抬手給她一巴掌，手卻被箝住，動彈不了分毫，人就這樣被帶回來。

宋氏姊妹看小閒的目光便帶著敬畏。她真的只是鄭國公府的義女，五品郎中的女兒嗎？連堂堂郡主都敢挾持啊。

青柳把麗蓉放下，垂手退到一旁。袖袖已吩咐小丫鬟打來洗臉水，放在她的面前。

「快把臉洗洗，妝都花了。」小閒柔聲道。

麗蓉幾欲暈倒，一句話衝口而出。「妳與葉三郎，是否有私情？」

若小閒像以前一樣，只是一個丫鬟或只是一個五品郎中的女兒，她再生氣，也不會忌憚，大不了納為妾侍罷了，可是她現在還是鄭國公府的十四娘子。鄭國公府的娘子，怎麼可能給人做妾？

一個想法在她腦海中浮現，驚得她目瞪口呆。難道，這一切都是預謀？

眾目睽睽之下，被麗蓉如此質問，小閒很尷尬。

「這是怎麼了？」樂氏不知什麼時候出現在二樓，眉尖微蹙。

周八娘遇到救星，大聲叫了一聲娘親，道：「郡主吃醉酒了。」

一直處於呆滯狀態的周十一娘像抓到浮木，撲進樂氏懷裡，道：「娘親！」

太可怕了，麗蓉郡主追男人追到三皇子的畫舫上呢。

小閒行禮，叫了聲義母，道：「郡主不勝酒力，時候又不早，不如回去吧。」

午飯還沒吃，怎能說時候不早？宋十七娘撇了撇嘴。

樂氏輕撫十一娘的後背，點點頭，吩咐身邊的嬤嬤，道：「跟三皇子說一聲，我們先回去了，請他們自便吧。」
那嬤嬤答應了，自去傳話。
這邊，麗蓉已經在丫鬟們的服侍下重新梳洗上妝。
宋十七娘悄悄扯了扯小閒的衣角，把她拉到一邊，小聲道：「麗蓉郡主與盧國公府的三郎，可是確如傳言所說？」麗蓉剛才的質問，又是怎麼回事？
小閒反問：「外間傳言怎麼說？」
宋十七娘乾笑道：「妳不知道嗎？外間都在傳，麗蓉郡主與葉三郎已訂親。」
小閒不知是她編造出來的，還是確有其事，淡淡道：「是嗎？我倒不知道。要不，妳問問郡主本人？」
現在問這個，不是得罪麗蓉嗎？宋十七娘又乾笑兩聲，道：「剛才他們小倆口為什麼吵架來著？」怎麼好好的，麗蓉突然性情大變？
小閒翻了翻白眼，道：「我哪裡知道？」
「妳們不是一起上官廳嗎？」宋十七娘並沒打算就此揭過，眨著眼睛道：「一去去那麼久呢。」
小閒沒好氣道：「便秘不行嗎？」
便秘？是啥？宋十七娘不解。
小閒道：「不知三皇子那兒回消息了沒有，我看看去。」
哪裡用得著看，一葉小舟已回來，那個嬤嬤提了裙袂上了畫舫呢。

小閒在周八娘耳邊說了什麼，周八娘便道：「今兒不巧，過幾天家裡的月季花開了，我再開個賞花會，到時候咱們多邀幾人，熱鬧些。」

三皇子那邊傳回來的話是：「一起回吧。」

曲池一日遊便這樣草草結束了。

天還沒黑，麗蓉郡主為情所傷一事，傳遍京城名媛圈。

麗蓉回府向母親哭訴，秀王妃氣得肝疼，一心想找小閒的麻煩。這些，小閒自然不知道。

小閒回到家，才知柳洵剛到學堂，便被柳慎派人叫回來。

「父親讓我等妹妹回來。」柳洵露出一口大白牙，笑道：「妹妹玩得可開心？」

在家裡等她回來？這是不放心她被鄭國公府的馬車接出去嗎？還是不放心她去遊曲池？小閒道：「早知道哥哥在家，便請哥哥一同去了，鄭國公府有兩隻畫舫呢。」

柳洵連連搖頭，道：「那怎麼成？」

他盼著有朝一日金榜題名，可不想跟勛貴家那些二世祖混在一起。

小閒看了看時辰，道：「才未時，哥哥快去上學吧。」

柳洵天天攻讀，那是相當刻苦，看小閒毫髮無傷回來，遂放了心，道：「妹妹在家歇著，我去學堂了。」收拾了書本，又道：「可有什麼想吃的，我放學路上買回來給妹妹吃。」

小閒笑著搖頭，道：「哥哥快去吧。」

送柳洵出了門，他走到巷口還回頭笑著朝小閒揮手，待他的身影消失在巷口，小閒的笑容也凝固在臉上，吩咐福哥兒守緊大門，便回了後院。

袖袖服侍小閒換了家常衣裳，青柳端了茶上來。

小閒吩咐青柳。「妳去義母那兒瞧瞧，梁國公府三位娘子可有說什麼？」又交代袖袖。「請郎君來一趟。」

青柳不到一個時辰便來回話。「畫舫上發生的事，夫人都知道了。已把麗蓉郡主送回府，也囑託梁國公府幾位娘子不要亂說，就是不知三樓幾位夫人知不知情。」

這不是掩耳盜鈴嗎？梁國公夫人齊氏在三樓，就算沒有聽到風聲，難道她帶來的丫鬟、嬤嬤都是死人不成？宋氏姊妹在現場，又怎麼可能回府後不詳細告訴母親？

小閒總覺得宋十七娘對三皇子有興趣，細想兩人並沒有交流過，又說不出什麼。可是，宋十七娘看三皇子的眼神，總有些說不清道不明的東西在裡頭，她能不利用這個機會嗎？

小閒猜不透欒氏是不欲她捲進裡頭，還是到底隔了一層，沒有和她交底？想來想去，與麗蓉到底身分地位差得太多，沒有好到可以互相走動的地步，要不然送兩條帕子過去，順便打聽打聽她現在什麼情況。

第五十九章

兩院相通的角門一直沒有敲響，福哥兒卻來報有人找。袖袖出去一看，趙嬤嬤來了。

「嬤嬤！」小閒歡喜地迎出來，撲進趙嬤嬤懷裡，抱了抱她，又離開一些，仔細看她，道：「妳一切可好？」

趙嬤嬤笑咪咪地撫摸小閒的頭，道：「好、好。想過來瞧妳，一直出不了府，今兒是我娘家姪兒來回了夫人，讓我回娘家一趟，我才得以出來。這不是吃過午飯便急急忙忙往城裡趕，就為了見妳一面嘛。」

「前些天託人送的點心可曾收到？」小閒心裡感動。她何曾不想念趙嬤嬤，卻無法過府探望，只能託人送些吃食。

趙嬤嬤連連點頭，道：「收到了，很好吃。」

兩人只顧著說話，還是袖袖提醒道：「姊姊快請嬤嬤屋裡坐。」又去端了茶具進來，道：「嬤嬤最愛吃茶了。」

趙嬤嬤便連聲誇讚袖袖。「真是好孩子，有她在妳身邊，我就放心了。」

吃了一碗茶、兩塊點心，趙嬤嬤起身告辭。「天色不早，再不回去便要宵禁啦。」

她可沒有盧國公府的腰牌，大晚上的無法在主幹道上遛達。

小閒依依不捨，道：「要不，著個人回府跟夫人說一聲，再告一天假，今晚妳就在這兒歇了，我們好好說說話。」

趙嬤嬤惋惜地道：「下次，下次一定在這裡歇一晚上。」

出城一次，來回兩天還說得過去，只是這時候，讓姪兒特地去盧國公府告假卻是來不及了。

小閒直送到巷口，錢大娘窺到機會，湊上來問：「這位是誰？」

她可瞧見了，一大早有華麗的馬車來接，中午又給送回來，下午再來個像有錢人家當家太太的中年婦人，這位柳家小娘子，來往的都是什麼人？

小閒哪有閒心應酬她，敷衍兩句回了家。

直到掌燈時分，角門才響，袖袖去開門，順發閃身進來，道：「郎君讓我捎口信過來。」

袖袖忙問：「郎君可好？」

不是一同回城嗎，怎麼一下午抽不開身，也沒差人送個信來？

順發便嘆氣，道：「不知周夫人怎麼搞的，約好了陳夫人一同遊船。剛上畫舫，陳夫人便認出小閒，偏一聲不吭，卻派了小廝回府跟我們夫人說了。郎君一下畫舫，便被李大總管請回府了。那陳夫人真是不嫌事大，還親自跟去。」

袖袖瞪圓了眼，道：「魏國公府陳夫人？」

順發點頭。「可不是？」

袖袖驚呼出聲。張氏可是陳氏的親嫂子，她一定知道些什麼。

小閒被鄭國公府的馬車接走，柳慎著實不放心，到放衙時間馬上往家裡趕。這會兒與小閒在堂屋說話呢。

「周夫人雖是好意，但這種聚會，於調養身心無益，以後還是少參加的好。」柳慎溫聲勸道。

女兒不過兩年不在身邊，性子變得不一樣了，是因為見識了盧國公府的繁華嗎？柳慎深感憂心，想了想，又道：「為父想再留妳兩年，親事不著急。」

小閒抿了嘴笑。想必他擔心樂氏邀她遊曲池，有為她作媒的心思。人家確實有這心思，為的卻是自個兒的親生女兒。

柳慎撫著額頭，道：「如果妳母親尚在，我自會與妳母親商量。這不是她不在了嗎？」語氣不無悵然。

小閒笑道：「哥哥年長，理應先為哥哥娶了嫂嫂。」

柳洵已二十，擱在普通人家，孩子已經能跑能走了。他因為充軍兩年，誤了親事。柳慎道：「他呀，待明年下場之後再說吧。」若是考中秀才，也能說門好親。

柳洵在廊下站著，趁柳慎不注意，努了努嘴。小閒輕輕點頭，道：「哥哥也該回來了，女兒去看看飯菜好了沒有。」

柳慎嘆道：「妳這樣忙裡忙外的，為父實是心痛。」女兒就該嬌養，哪能小小年紀便管理後宅呢。

小閒心中一動，道：「父親可有續弦的想法？若想續弦，請官媒說門好親便是。」

柳慎連連擺手，道：「沒有沒有。」又佯裝生氣，瞪眼道：「這說的什麼話，為父一把年紀了，續什麼弦呢！」

小閒笑道：「父親正當壯年，再娶一門親，有個伴，後宅又有人打理，有何不可？」她說的是心裡話，與其他現在整天盯著自己，不如娶門親，有個寄託。

柳慎只是搖頭，道：「這話以後不要再提。」

小閒出了堂屋，袖袖忙跟上，在去廚房路上把順發的話稟了，道：「姊姊可認出陳夫人？她怎麼會認出姊姊呢？」

早上見到魏國公夫人時，小閒也嚇了一跳，又一想，盧國公府丫鬟下人那麼多，她怎麼可能記得自己？就算覺得面善又如何，畢竟身分地位差別極大，卻沒想到張氏不僅認出自己，還即時著人通知陳氏。

「一定是葉夫人以前跟她說過什麼。」小閒道。「或者魏國公府有與郎君年齡相近的娘子，陳夫人有意親上加親。」要不然無法解釋她的行為。

袖袖急道：「那怎麼辦？」

魏國公府可是一等一的勛貴人家，身分地位比盧國公府有過之而無不及，魏國公陳曆深得皇帝信任，乃是西北大營的統帥，可不是葉德空有爵位，沒有實權可比。

小閒心中一動，停住腳步，道：「一定是如此。」

袖袖睜大眼睛看她。

小閒冷笑道：「沒想到他倒是香餑餑，是個人都要搶到碗裡。」

袖袖道：「姊姊說什麼呢，我不明白。」
「妹妹，我回來了。」身後，柳洵帶笑道：「給妹妹買了燒雞，今晚加餐。」
小閒回身含笑道謝，道：「哥哥回來了，快請洗手上座，這就可以吃飯了。」
柳洵高高興興地把手裡的燒雞交給袖袖，道：「這就去。」
小閒待柳洵走遠，道：「順發呢？」
袖袖道：「還在候消息。」
她點點頭，吩咐袖袖傳飯，自己去了後院。
「郎君說非妳不娶，夫人生了好大的氣，把屋裡的東西都砸了。」順發心有餘悸道：「陳夫人就在一旁勸，郎君卻不鬆口。」
小閒道：「現在郎君在哪裡？」不會被關起來吧？
順發道：「夫人禁了他的足，要不是國公爺回來，郎君哪能窺到機會讓我帶口信來呢。郎君讓妳不用擔心，他有辦法。」
小閒沈聲道：「你去告訴他，讓他一切小心。夫人大概不會甘心。」
陳氏想娶的兒媳婦是丹陽公主，連郡主都覺得配不上葉啟，怎麼會准她進門？這事，本就無解。
順發也知道事情緊急，道：「我這就去。」
小閒叮囑他路上小心。順發打開角門，葉啟一身靚藍色缺胯圓領袍站在門邊，手伸著，卻是要敲門。

兩下一碰面，都怔了。還是小閒先開口，道：「你怎麼來了？」不是被禁足嗎？

葉啟笑了笑，道：「來看看妳。」

小閒還待再問，袖袖跑來道：「姊姊，阿郎找妳呢。咦，郎君怎麼在這兒？」

菜已擺好，柳慎父子等小閒一起吃飯呢，小閒哪有心情，扒了兩口飯便說飽了。

柳慎以為她病了，嚴肅地問柳洵。「你妹妹回來時可還好？」

「好著呢。」柳洵想了想，道：「還讓我回學堂上學。」

柳慎哪裡放心，放下筷子，趕到後院，無奈前後院的角門鎖上了，只好拍門，道：「若是病了，讓妳哥哥請大夫去。」

葉啟還在屋裡呢。小閒快步出來，道：「我沒事。讓父親擔心，是我的不是，父親快請回去吧。」

柳慎哪裡肯，仔細打量小閒的臉色，道：「可別在曲池上吹了風、著了涼，還是讓妳哥哥去請大夫來瞧瞧吧。」

明明是糟心事太多，哪裡是著了涼呢。小閒不好挑破，強笑道：「下午點心吃多了，肚子飽得很，晚飯便吃不下了。並不是著涼，跟去曲池沒有關係。」

燭光下，小閒眉尖微蹙，哪裡像是沒事的樣子？

柳慎更是擔心，道：「可是有什麼不方便跟為父說的？待為父去請錢大娘過來。」妻子不在，女兒有些話難以啟齒也是有的。

小閒哭笑不得，道：「真的沒有。」

柳洵也趕了過來，勸道：「妹妹只吃兩口飯，菜也不吃，肉也不吃，父親不知有多擔心呢。妹妹若是沒事，怎麼不吃飯？」

小閒輕輕嘆了口氣，道：「讓父親、哥哥擔心，是我的不是。這就吃飯去。」

葉啟在東廂房，把他們父子兄妹的對話一一聽在耳中，見柳慎出自肺腑地關心小閒，很是滿意。

待他們出了後院，袖袖歉意地道：「阿郎就是這個樣子，總是把姊姊捧在手裡怕摔著，含在嘴裡又怕化了。」

葉啟笑道：「這樣不是很好嗎？」

只要柳慎善待小閒，就算提拔他也沒什麼。他盤算著六部中有什麼職位適合柳慎，若是不動聲色升一級，便是從四品了。

袖袖取了點心，放在葉啟面前的几案上，道：「郎君將就吃點。」

葉啟早上吃一碗粥就兩樣小菜，中午沒吃午飯；下了畫舫，回府又被母親一通罵，到現在還真有些餓了，拈起一塊綠豆糕放進嘴裡，道：「可是日常花費不夠？」要不然怎麼做綠豆糕呢。

袖袖苦笑，道：「阿郎為官清正，又沒別的進帳，日子自然過得拮据。姊姊想貼補些，又怕阿郎起疑，不敢拿太多銀兩出來。」

小閒姊姊現在穿的衣裳，還是周夫人送來的呢，這個倒不用告訴郎君。

葉啟皺了皺眉，道：「柳大郎也不做點營生，只是一味讀書？」

早知這樣，就不該把小閒送回來，沒地讓她受委屈。這過的什麼日子，連日常吃的點心都沒了保障。

袖袖道：「大郎君不是要讀書嗎？明年要下場呢。」

「讀死書吧？都二十了，連個秀才也沒考中。」葉啟鄙視。

中秀才哪有那麼容易，要不然怎麼會有七老八十的童生呢？只是這話，袖袖是不敢說的。以前她沒能在葉啟跟前侍候，能遠遠見葉啟一面就不錯了，現在還是有小閒壯膽，在葉啟面前說話才不結巴。

「家裡連幾畝田都沒有嗎？」葉啟扭頭問蹲在牆邊悶頭大吃綠豆糕的順發。

順發差點被噎著，又不是他家無餘財，問他幹什麼呀？

喝了兩口水，把綠豆糕嚥下，順發順了順氣，道：「柳大人是有名的清官，只靠俸祿過日子，人情往來也不多——」

話沒說完，瞥見葉啟眉頭皺了皺，順發便住了口。

葉啟道：「還說不是讀死書！柳大人也真是的，日子過得緊巴巴，連人情往來都拿不出錢，他當官為的是什麼？」

順發笑道：「為的是天下百姓啊。當年彈劾湯閣老時，他老人家在奏摺裡這麼說的。」

葉啟撇嘴。湯氏是河東大族，從前朝綿延至今，族中有人打理庶務，也有湯有望這樣能力出眾的讀書種子，湯有望出仕為官之前，河東的良田便有半數是湯家的。他再奢侈，那也是家中庶務的產出，可沒有收受賄賂的行為。

柳慎出身寒門又是死腦筋，哪裡懂得這些？只是他是小閒的父親，倒不便直言指出他的不是。

郎君是賺錢的好手，哪個賺錢的產業裡沒有郎君的手筆？一文銅錢能生出兩文來，瞧不上柳慎那也是應該的。順發笑道：「他這性子，只是苦了小閒。」

葉啟摸摸下巴，道：「不如帶那柳大郎做些生意，貼補家用？」

順發雙手連搖，道：「恐怕不成。柳大郎一心想讀聖賢書，希望明年下場，能順利考中秀才。」

葉啟又撇了撇嘴。

順發也覺得很為難，學著葉啟的樣子摸了摸下巴，眼睛瞄到面前几案上的點心，勸道：「小閒親手做的呢，郎君不妨多吃一些。」

葉啟又吃了兩塊老婆餅，拭了拭嘴，不再吃了，心中只是盤算給柳洵找什麼營生，難不成送他幾畝上好的良田，讓他收租過日子？

小閒不敢露出異樣，像往常一樣吃了一小碗飯，放下筷子告了罪，才離開。

柳慎看著光潔沒有一粒米粒的空碗，滿意地點點頭。在他的堅持下，女兒便吃了一碗飯，可見女兒是要關心的。

一進入後院，袖袖不用吩咐，馬上把角門鎖上。

小閒急步進了東廂房，見葉啟懶散地倚著憑几，不知在想什麼。

「可餓了？我下廚給你熬粥吧？」小閒在葉啟對面坐下，掃了眼几案上的點心道。點心可沒怎麼動，難道自己手藝退步，做得不好吃？

葉啟笑道：「不用。吃了幾塊點心墊墊肚了。」

順發在旁邊煮水，道：「小閒吃煎茶還是清茶？」

小閒道：「自然是清茶。」又問葉啟。「到底怎麼說？」

葉啟不願讓她擔心，淡淡道：「沒什麼，我向娘親承認非妳不娶，娘親一時無法接受而已，待她冷靜下來便好了。」

「你在禁足，如何能出府？」小閒很擔心。

葉啟哂然一笑，道：「妳以為什麼地方能禁得住我？」

那倒是。小閒垂眸沈思半晌，猛抬頭，發現葉啟目不轉睛地盯著自己笑，不禁臉一紅，道：「我臉上又沒長花，瞧什麼呢？」

燭光下，小閒肌膚白皙，長長的眼睫毛投下兩道剪影，小巧的鼻子，緊緊抿成一線的粉紅唇瓣讓人忍不住要親上一親，他的呼吸幾乎停止了。

順發更是把頭埋在胸前，恨不得自己不存在。

「妳在想什麼呢？」葉啟的聲音柔得滴出水來。

小閒蹙眉，葉啟便覺心猛地一抽，只聽她輕聲道：「我們隔空喊話，麗蓉郡主全瞧在眼裡，我怕她察覺我們之間……」

這時代男女大防並沒有明朝那麼嚴重，但男女有別卻也是必須遵守的規則，兩人私相授受，傳出去，可怎麼好？

葉啟喔了一聲，道：「現在不妨事了。」

不妨事？小閒一怔，隨即明白過來。阻礙在他們之間的是陳氏，現在陳氏已經清楚他們不僅沒有分手，更有白頭之約，麗蓉如何想確實不重要了。小閒與她不是朋友，不用愧疚。

「可是……」小閒想到她對葉啟的深情，欲言又止。

葉啟道：「在發覺對妳有情之前，我已經跟她說清楚，此生只當她是妹妹。我待她，如三皇子。」

也就是說，他不虧欠她什麼。

小閒稍微心安，道：「你有什麼比較出色的朋友，幫她介紹一個唄。」

葉啟應了，道：「我會幫她留意的。」

靜謐中，突然傳來拍門聲，順發和袖袖都嚇了一跳。

一更鼓已敲響，難道父親還有話說不成？小閒對袖袖道：「妳去看看。」

袖袖定了定神，步伐沈穩地走了出去。

第六十章

「錢大娘？這麼晚了，怎麼還沒歇息呀？」袖袖明顯誇張的聲音清晰傳來。

葉啟問小閒。「誰？」

錢大娘的聲音並不高，聽不清說些什麼。過了好一會兒，袖袖走進來，道：「說是要做件春裳，問姊姊有沒有好看點的花樣子。我讓她明天再來。」不過是想來探聽些什麼罷了。

葉啟道：「這都什麼亂七八糟的？柳大人怎麼住這樣的地方？」

小閒笑道：「父親只是一個五品官，吃穿用度當然比不上盧國公府。錢大娘並無惡意，大概見我早上坐了鄭國公府的馬車出去，所以過來問問。以她的性子，能忍到現在已屬不易。」

葉啟道：「我在崇義坊有座院子，倒還安靜，不如妳搬到那兒去住。」

小閒白了他一眼，道：「可能嗎？」

當然不可能。可他越發覺得小閒現在的環境不好。

小閒勸道：「天色不早，你還是回去吧，免得夫人得知你出府，又鬧起來。」

葉啟還是不動身。小閒說了幾次，直到二更鼓響時，實在捱不過，只能鬱悶地告辭。因為再待下去，會影響小閒歇息。

小閒一晚上翻來覆去睡不著，第二天，頂著兩眼黑青地起床，沒想到剛用過早飯，麗蓉便尋來了。

柳慎還沒上衙。身為五品官的他，是不用天還沒亮起床，趕去上朝的。他正要讓小書僮去角門問一聲，看看小閒起來了沒有，大門砰的一聲被推開，一群丫鬟、婆子簇擁著一個滿頭珠翠、衣著高貴的少女昂首闖了進來。

「妳們……」他話還沒說完，一群女子已向後院趕去。

前院站滿了一身勁裝的侍衛。柳慎氣結，這可是他的家！

梳洗完畢，準備過來請安的柳洵跨出房門，便被院子中的動靜驚著了，一時有些不知所措。

柳慎已瞠目大喝。「誰敢私闖官員府邸?!」當他這個朝廷命官是擺設嗎？

一個二十多歲，身材瘦長，侍衛頭領模樣的人上前拱了拱手，道：「我家娘子年少任性，柳大人原諒則個。」

柳慎哼了一聲，還知道這是柳家府邸，是他柳慎的家嗎？

說話間，角門打開，探出青柳的臉，然後柳家父子便聽青柳叫了一聲郡主，道：「這大清早的，怎麼來了？」

麗蓉怒氣沖沖，推向青柳肩頭。青柳不敢運氣相抗，順勢退開一步，道：「待我稟報我家娘子。」轉身奔向東廂房。

小閒在袖袖服侍下穿好衣服，邊打呵欠。一聽麗蓉來了，心裡顫了一下，迎了出來。

麗蓉橫眉怒目，道：「妳們都出去。」

袖袖、青柳看小閒沒有阻止，低頭退了出去，順手把門關上。

「敢情妳把三郎勾引了，還裝沒事人一個，看我笑話是吧！」麗蓉的口水直噴到小閒臉上去。

如果不是昨天她親眼所見，怎麼知道一向冷面冷心的葉啟有如此活潑的一面？回府一說，母親便起了疑心，特地派人去盧國公府打探。

秀王妃與陳氏這兩年走動得勤，貼身的丫鬟、嬤嬤自然也相熟，有幾個關係還不錯，只是葉啟與小閒的事到底于盧國公府名聲不雅，哪個不是人精，怎麼會不知道輕重，又怎麼會跟秀王府的人提？

可是現在小閒已經離開，此事已成舊事，加上秀王妃派去打探的人刻意奉承，一起吃酒的嬤嬤酒到酣處，話匣子打開，倒是無話不說。

秀王妃母女才知，原來一直以來，葉啟的心都在小閒這個小丫鬟身上。

照麗蓉的脾氣，即時便要來找小閒的晦氣，還是秀王妃不許，道：「妳堂堂郡主，與一個小丫鬟爭風吃醋，傳出去成何體統？」

她一晚上氣得睡不著，等到天亮，不管不顧，帶人衝了過來。

小閒深知這事解釋不得，越解釋只會越描越黑，不由嘆了口氣，道：「郡主請坐。」

麗蓉不坐，恨恨道：「虧我昨日還向妳打聽三郎的心意。我真是瞎了眼！」

小閒自顧自坐下，道：「三郎是個人，成年人，有自己的主意。妳自小跟他認識，可曾左右過他的意志？盧國公府美貌的丫鬟何其多，像我這樣的，不知有多少，郡主開口閉口說我勾引三郎，三郎豈是能勾引的？」

妳一直想勾引，只是人家不理睬妳罷了。小閒腹誹。

麗蓉咬牙道：「盧國公府的丫鬟那麼多，為什麼是妳？」

小閒笑道：「我現在是官家小姐，可不是什麼丫鬟。」

對，怎麼把這茬兒忘了。麗蓉怒道：「妳別太得意了。不管妳是什麼，想嫁進盧國公府，也是作夢！」

小閒笑了笑，不說話。

麗蓉瞪了她一眼，走了，一群人如潮水般很快走得乾乾淨淨。

廊下的青柳和袖袖搶了進來，一左一右圍住小閒，道：「她可曾傷害娘子？」

小閒垮下肩膀，換了個舒服的姿勢，道：「打水進來侍候我洗面吧。」

一群人倏忽而來倏忽而去，柳慎一肚子火沒處發，乾瞪眼，還是柳洵道：「快去瞧瞧妹妹，那什麼郡主可別傷害妹妹。」

「這些勛貴人家，都不是什麼好東西。」柳慎恨恨道，搶先趕到後院。

小閒露出笑臉，道：「父親、哥哥擔心了，麗蓉郡主沒把我怎麼樣。」

柳慎道：「這些權貴人家慣會以勢壓人，妳以後別跟他們來往。」瞧這氣勢，根本沒把人放在眼裡。

小閒點頭，道：「好。」兩人本來就不是朋友，以後更不會有任何交情。

同一時間，秀王妃盛裝上車，馬車駛向御街。昨晚她遞了請見的帖子，翁貴妃准了。

夜裡，皇帝沒有歇在紫宸宮，又不用在太后那兒立規矩；皇后無子，又不受皇帝敬重，一向是被忽略的。宮女稟報秀王妃晉見時，貴妃才懶懶起身，坐在鏤空鎏金銅鏡前由年老的宮女梳頭。

「這麼早？不是說了辰時正進宮嗎？」翁貴妃問：「現在什麼時辰了？」

宮女看了沙漏，回道：「才卯時三刻。」

翁貴妃便蹙了蹙眉，過五息才道：「請她進來吧。」

好歹是妯娌，總不好讓她在外面等著，於秀王面上不好看。

宮女自去請秀王妃在花廳用茶，又問她用膳沒有，上了點心。

秀王妃哪有胃口，一早上吃了半碗乳酪，到此時早就消化完了。

「娘娘還沒用膳吧？我等娘娘一起用。」

宮女自是不會多說什麼，去回翁貴妃。「秀王妃氣色不大好呢。」

翁貴妃心情也不好。皇帝最近迷上張美人，好些天沒歇在紫宸宮了，再這樣下去，她不失寵便沒天理了。

「妳可問出什麼？」她語氣裡便有些不耐煩。

宮女搖搖頭，道：「沒有。」

翁貴妃邊想著心事，邊由老宮女梳了個如意高寰髻，吃了一碗奶，才扶著小宮女的手，來到花廳。

秀王妃已等了小半個時辰。

「一早起來有些不爽利，起得遲了些。」翁貴妃笑著示意站起來的秀王妃坐，道：「讓妳久等了。」

不過是個小妾，要擱在官宦人家，哪有在她面前坐的地？秀王妃腹誹著，笑道：「是我來得早了，沒擾了娘娘歇息吧？」都什麼時候了，還高臥不起，太后真是寬容。

翁貴妃道：「沒有沒有。不知妳找我有什麼事？」

一大早的，不去太后跟前盡孝，跑我這裡做什麼？翁貴妃儘量克制自己，別露出不快。

秀王妃瞄了跟前服侍的宮女一眼。翁貴妃明白了，揮了揮手，宮女都退了出去。

秀王妃吃了一口茶，道：「我是為盧國公府的三郎來的呢。妳也知道，麗蓉那丫頭一顆心都在葉三郎身上，葉三郎倒是得陛下看重，只是盧國公那人，我看著太不像樣，因此很不贊成這門親事。」

翁貴妃含笑聽著。陳氏前些天才進宮為葉啟求娶丹陽公主，她還真覺得葉啟不錯，只是他與麗蓉的緋聞傳得沸沸揚揚，丹陽與麗蓉又是堂姊妹，為著這個，也不能讓丹陽受人非議。她猶豫不決，太后倒是一言而決，說丹陽還小，要再留幾年。

現在秀王妃又為葉啟而來，這次，又想幹什麼呢？

「……麗蓉這丫頭自小被我寵壞了，怎麼勸也不聽。我想著，不如釜底抽薪，為葉三郎保一門親事，這樣，麗蓉也好死心。」秀王妃繼續道。

「喔？」翁貴妃揚揚眉，笑道：「這事，王妃應該跟葉夫人說才對啊。」

秀王妃笑道：「葉夫人那人，一向踩高踏低，女方門戶有些低，不過卻是忠烈之後，父親所作所為，著實讓人敬佩，要不然我也不會想著促成這門親。所以，我想著，若是娘娘肯保這個大媒，葉夫人臉上一定大有光采，親事也就能成了。」

說了半天，是想讓自己當媒人？翁貴妃訝異，道：「卻不知女方是誰？」

秀王妃道：「就是錚錚鐵漢柳慎的獨生女兒，小名小閒。」

「柳慎的女兒？」翁貴妃更是吃驚，道：「那柳大人最是不待見勛貴，怎麼肯把女兒嫁到盧國公府？王妃莫不是看走眼了吧？」

這裡頭一定有什麼陷阱，秀王妃若是變著法兒要把她繞進去，說不得，她只好在皇帝跟前吹吹枕邊風了。

秀王妃笑道：「一邊是深受陛下信任的少年才俊，一邊是不畏強權的忠烈之女，可以說得上男才女貌，這麼一門親事，想必陛下也是喜聞樂見的。」

翁貴妃暗哼一聲，道：「陛下日理萬機，自家兒女的婚事都顧不過來，哪裡有空去理會別人家的婚事？這事，還須問過男女雙方才好。」

想拿皇帝壓我？門兒都沒有。翁貴妃心裡冷笑。

但秀王妃目的已達到，再說幾句閒話便告辭了。「……去瞧瞧太后，也不知太后禮佛好了沒有。」

從頭到尾，翁貴妃都沒有吩咐擺膳。待秀王妃出了紫宸宮的宮門，便吩咐身邊得力的太監。「去查查盧國公府與秀王府最近怎麼回事。」難道秀王妃與陳氏宿怨如此之深嗎？

太后這個時間，還在佛堂誦經，秀王妃自然沒有見著。

從太后所住的永福宮出來，彎彎曲曲走了半天，才到宮門口，卻見一個身著一品誥命服的婦人帶一個十七、八歲的丫鬟急步走來，定睛一看，不是陳氏是誰？

陳氏感覺到有人瞧她，望過去，一時怔住，再一轉念，太后健在，秀王妃進宮請安也是人之常情，便向她點點頭。

秀王妃微微頷首，兩人沒有說一句話，擦肩而過。

陳氏是昨天下午遞的覲見帖子。

翁貴妃笑對身邊的宮女道：「葉夫人莫不是也為葉三郎而來？」

宮女笑道：「這個葉三郎可真有本事，既得陛下聖眷，又得麗蓉郡主傾心，也不知道誰家閨女有福，嫁了他。」

翁貴妃嘆道：「如果不是被麗蓉搶了先，我還真希望有這樣一個女婿呢。」

宮女不明白，睜大眼睛看她。

翁貴妃道：「前幾年，京城中可曾有人提過盧國公府？就算有，也不過說太祖天恩浩蕩，賜了那麼大一座底邸給葉家，盧國公可是一年見不到陛下天顏一面的。現在怎麼樣？陛下走到哪兒，都把葉三郎帶在身邊，誰不瞧在眼裡？」

皇帝看重誰、寵信誰，誰便風光無限，這個道理，勛貴人家怎會不懂？身在深宮中的宮女更是感同身受。她恍然大悟，道：「難怪娘娘待葉夫人與往年不同。」

以前，陳氏十次遞帖子，能有一、兩次晉見便不錯了，哪能像現在次次能進宮。

翁貴妃笑了笑，吃了一口茶。

陳氏由宮女引著進去拜見。秀王妃剛從紫宸宮離開，又不是什麼機密，宮女並沒有特別隱藏，陳氏放低姿態一問，那宮女便說了。陳氏把手攥得緊緊的。

行禮畢，翁貴妃賜座。陳氏道：「臣婦在宮門口遇到秀王妃。」

這樣的開頭，倒省了許多工夫。翁貴妃笑道：「是啊，她來求本宮為妳家三郎保媒呢，女方是柳慎柳大人家的千金，小名叫小閒的。」

一句話沒說完，見陳氏一張臉脹得通紅，眼中如欲噴火，不由奇道：「怎麼了？」

陳氏想殺了秀王妃！這個婦人，好生惡毒！麗蓉嫁不成三郎，就想把一個丫鬟塞給他，堂堂盧國公府，怎麼可能娶一個丫鬟為妻？不對，就算那賤婢現在已經不是丫鬟，曾經做過丫鬟，那也萬萬不行。

陳氏胸中燃起熊熊怒火，再也顧不得眼前是一位皇妃，匆匆起身告辭道：「臣婦還有事，待日後再來賠罪。」

翁貴妃慣會察言觀色，微笑頷首，道：「本宮也要去永福宮向太后請安，妳先回去吧。」吩咐宮女送陳氏出宮。

陳氏急步出了宮門，上了自家馬車，吩咐車夫。「去秀王府。」

——未完，待續，請看文創風458《鴻運小廚娘》3（完結篇）

2016年10月出版

嬌妾不怕苦

文創風 452～453

她委曲求全，只怕亂了大謀，
對起起落落的波折，她是古井無波，
孰料面對他的冷落，心底竟泛起酸意……

恩怨交織，情意纏綿／木槿

有道是血海深仇，不能不報，
蒙受不白之冤而家破人亡，流離失所的憐雁與弟弟潛生是無處鳴冤，
只能背負著污名狼狽逃難，什麼傲氣、嬌貴都得拋到一旁。
誰知，屋漏偏逢連夜雨，奔逃時又碰上不懷好意的牙婆子，
敢欺她姊弟倆無所依靠？那她就順水推舟，將自己送入侯府，
即便暫時為奴又如何？只要能屈能伸，她終有一日會脫了奴籍。
可身為侯府中最沒分量的灶下婢，她該如何達成所願？
把握住難得的機會，她終於惹了侯爺注意，
細心布局，一路從奴婢、通房、妾室向上爬，
她戴著溫柔婉約、安分守己的面具，卻是野心勃勃為弟弟謀前程。
然而讓那冷峻的侯爺寵著，她居然鬆懈得嬌氣起來，
面對他的情意雖心有虧欠，但她真不敢多想那些兒女情長，
可他、他怎麼就步步緊逼呢？

流浪貓狗介紹所

為流浪貓狗加油 和貓寶貝 狗寶貝

廝守終生(一定要終生喔！)的幸福機會

對人來說，貓寶貝狗寶貝只是生活的一部分，
但妳（你）對牠們來說，卻是生活的全部，領養前請一定要考慮清楚——

亮亮

晶晶

▲ 活潑可人的俏姊妹　晶晶&亮亮

性　　別：都是女孩
品　　種：晶晶為黑白賓士；亮亮為混暹羅
年　　紀：皆為5個月大
個　　性：非常親人、愛撒嬌、愛呼嚕嚕、愛蹭蹭
健康狀況：均已施打三合一預防針，已除蟲除蚤，
二合一過關(愛滋、白血)
目前住所：新北市永和區（中途之家）

本期資料來源：台灣認養地圖http://www.meetpets.org.tw/content/62422

『晶晶&亮亮』的故事：

可愛的晶晶和亮亮是一位愛媽在防火巷餵養的流浪貓所生，本想等牠們斷奶後，要幫母貓結紮並將小貓送養的。然而，在晶晶和亮亮一個月大左右時，卻因呼吸道嚴重感染，導致滿身跳蚤與螞蟻，緊急之下將晶晶及亮亮送醫治療，同時也安排了母貓節育。

經過妥善的治療和照顧後，晶晶和亮亮兩姊妹已經恢復了健康，牠們不但愛吃、愛玩，也相當活潑好動，總是聚在一起嬉鬧，逗趣的模樣令人喜愛！

晶晶及亮亮一個月大時就在中途之家等待領養了，至今也有一段時間。牠們的幼兒時期幾乎是在籠內度過，真的讓人非常心疼。好希望牠們可以有自由奔跑的空間，也有柔軟的床可以休息，更重要的是有爸爸或媽媽的疼愛及照顧。

幼貓在成長時就像小朋友一樣，愛玩、愛咬，有時會亂抓、打破東西等。牠們需要時間訓練大小便，也需要更多時間的陪伴，因此照顧幼貓要有很大的耐心與包容，希望請先評估自身狀況與環境是否可接受喔～希望大家能給晶晶及亮亮一個機會，給牠們一個溫暖的家。來信請寄globe1028@hotmail.com（范小姐）主旨註明「我想認養晶晶／亮亮」；或傳Line: globe1028。

亮亮

晶晶

認養資格：

1. 認養者須年滿25歲，有獨立經濟能力。
2. 須同意簽認養寵物切結書。
3. 同意送養人送養前的家訪及日後之追蹤探訪，請放心我們絕不會無故打擾。（主要是確認飼養環境是否合適，陽臺門窗是否有防護措施防止貓咪溜走）
4. 對待晶晶與亮亮絕對一輩子不離不棄。

來信請說明：

a. 個人基本資料：姓名、性別、年齡、家庭狀況、職業與經濟來源等。
b. 想認養晶晶或亮亮的理由。
c. 過去養寵物的經驗，及簡介一下您的飼養環境。
d. 若未來有結婚、懷孕、出國或搬家等計劃，將如何安置晶晶或亮亮？

鴻運小廚娘 2

國家圖書館出版品預行編目資料

鴻運小廚娘 / 初語著. --
初版. -- 臺北市 : 狗屋, 2016.10
冊 ; 公分. --（文創風）
ISBN 978-986-328-646-2（第2冊：平裝）. --

857.7　　105015126

著作者	初語
編輯	張蕙芸
校對	黃薇霓　簡郁珊
發行所	狗屋出版社有限公司
地址	台北市104中山區龍江路71巷15號1樓
電話	02-2776-5889～0
發行字號	局版台業字845號
法律顧問	蕭雄淋律師
總經銷	知遠文化事業有限公司
電話	02-2664-8800
初版	2016年10月
國際書碼	ISBN-13　978-986-328-646-2

本著作物由作者授權出版

定價250元
狗屋劃撥帳號：19001626
網址：love.doghouse.com.tw　E-mail：love@doghouse.com.tw